AF395769

Le Siècle.

ADRIEN PAUL

UNE DETTE DE JEU

LES

FINESSES DE D'ARGENSON

PARIS

BUREAUX DU SIÈCLE

RUE DU CROISSANT, 16.

Adrien Paul.

UNE DETTE DE JEU

I

QU'IL SUFFIT DE DEUX BEAUX YEUX POUR ACCROCHER LA DESTINÉE D'UN HOMME AU PASSAGE.

Par une belle journée de l'été de 1740 (que d'histoires commencent ainsi !), un jeune homme sortait de Steindall, humble village situé dans la vieille marche de Brandebourg.

La veille encore, ce jeune homme était le maître d'école de Steindall ; il avait un morceau de pain d'assuré pour l'avenir, un bonnet de laine et des sabots pour l'hiver, une veste de toile pour l'été, et la perspective à peu près certaine de mourir un jour là où il avait vécu, comme les pariétaires, sans avoir épuisé ni les malheurs extrêmes ni les joies délirantes.

Maintenant il est tout et il n'est plus rien :

Plus rien, car il a donné sa démission de maître d'école, et le voilà quittant son village à pied, presque sans argent, ayant de provisions et de nippes tout juste ce que pouvait contenir un vieux havresac de famille en toile, ayant déjà servi de nécessaire de route à deux ou trois générations d'artisans voyageurs ;

Tout, car il emporte un vaste trésor de science amassé dans la solitude, et ressent en lui ces vagues aspirations qui fermentent au cœur des hommes réservés à d'éclatantes destinées.

Ce jeune homme s'appelait Joachim Winckelmann.

Son projet, à lui, était de quitter l'Allemagne et d'aller à Paris ; mais la Providence en avait un autre, à ce qu'il paraît.

Au bout de quelques jours de marche, il était arrivé à Gelnhausen, près de Francfort, lorsqu'il s'y arrêta, non à cause d'une ruine, d'une légende ou d'une mouche qui vole, comme on serait autorisé à le croire d'un savant, mais par les deux yeux bleus d'une charmante jeune fille, avec laquelle il s'était croisé par hasard dans la grand'rue du village.

Winckelmann suivit machinalement la jeune fille jusqu'à une jolie maisonnette tapissée de vignes, où elle disparut soudain.

En face était une auberge, à l'auvent de laquelle grinçait une enseigne en tôle portant : *Au Soleil d'or.*

Le jeune homme y entra, et demanda une chambre donnant sur la rue.

Il s'y installa à la fenêtre.

Le lendemain, de bonne heure, la jeune fille sortit avec son livre d'heures et se dirigea vers l'église. Joachim ne manqua pas de l'y suivre, et fit semblant de prier à quelques pas d'elle.

La messe dite, il la suivit encore, et alla reprendre sa position de cariatide à la fenêtre du *Soleil d'or.*

Qui écrira jamais l'histoire des fenêtres, des jalousies et des balcons dans leurs rapports avec l'amour ?

Cet exercice, aussi monotone que charmant, ne dura pas moins d'une quinzaine de jours, pendant lesquels, à part la messe quotidienne, Winckelmann se contenta de voir la jeune fille aller et venir, étendre du linge, cueillir des fruits et arroser des fleurs dans un jardin qui attenait à la maison.

Chaque soir Winckelmann se disait : « Je partirai demain ; » chaque matin il avait oublié sa détermination de la veille.

Le pauvre garçon était-il donc possédé d'un de ces amours implacables qui frappent comme la foudre, si communs autrefois, à ce qu'il paraît, et dont on ne voit plus guère d'exemples aujourd'hui ?

Cédait-il simplement à l'une de ces douces propensions qui font faire aux natures aimantes et contemplatives tant de haltes insensées et de zigzags sans cause ?

Le hasard, ce farceur par excellence, ce sphinx dont les logogriphes sont insaisissables, s'était-il complu à poser là, dans cette bourgade ignorée, le premier jalon des événemens d'où devait sortir la catastrophe qui frappa Winckelmann à Trieste, vingt-huit ans plus tard ?

Nous n'en savons rien.

Toujours est-il qu'un matin, en se levant, il vit la maisonnette d'en face illustrée de guirlandes de fleurs ; des villageois et des villageoises, bigarrés de rouge et de bleu, en envahissaient les abords.

Des rubans flottaient aux boutonnières et aux chapeaux; des coups de fusil éclataient çà et là ; des clarinettes, des cors, des hautbois préludaient par quelques accords à des morceaux d'ensemble ; toutes les faces étaient épanouies, toutes les mains allaient les unes au-devant des autres et se serraient cordialement.

— Que signifie cela ? — demanda Winckelmann à l'aubergiste du *Soleil d'or.*

— Cela signifie, — reprit ce dernier, — que Wilhelmine Buttler se marie.

— Wilhelmine... Buttler... se marie ? — répéta machinalement le jeune homme.

— Avec le docteur Archangeli, — poursuivit l'aubergiste, — une espèce de charlatan italien qui a, par miracle, guéri le vieux Buttler d'une maladie qu'il n'avait sans doute pas. De là l'engouement du père et le sacrifice de la fille.

Winckelmann n'écoutait plus.

Il remonta chez lui, et vit, tout en ne voulant pas le voir, la blanche Wilhelmine prendre avec son fiancé la tête du cortége et se diriger vers l'humble église où il l'avait suivie tant de fois.

Le malheureux jeune homme boucla son havresac, paya sa légère dépense, prit le bâton de voyage oublié dans un coin depuis quinze jours, jeta un dernier regard sur la maisonnette, sur la vigne, sur le jardinet, et s'en alla par un sentier perdu qui devait le conduire à la sortie de Gelnhausen sans que le supplice de passer devant l'église et de rencontrer la noce lui fût infligé.

Une heure après, il fut trouvé évanoui au pied d'un arbre par deux bûcherons, qui le ramenèrent au *Soleil d'or* au moment même où le cortége nuptial rentrait chez Buttler.

II

UN GRAND HOMME EN HERBE.

Archangeli, en sa qualité de docteur, quitta le bras de sa jeune femme et traversa magistralement la foule pour aller savoir s'il s'agissait d'un simple coup de lancette ou d'une ordonnance.

Wilhelmine, enchaînée par les convenances et le devoir, n'avait pas bougé de place, mais elle était devenue pâle comme une morte.

Winckelmann avait repris ses sens ; cependant il restait en proie à une fièvre brûlante, à une sorte de délire, pour le traitement desquels il eût peut-être fallu plus de science que n'en avait le docteur. Si la nature ne se fût mise de la partie, il eût été fort à craindre que le jeune inconnu, l'illustre antiquaire futur et sa précieuse *Histoire de l'art chez les anciens* ne mourussent là du même coup.

Chez certains hommes, grâce aux obstacles, et l'imagination aidant, de simples fantaisies arrivent parfois à des degrés d'ébullition dont les organisations calmes ne sauraient se faire une idée. Joachim était de ces sensitives qu'un rien abat, mais qu'un rien relève.

Toutefois, la convalescence fut longue, si longue que nous serions tenté de croire que Joachim appréhendait d'en voir arriver le terme et la prolongeait à plaisir.

C'est que, de son fauteuil roulé près de la fenêtre, il pouvait contempler incessamment la maison Buttler, et que, de son côté, Wilhelmine semblait avoir pris à tâche de ne plus travailler que sur un petit balcon de bois rustique qui surmontait la porte de son humble demeure.

Il y a des époques comme cela, dans la vie, où l'on est pris d'une prédilection subite pour telle rue, tel spectacle, telle fleur, telle promenade.

Le cœur seul sait pourquoi.

J'ai connu un jeune homme qui n'allait jamais du boulevard Montmartre, où il demeurait, au boulevart Bonne-Nouvelle, où étaient ses occupations, sans passer par le carrefour de l'Odéon.

Il prétendait que c'était le plus court.

Parfois Winckelmann regardait la jeune femme, et alors celle-ci, baissant subitement les yeux, se remettait à coudre ou à broder avec une miraculeuse activité.

Parfois Wilhelmine regardait le jeune homme, et alors celui-ci semblait se replonger dans sa lecture avec un acharnement sans égal.

Pendant ce temps, Archangeli, monté sur un bidet du Holstein, allait à ses malades, dans un rayon de cinq à six lieues.

C'était un homme d'une quarantaine d'années, grand, pâle, à cheveux noirs et crépus, mélancolique, et si maigre qu'il pouvait se servir de squelette à lui-même pour ses études anatomiques.

Quoi qu'en eût dit l'aubergiste du *Soleil d'or*, il guérissait de temps en temps, une fois sur dix, et ne tuait guère plus qu'un autre. C'était, en somme, un médecin fort distingué.

Il était venu s'établir à Gelnhausen, on ne savait trop pourquoi ; peut-être même exerçait-il sans diplôme, car l'autorité ne se préoccupait guère, à cette époque, de pareils détails, et la médecine était assez volontiers, comme en Orient, la profession de ceux qui n'en avaient pas.

Le père Buttler, comme nous l'avons vu, ayant été atteint d'une pleuro-péripneumonie (voir au dictionnaire de médecine), Archangeli l'avait traité comme s'il se fût agi d'une gastro-hépatite. Or, comme il lui arrivait souvent d'intervertir les remèdes aussi bien que les maladies, il avait précisément combattu la prétendue gastro-hépatite par les moyens qui conviennent à la pleuro-péripneumonie, et Buttler en était sorti tant bien que mal. Voilà pourquoi celui-ci lui avait donné sa fille pour solder le compte des visites.

Il est vrai d'ajouter que Wilhelmine était la plus jolie fille et le meilleur parti du village, et que le docteur l'avait demandée.

Aussi est-il permis de supposer que Wilhelmine avait accepté Archangeli comme une foule de choses que l'on prend parce qu'on vous les offre, et que l'on n'eût cependant jamais choisies.

La première sortie de Joachim devait être consacrée à faire au docteur une visite de remercîment.

Pour mieux s'acquitter de ce devoir, il guetta naturellement l'instant où Archangeli n'y était pas. De cette façon, ce serait à la femme qu'écherrait la reconnaissance due au mari.

L'entrevue se passa à ne parler que très peu et à rougir beaucoup.

— Lorsque vous êtes tombé malade, — demanda Wilhelmine, — il y avait déjà quelque temps que vous habitiez ce village ?

— Quinze jours, — reprit Joachim.

— Qu'y faisiez-vous ?

— Ce que j'y faisais !... — répondit le jeune homme en tortillant sa casquette qu'il tenait à la main ; — je n'y faisais rien.

— Il me semble vous avoir aperçu quelquefois, le matin... à la messe.

— Oui, mademoiselle... oui, madame.

Elle l'avait aperçu tous les jours à sa croisée ; mais le moyen d'avouer cela de but en blanc ?

— On vous a trouvé évanoui dans le chemin creux ?

— Oui, madame.

— Vous partiez, je crois ?

— Je partais.

— Et cela vous a pris comme cela, tout à coup ?

— J'avais éprouvé le matin même une très vive émotion, et j'ai tout lieu de penser...

— Vous étiez sans doute attendu quelque part, et ce retard dans l'exécution de vos projets...

— Je n'étais pas attendu, — reprit tristement Joachim ; — je l'étais si peu que me voilà guéri... guéri de ma maladie, bien entendu... et que je reste encore.

Puis ils se turent.

Wilhelmine laissa tomber sa pelote, qui se déroula par la chambre. Winckelmann s'empressa de la ramasser et de la lui rendre.

Leurs doigts se touchèrent, et à ce contact le pauvre jeune homme perdit le peu de présence d'esprit qui lui restait encore.

Le silence était tel qu'ils entendaient battre leur cœur.

Au bout de quelques instants, lorsqu'il eut assez promené ses regards du plafond à la pointe de ses souliers, et qu'il ne sut plus ni où ni quoi regarder, Joachim se leva et prit congé, annonçant qu'il reviendrait le lendemain faire ses adieux au docteur.

Il revint en effet, non-seulement le lendemain, mais plusieurs jours de suite.

Toujours le docteur venait de sortir, ou il allait rentrer... et ne rentrait pas.

En leur qualité d'Allemands, Joachim chantait et Wilhelmine touchait du clavecin, cela va sans dire.

En général, les romances parlent d'amour et permettent fort agréablement aux cœurs timides de déclarer leur flamme sous le pseudonyme d'Oswald ou d'Arthur. Il suffit d'appuyer tel mot d'un regard, de donner à tel autre une inflexion plus tendre, et l'on s'entend de part et d'autre sans s'être rien dit.

Que de cœurs sans emploi si l'on supprimait demain les pianos et les romances !

Mais, rassurez-vous, mademoiselle, on ne les supprimera pas... au contraire.

Un jour que le docteur avait trouvé morts deux de ses malades de la veille, ce qui avait naturellement raccourci sa besogne et simplifié ses visites, il rentra comme Joachim chantait. Il en conclut que le jeune homme était guéri, et ne vit là qu'une cure de plus à enregistrer.

Sans s'être entendus pour cela, par une sorte de connivence instinctive et tacite, très fréquente en pareils cas, Wilhelmine et Joachim glissèrent sur les entrevues précédentes, en sorte que le docteur crut à une première visite.

Joachim, ne sachant plus comment pro'onger d'une façon plausible son séjour à Gelnhausen, parla de palpitations qu'il éprouvait encore.

En prononçant ce mot de *palpitations*, il appuya la main sur son cœur et jeta à Wilhelmine un furtif regard, que celle-ci surprit au passage.

Archangeli ne surprit absolument rien.

Il tâta le pouls du *sujet*, s'absorba un instant dans les arcanes de sa science, et finit par déclarer qu'il fallait encore dix ou quinze jours d'un repos complet. Winckelmann parut vivement attristé de ce contre-temps ; il combattit l'opinion du docteur, et alla même jusqu'à manifester l'intention d'en pas tenir compte et de partir.

Le docteur insista et fut sur le point de se fâcher.

Wilhelmine ne soufflait mot et paraissait indifférente au débat ; ce qui signifie qu'elle y prenait au contraire un intérêt très grand.

— Voyons, ma chère, — lui dit Archangeli, — joignez donc vos instances aux miennes.

— Je doute, — reprit timidement la jeune femme, — que monsieur suive mon ordonnance avec plus de docilité que la vôtre ; cependant...

Cette fois, Winckelmann fut pris de palpitations réelles.

Il demanda un verre d'eau, qu'il but à petites gorgées.

— Je vous enfermerais plutôt ici, en chartre privée, que de vous laisser partir, — reprit le docteur.

Joachim eut l'air de faire une concession, et promit de rester.

Wilhelmine le remercia par un sourire, et le docteur par une poignée de main.

On le retint à souper.

Nous avons dit que Winckelmann était déjà presque un savant. Archangeli savait un peu de tout, et, dans sa clientèle villageoise, ne trouvait guère d'intelligences qui fussent à l'unisson de la sienne.

C'était donc une bonne fortune pour lui que de trouver avec qui causer.

Joachim, pourvu que Wilhelmine fût là, aurait, je crois, causé toute sa vie.

Ajoutez que Wilhelmine l'eût écouté jusqu'à la fin des siècles.

Il en résulta que la soirée, habituellement longue à dévorer, passa comme un éclair, et que le docteur stipula que son malade reviendrait chaque soir.

Cela devait faire partie du traitement, comme distraction.

Quinze jours s'écoulèrent encore, et comme suit :

Joachim se tenait à la fenêtre du *Soleil d'or*, où il faisait semblant de lire ;

Wilhelmine sur le balcon de sa maisonnette, où elle avait l'air de coudre ;

Archangeli au chevet de ses malades, dont il auscultait les poumons et regardait la langue.

Le soir les réunissait tous les trois. Seulement Joachim arrivait toujours une heure avant la rentrée du docteur.

Et cependant aucun aveu ne s'était encore échappé de leurs lèvres.

Les choses en étaient là : Archangeli était absent jusqu'au lendemain ; Joachim venait de rentrer à son auberge, après une soirée entière passée seul avec Wilhelmine ; une de ces soirées telles que nous en avons tous quelques-unes dans la mémoire, dont on sort comme stupide, tant on s'est fait de violence pour paraître calme et pour dire autre chose que ce dont le cœur était plein.

L'air était tiède. Les rossignols et les bouvreuils causaient d'amour dans la ramée. La lune enveloppait de ses pâles rayons le village endormi.

Joachim, seul à sa croisée, écoutait le cœur et la raison se combattre en lui :

« Elle t'aime, » disait le cœur.

Et tous les mirages d'une passion partagée resplendissaient dans sa pensée.

« Archangeli a été bon pour toi, » disait la raison, « il t'a soigné ; il t'a ouvert avec confiance sa maison ; est-ce en séduisant sa femme que tu t'acquitteras envers lui ? Ensuite, est-ce bien véritablement aimer Wilhelmine elle-même que de la vouer aux regrets, à la honte, à l'abandon qui suivront sa faute tôt ou tard ? Sous quel prétexte resterais-tu dans ce village ? Et ton avenir ? Que sont devenus ce courage, cette voix intérieure qui te criaient de marcher à la conquête de la fortune et de la gloire ? »

En ce moment, Wilhelmine parut à son balcon. Elle éprouvait sans doute, elle aussi, le besoin de demander au calme de la nuit l'apaisement de son cœur.

Joachim sentit tout à coup naître en lui une bonne et généreuse résolution.

Il descendit, et marcha vers le balcon.

A l'aspect de cette ombre qui s'avançait, la jeune femme eut peur et fit un mouvement en arrière pour rentrer dans sa chambre.

— C'est moi, — dit Joachim à demi-voix.

— Vous ! — reprit Wilhelmine. Winckelmann était arrivé sous le balcon. Comme il puisait souvent dans la bibliothèque du docteur, la jeune femme crut qu'il s'agissait d'un livre oublié. — Vous n'avez peut-être rien à lire ? — demanda-t-elle.

— Ce n'est pas cela, — reprit Joachim ; — mais je viens vous dire que je vous aime et que je vais partir dès qu'il fera jour.

Rien ne donne du courage comme les résolutions suprêmes. Peut-être, s'il eût dû continuer à voir Wilhelmine chaque jour, aurait-il encore hésité longtemps à lui dire ce *je vous aime* si terrible et si doux.

Ah ! nous savons bien qu'il suffit parfois d'une seule étincelle pour que toute une ville soit réduite en cendres ; nous savons bien qu'il eût été plus sage de partir sans faire cet aveu ; mais nous savons aussi que Winckelmann n'avait à cette époque que vingt-trois ans, que le sacrifice qu'il venait de s'imposer dénotait déjà une certaine force de caractère, et que, à moins de le vouloir parfait tout de suite, c'était bien le moins qu'il eût la consolation d'un dernier adieu.

Ensuite, ne lui fallait-il pas emporter un souvenir, un ruban, une boucle de cheveux, une fleur fanée, n'importe quoi, pourvu que cela vînt *d'elle* et qu'il le conservât sur son cœur à l'état d'amulette ou de talisman ?

Que le lecteur tenté de rire remonte à sa jeunesse et qu'il se souvienne.

A ces mots de Joachim : « Je viens vous dire que je vous aime et que je vais partir dès qu'il fera jour, » Wilhelmine ne répondit rien. Aussi en sommes-nous réduits à supposer, vu l'obscurité, qu'elle se soutenait à peine et que l'émotion l'empêchait de parler.

Joachim vit une échelle sous un hangar, à quelques pas de là.

La prendre, l'appliquer contre le balcon et monter, fut l'affaire d'une seconde.

— Wilhelmine, — dit Joachim (c'était la première fois qu'il l'appelait ainsi), — dès le premier jour de mon arrivée ici, où je ne devais que passer, je vous ai vue et vous ai aimée.

— Je le sais, — murmura la jeune femme, mais si doucement, si doucement, que Winckelmann la devina plutôt qu'il ne l'entendit.

— Le jour de votre mariage, — poursuivit-il, — lorsqu'on m'a trouvé inanimé dans le chemin creux, je voulais vous maudire et vous fuir à jamais ; mais la force m'a manqué pour l'un comme pour l'autre.

— Je le sais, — répéta Wilhelmine, mais cette fois un peu plus intelligiblement que la première.

Le jeune homme reprit :

— J'ai béni ma maladie, parce qu'elle servait au moins de prétexte à la prolongation de mon séjour dans ce pays. Ne pouvant vivre ici, j'ai désiré y mourir, pensant que vous deviez aller quelquefois au cimetière prier pour les vôtres, et que, si le hasard faisait que votre robe frôlât l'humble croix de ma tombe, j'en éprouverais je ne sais quelle douce commotion. — Wilhelmine ne répondit rien, mais deux larmes brillaient au coin de ses paupières. — J'ai enduré en silence, — poursuivit Joachim, — toutes les sourdes rages de vous savoir à un autre. Vingt fois j'ai conçu les idées les plus folles, les espoirs les plus insensés ; je voulais me jeter à vos pieds, vous supplier de fuir avec moi... Mais, hélas ! je suis désormais la proie du hasard, et je n'aurais pas même d'abri à vous offrir !... Dieu, qui m'abandonnait, vient heureusement de rentrer en moi. J'ai appris dans les livres, et par ma propre expérience, que la vie est rude à gravir ; il ne faut pas que la première ronce m'accroche au passage. Il serait d'ailleurs indigne de vous et de moi de tromper Archangeli. Je pars donc, et je vous fais mes adieux.

— Oui, — dit vaillamment Wilhelmine, — partez, car moi aussi je vous aime... Emportez mes pensées, emportez mon âme, emportez mon repos... mais que je garde au moins la conscience de m'être sacrifiée au devoir. Je ne dirai plus désormais une seule prière à laquelle vous n'ayez part. Je penserai à vous chaque jour de ma vie. Adieu ! — ajouta-t-elle tristement en lui tendant la main.

— Adieu ! — répéta Joachim d'un air désespéré, en couvrant de larmes et de baisers la main de Wilhelmine.

Ils restèrent quelque temps sans parler,

On aurait entendu les battemens de leurs cœurs.

En ce moment, un galop précipité de chevaux se fit entendre.

Joachim n'eut que le temps de tirer à lui l'échelle appliquée au balcon, et que les cavaliers eussent peut-être heurtée ou aperçue.

Wilhelmine se hâta de souffler la veilleuse qui éclairait faiblement sa chambre.

Joachim s'était blotti dans l'ombre, sur le seuil de cette chambre où ses regards n'osaient plonger.

Les cavaliers s'arrêtèrent à la porte du *Soleil d'or*, juste en face le balcon de Wilhelmine.

C'était un piquet de hussards altérés, dont la consigne semblait être de boire à toutes les enseignes, et qui lui obéissaient avec une exactitude scrupuleuse.

L'aubergiste tardait à venir. Les hussards impatiens heurtaient la porte et les volets du pommeau de leur sabre.

La lune aidant, Winckelmann pouvait être aperçu d'un moment à l'autre.

— Entrez, — lui dit Wilhelmine à voix basse.

Et elle fut obligée de lui tendre la main pour le guider dans l'obscurité.

Nous ne savons comment cela se fit, mais Joachim ne quitta plus cette main.

La tête du jeune homme s'affaissa sur l'épaule de la jeune femme, leurs cheveux se touchèrent... leurs lèvres aussi.

Tous deux se crurent envolés vers les cieux et oublièrent tout le reste.

. . . .

Aux premières lueurs du crépuscule, Winckelmann quittait courageusement Gelnhausen, le sac sur le dos et son bâton de voyage à la main.

Il marcha d'abord pendant l'espace de deux ou trois heures, tout au souvenir de Wilhelmine.

De temps à autre il s'arrêtait et se retournait dans la direction de Gelnhausen, où le ciel lui semblait plus pur et la campagne plus riante. Il portait envie aux paysans qui le croisaient sur la route, et qui se rapprochaient *d'elle* alors qu'il était forcé, lui, de s'en éloigner.

Hélas ! la vie se passe ainsi à marcher à rebours de ses sympathies, et peut-être que ces mêmes paysans, quittant la famille et le clocher natal, lui portaient une égale envie de ce qu'il allait là d'où ils venaient.

Cependant d'autres soucis plus matériels ne tardèrent pas à s'emparer de lui.

Il s'assit sur le bord de la route, se plongea le front dans les mains, et se prit intrépidement corps à corps avec la réalité.

Or, la réalité lui faisait une grimace affreuse.

Où allait-il ?

Qu'allait-il devenir ?

Deux mois environ s'étaient écoulés depuis qu'il avait quitté Steindall dans l'intention d'aller à Paris ; mais toutes ses ressources se trouvaient épuisées dès le début du voyage.

Winckelmann avait toujours été pauvre, très pauvre même, mais d'une pauvreté honorable et respectée, comme il convient à un maître d'école de village, si humbles que soient le village et le maître d'école.

Ajoutez que sa jeunesse s'était en quelque sorte écoulée dans la familiarité intellectuelle des moralistes et des philosophes anciens, et que son cœur comme sa science s'en étaient élevés à des hauteurs peu communes.

Quant à subir l'humiliation de retourner à Steindall et d'y implorer sa réintégration dans la place qu'il avait naguère délaissée, il n'y fallait pas songer davantage.

Un seul parti restait à prendre : c'était de gagner la ville la plus voisine, d'y chercher un modeste emploi qui pourvût aux premiers besoins, et d'aviser ensuite.

Cette résolution avait de plus l'immense avantage d'être d'accord avec son cœur, lequel lui criait de ne pas trop s'éloigner de Wilhelmine.

Joachim s'achemina donc vers Ostelbourg.

III

LE HASARD.

Nous avons laissé Joachim Winckelmann sur la route d'Ostelbourg, où il allait chercher fortune.

Son équipage délabré n'était guère fait pour le recommander aux yeux de ceux qui jugent de l'arbre sur l'écorce. Mais s'il ne dépendait pas de lui de se donner un habit moins saccagé, au moins pouvait-il se défriper un peu, se brosser, se raser et se donner cet air de propreté correcte qui supplée parfois au luxe avec avantage.

A cet effet, avant d'entrer à Ostelbourg, il descendit la berge d'une petite rivière, et si, comme il l'écrivait plus tard au cardinal Albani, l'eau n'était pas chauffée au degré convenable, il en trouva du moins plus qu'il ne lui en fallait, ce qui n'eût pas eu lieu s'il se fut agi du Mançanarès.

Déjà Winckelmann avait ouvert son rasoir et se courbait pour se savonner, lorsque de grands cris retentirent sur la route qui n'était qu'à dix pas de son plat à barbe, c'est-à-dire de la rivière.

Effrayé, il se retourna et vit une chaise de poste lancée au galop, qui s'arrêta soudain lorsqu'elle fut à sa hauteur.

Deux dames éperdues en descendirent et coururent à lui.

C'étaient la mère et la fille. Toutes deux, lui saisissant les bras :

— Malheureux! — s'écrièrent-elles, — qu'allez-vous faire?

— Ma barbe, — reprit naïvement Joachim.

A ce mot, les dames se prirent à rire de grand cœur. Elles avaient tout simplement cru que Winckelmann voulait se couper la gorge.

Pleinement rassurées, elles désirèrent savoir par quel concours de circonstances un jeune homme dont le langage et les manières étaient distingués établissait ainsi son cabinet de toilette en plein air, près de l'arche d'un pont.

Le pauvre jeune homme raconta son histoire avec grâce et simplicité; il glissa, bien entendu, sur les incidens de son séjour à Gelnhausen.

On comprit le reste, et la plus âgée de ses libératrices allongeait déjà la main vers sa bourse, lorsque la plus jeune, à un éclair de fierté qui rayonna sur le front de Joachim, fit signe à sa mère que ce n'était pas cela qu'il fallait.

C'était une charmante jeune personne, de dix-sept à dix-huit ans, aux yeux....., à la taille....., à la chevelure.....

Nous prions le lecteur de choisir lui-même les épithètes qui seront le plus dans ses goûts.

— Vous devez savoir bien des choses? — demanda-t-elle gentiment à Joachim.

— C'est selon comme on veut l'entendre, — reprit le jeune homme — je connais l'Athènes de Périclès et la Rome de Cicéron ; j'irais les yeux fermés aux Propylées et au mont Aventin...

— C'est très beau cela ! — reprit la jeune fille.

— Mais je ne sais rien des choses de mon temps, — acheva Winckelmann, — et je crains bien...

— Oh ! vous avez tort de craindre, — ajouta la mère. — Quand on a tant vécu dans le passé, on doit bien avoir appris un peu, sans s'en douter peut-être, à vivre dans le présent. Tenez, je suis sûre que notre rencontre va vous porter bonheur.

Sur un mot de sa mère, la jeune fille tira de sa poche un joli petit portefeuille doré sur toutes les tranches et parfumé comme un sachet; elle en arracha un feuillet, sur lequel elle écrivit rapidement quelques lignes au crayon.

— Vous alliez à Ostelbourg, n'est-ce pas ? — demanda-t-elle.

— J'allais à la grâce de Dieu, — reprit Joachim.

— C'est la meilleure façon de voyager, — dit la mère.

— Le malheur est que nous partions, — reprit la jeune fille ; — sans cela, nous vous eussions recommandé de vive voix. Mais il n'importe ; vous remettrez ceci à son adresse. Monsieur Speroni est un galant homme, qui s'emploiera pour vous de grand cœur. C'est de plus un savant comme vous, et il sera charmé de trouver avec qui causer de la Grèce et de Rome. Et puis, — ajouta l'aimable fille en souriant, — il est mon fiancé, et je voudrais bien voir qu'il n'obéît pas lorsque je commande.

Joachim voulut répondre, mais il ne trouvait rien. D'ailleurs son émotion était visible et répondait plus éloquemment que n'eût fait sa voix.

La jeune fille et sa mère remontèrent en voiture ; le postillon fit claquer son fouet, et les chevaux partirent en secouant leurs grelots.

Joachim était resté immobile, les yeux tournés du côté de la voiture qui s'éloignait.

Sa gracieuse protectrice, penchée par la portière, agitait de loin son mouchoir en signe d'espérance et d'adieu.

Winckelmann faisait, un quart d'heure après, son entrée à Ostelbourg.

IV

TRAIT D'UNION.

Comme nous n'avons pas la prétention d'écrire la vie tout entière de Winckelmann, et que nous nous bornons à développer l'épisode sinistre qui amena sa mort violente et prématurée, le lecteur voudra bien nous permettre de considérer ce qui précède comme un simple prologue et de sauter d'un trait de plume par-dessus vingt-sept ans.

Moins que rien, n'est-ce pas?

La recommandation de la jeune fille a porté ses fruits. Monsieur Speroni a accueilli à bras ouverts le jeune voyageur ; il l'a emmené à Rome et recommandé au cardinal Albani, lequel l'a nommé inspecteur de sa collection d'antiques.

Livré à des travaux parfaitement adaptés à sa nature et à ses goûts, Winckelmann a bientôt pris rang parmi les hommes les plus illustres de son temps.

Il a successivement publié l'*Histoire de l'art chez les anciens; Lettres sur Herculanum ; Réflexions sur l'imitation des ouvrages dans la peinture et dans la sculpture*, etc.

Si bien que lorsque nous le retrouvons, en 1768, après vingt-sept ans, il est président des Antiquités, à Rome, bibliothécaire du Vatican, et vient de partir joyeusement pour l'Allemagne en compagnie du sculpteur Cavaceppi.

Il a traversé rapidement Lorette, Bologne, Venise, et il s'est dirigé sur Vérone, où il se propose de séjourner quelque temps.

C'est à Vérone que réside sa première protectrice, devenue madame Speroni, la cause de sa fortune, le premier jalon de sa gloire.

Il n'a jamais eu occasion de la revoir depuis le jour où nous l'avons vu quitter Wilhelmine et faire son entrée à Ostelbourg, rasé de frais à l'eau de la rivière, mais dans le modeste équipage que vous savez.

Or, on comprend les liens de reconnaissance qui l'attahent à cette famille. De là l'ardent désir de la lui témoigner enfin de vive voix et de passer quelques jours avec elle.

V

VINGT-SEPT ANS APRÈS.

Pendant que Winçkelmann arrive et s'installe à Vérone, nous prierons le lecteur d'entrer avec nous à la villa Pollo, située au nord du territoire de Mantoue.

Nous y avons affaire, et c'est du reste, comme on le verra plus tard, une faveur très grande que de la pouvoir visiter.

La villa Pollo n'était pas une de ces maisons de campagne coquettes, vernies, bourgeoises, où s'amalgament sur vingt pieds carrés tous les ordres d'architecture possibles et impossibles.

Rien de lugubre et d'abandonné comme l'extérieur de ce château ; rien de plus triste et de plus dévasté. On y arrivait par une haute et large porte de chêne, encadrée par des assises et un lourd entablement de pierres noircies, dégradées par le temps, et sur lesquelles poussaient à plaisir tous les rejetons de l'immense famille des pariétaires. De chaque côté de cette porte vermoulue s'étendait une grille de fer rouillée, derrière laquelle on avait établi une sorte de palissade en planches grossières, destinée sans doute à supprimer le regard curieux des passans.

La cour d'honneur, peu digne de ce nom, témoignait de l'incurie du propriétaire. A l'exception de deux sentiers, dont l'un conduisait chez le concierge et l'autre au vestibule de l'habitation, cette cour, quoique pavée, était couverte d'une espèce de gazon sauvage.

Enfin, pour compléter ce tableau de désolation et de ruine, le toit se dégradait en plusieurs endroits ; les cheminées, à moitié renversées, se donnaient des airs de tours de Pise ; les murailles se lézardaient en tous sens, et la plupart des volets, séparés de leurs gonds, pendaient çà et là le long des fenêtres muettes, dépourvues de rideaux, de jeunes filles qui regardent ou de vieillards qui s'accoudent.

Seulement l'architecture était du goût le plus sévère, du style le plus pur, et nous défions que jamais antiquaire pût tomber en extase devant plus bel écrin de chapiteaux et de colonnades.

Le marquis Manfred-Pollo, à qui appartenait ce manoir, était un descendant de ces magnifiques seigneurs qui s'opposèrent longtemps, à Gênes, à la dictature des Doria, et qui, bannis enfin de la république, durent transporter ailleurs leurs trésors et leur influence ; influence de peu de durée, car bientôt la domination étrangère pesa sur toute l'Italie : la vie patricienne cessa tout à coup, et les nobles de vieille souche, trop fiers pour ramper à la cour du maître, n'eurent plus qu'à végéter dans leurs palais.

C'est à dater de cette époque que le jeu était devenu la passion dominante des Italiens. Il faut une soupape quelconque à l'activité comprimée ; faute d'avoir de grandes choses à faire, on a recours aux sensations véhémentes qui font tout oublier. Alors les insoucians choisissent ce qui énerve, et s'abandonnent à l'amour facile ; les natures vigoureuses demandent aux frénésies du jeu le simulacre des luttes et des batailles perdues ou gagnées.

La famille Pollo était une famille de joueurs.

Toujours malheureuse, cette race antique, comme celle des Atrides, semblait marquée d'une tache originelle. La passion du père passait dans le sang du fils.

En 1768, à l'époque des événemens que nous allons retracer, il ne restait de l'ancienne famille des Pollo que deux rejetons : le marquis Manfred, vieillard plus que sexagénaire, et son fils Cinelli, jeune seigneur de vingt-cinq ans.

Cependant, soit que leur fortune, jadis immense et aux trois quarts engloutie, ne fût plus un aliment proportionné à la passion dont leur race avait été dévorée ; soit que leur sang, s'éloignant de sa source et plus attiédi, leur eût permis de jeter un regard d'effroi sur le passé et de renier à jamais le terrible legs de leurs ancêtres, à Manfred et à Cinelli paraissait s'être brisée la longue chaîne des coupables folies qui avaient quelque peu terni leur blason.

Il est vrai que, dans sa jeunesse, le marquis Manfred s'était précipité dans un affreux tourbillon. Sans cesse penché sur les tables où roulaient des fleuves d'or, toujours perdant, toujours en délire, toujours furieux, peut-être allait-il terminer sa vie par un suicide ou pousser le désordre plus loin que pas un de ses aïeux, lorsque la mort subite de son père, survenue en pays étranger, l'avait tout à coup rappelé à ses devoirs en lui faisant faire sur lui-même un retour sincère.

Dès lors, à l'étonnement de tous, et comme il arrive souvent à certaines natures ardentes d'aller d'un extrême à l'autre, l'homme naguère dissipé se séquestra complètement du monde, celui qui avait raillé la science se livra désormais aux études solitaires, et le prodigue se fit avare.

Il réforma son train de maison, vendit ses équipages, aliéna ses propriétés pour payer ses dettes, et ne conserva que cette *villa* que nous connaissons. C'était la terre de famille : il semblait y tenir encore.

Une vieille gouvernante et son mari, à la fois intendant et concierge, étaient ses seuls domestiques. D'humeur mesquine, il avait fini par se retrancher peu à peu, d'abord le superflu, puis une portion du nécessaire.

Le peuple n'aime pas les avares ; aussi les Mantouans de la campagne n'épargnaient-ils pas le seigneur converti :

— Il entasse sequins sur sequins, — disaient-ils. — Il ne donnerait pas aux pauvres un *baiochetto ;* le soir, armé jusqu'aux dents, il rôde comme un spectre autour de sa villa, prêt à tuer quiconque serait assez téméraire pour en approcher. Mieux valait-il encore lorsqu'il était diable, avant de se faire ermite.

Et Dieu sait les immenses richesses, toutes enfouies bien entendu, dont le gratifiaient les bruits populaires ! Avec cela que le concierge Matheo, toujours entre trois ou quatre vins, racontait à ce propos des choses merveilleuses.

Ces richesses étaient, selon lui, cachées sous les dalles d'un pavillon isolé où se trouvaient rassemblés les tableaux, les statues, les armures et les antiques d'une vieille galerie menaçant ruine. C'était là que le vieillard se rendait chaque nuit, et que, sous prétexte de son admiration pour les arts, il pesait ses diamans, retournait son or et fondait en lingots l'argenterie de famille.

— Je l'ai vu plus d'une fois, — disait Matheo, en parlant du vieux marquis son maître, — oui, je l'ai vu plus d'une fois s'introduire mystérieusement dans ce pavillon, une lanterne sourde à la main. Un soir même, je l'ai suivi, au risque d'être poignardé s'il m'eût aperçu, et pendant toute la nuit jusqu'au lever du soleil je n'ai entendu que compter de l'or et empiler de l'argent. Il doit y en avoir pour des millions de millions !

Cela tournait à la légende, et il faut reconnaître que les allures et l'aspect du vieux marquis étaient bien faits pour donner quelque consistance aux assertions de son majordome. Le thème prêtait aux arabesques et aux fioritures sombres.

Ainsi, pâle, débile, les cheveux en désordre, presque en haillons, le visage contracté, sans doute par cette terreur d'être volé qui assiège les avares ; courbé vers la terre où il semblait déjà chercher sa place, le seigneur Manfred avait moins l'air d'un vivant que d'une âme errante et chassée de la tombe pour quelque fatale expiation.

Jamais propriétaire et propriété ne s'étaient mieux ressemblés.

Néanmoins il faisait à son fils une pension honorable ; et, bien qu'il le tînt ordinairement éloigné de lui, il fallait qu'il l'aimât beaucoup, car une caresse coûte moins qu'un sequin.

Ce jeune homme, quoique né grand seigneur (notez qu'il s'agit d'il y a cent ans), n'avait pas cru au-dessous de lui de se distinguer dans ses études. Spirituel et brillant, il donnait le ton à toute la jeunesse de Vérone et de Mantoue, non pas ce ton qui consiste dans la magnificence et l'éclat, mais ce ton qui consiste dans le bon goût et l'exquise élégance. Il montrait les plus nobles penchans, et semblait prendre à tâche de faire oublier les longues erreurs de sa famille.

Dans un autre pays et à une autre époque, le jeune Cinelli eût sans doute été de ceux dont s'enorgueillit la patrie et qu'elle appelle à la vie active des affaires.

Malheureusement, il n'en était pas ainsi, et l'oisiveté avait fini, comme toujours, par engendrer les vices.

Cinelli, chassant de race, était devenu joueur. L'amour et le jeu, ces deux passions contraires, se disputaient son être sans qu'il fût possible à l'une de surmonter l'autre.

Cinelli serait allé décrocher toutes les étoiles pour en faire un radieux collier à sa chère Cinthia, c'était le nom de sa fiancée. Il serait allé chercher son gant ou son bouquet dans la loge d'un tigre ; il eût traversé pour la voir des mers de glace et des lacs de feu, mais il n'aurait pas cessé de jouer.

En admettant que Cinthia eût pénétré ce mystère funeste, il se serait traîné à ses genoux, se meurtrissant la poitrine, implorant merci, jurant de ne plus faillir ; mais au bruit des dés, au son aimanté de l'or, il s'en serait allé jouer comme sous l'impulsion d'un magnétisme invincible.

Le jeu étant en Italie, à cette époque, un besoin pour les hommes, et presque une nécessité pour le repos des gouvernemens, il y avait alors dans les grands centres des cercles autorisés qui se cachaient au grand jour. Là on pouvait tout à la fois risquer son honneur et sa fortune sans s'exposer au blâme général.

Toute la question, pour être affilié, était d'être riche ou puissant. L'étranger lui-même, le vice voyageur, pourvu qu'il eût un coffre-fort ou un titre, était sûr d'être admis dans ces clubs souterrains et de trouver ainsi partout un exutoire à sa passion fiévreuse.

En général, ces combats de patrimoine à patrimoine se livraient à armes courtoises, et l'on se ruinait galamment.

Toutefois il arrivait que des fripons exercés, des *chevaliers* dont le fief n'était autre chose qu'une industrie coupable, s'affublant de titres d'emprunt ou simulant une grande richesse, venaient tendre leurs filets dans ces eaux bourbeuses, qui après tout charriaient de l'or.

Or, l'assemblée secrète de Vérone avait imprudemment accueilli l'un de ces misérables.

C'était un jeune homme obscur, d'environ vingt-sept ans, nommé Archangeli, d'un caractère fortement trempé, habile à saisir le ton du grand monde, à prendre tous les déguisemens et à jouer tous les rôles.

Cet aventurier s'était particulièrement désigné pour victime le jeune Cinelli, comme moins expérimenté sans doute et plus facile à duper que les autres ; si bien que, après avoir perdu tout ce dont il pouvait disposer, le fiancé de Cinthia devait encore sur parole une somme considérable.

A bout d'expédiens, il n'avait plus que la ressource douteuse et suprême de s'adresser à son père.

Cinelli était donc venu dans ce but à la villa du seigneur Manfred.

Déjà trois longs jours s'étaient écoulés en vaines perplexités, sans qu'il eût trouvé une occasion favorable de s'ouvrir au vieux marquis, lorsque, par une matinée sombre comme ses pensées, Matheo ouvrit à deux battans la porte de sa chambre, et annonça gravement :

— Le comte Archangeli,

VI

DÉBITEUR ET CRÉANCIER.

Il va sans dire que l'Archangeli était comte comme nous sommes papes, vous et moi.

Ce titre était la sauce à laquelle il fallait que fût accommodé le menu fretin pour ne pas déparer le banquet des riches.

Ce nom d'Archangeli nous rappelle d'ailleurs celui d'un médecin de Gelnhausen, entrevu au premier chapitre de cette histoire, alors qu'il traitait doctoralement Winckelmann malade d'amour comme s'il se fût agi d'une affection prévue par le codex.

Seulement il y a de cela vingt-sept ans, et l'époux de Wilhelmine Buttler en avait alors quarante environ ; d'où nous sommes autorisé à conclure que, sous peine d'anachronisme, il ne faut pas confondre le vieil Esculape avec le jeune soi-disant comte.

Cette visite à son débiteur tombait d'autant plus mal que l'aspect du château n'était pas fait pour raffermir la confiance et inspirer à Archangeli de plus longues velléités de crédit.

Or le château était aussi dévasté à l'intérieur qu'au dehors : les froides et vastes salles étaient à peine garnies de quelques meubles dépareillés, couverts de poussière, mal en ordre, et qui semblaient perdus dans cette immensité ; partout les murs nus et gris étaient sans tentures, le sol sans tapis et dallé de carreaux que l'humidité rendait verdâtres ; les portes criaient sur leurs gonds ; çà et là pendaient, aux solives jadis dorées des plafonds, de longs cordons de soie tout poudreux qui avaient autrefois soutenu des lustres ; d'épaisses toiles d'araignées envahissaient l'angle des corniches ou obscurcissaient les vitres des croisées. Tout, en un mot, jusqu'à l'inexprimable odeur de moisi et de renfermé, particulière aux logis inoccupés, donnait à cette habitation un caractère étrangement lugubre et glacial.

Toutefois Cinelli fit bonne contenance, et prit, à la vue de son créancier, un de ces airs charmés sous lesquels se cache souvent dans le monde le désir très réel d'étrangler les gens.

— Que c'est donc aimable à vous, — lui dit-il, — d'être venu jusqu'ici !

— Ma foi ! ne vous voyant plus...

— Quelle charmante surprise !

— N'est-ce pas ?

— Avez-vous déjeuné, — demanda Cinelli.

— Pas que je sache, cher ami ; or, je suis venu à cheval de Vérone ici, et je vous avoue franchement...

— A la bonne heure ! Vous permettez ?... Je suis à vous à l'instant.

Et les ressources culinaires du château se réduisant à rien, Cinelli s'esquiva pour remettre quelques sequins à Matheo, dont la femme se chargea d'improviser un menu capable de faire oublier l'objet de sa visite au comte supposé.

Archangeli avait malheureusement beaucoup de mémoire, et la cave inhabitée du vieux marquis ne possédait pas une seule goutte de ce fleuve mythologique lequel avait la charmante propriété de faire oublier.

— Savez-vous, mon cher ami, que c'est très bien, ce domaine ? — dit le flibustier à sa dupe, lorsque celle-ci fut rentrée dans l'appartement.

— Peuh ! — fit Cinelli en fils de famille blasé sur la richesse.

— C'est un peu chevelu, un peu agreste, un peu négligé, — reprit le comte, puisque comte il y a, — mais ce n'en a que davantage cet air de grandeur patricienne qui réjouit les cœurs vraiment nobles... Et, tenez, cela me rappelle en petit ma terre de... de Chose, en Moravie, donnée... donnée, au neuvième siècle, par Zwentibald, à un de mes ancêtres, qui lui avait sauvé la vie dans un combat contre les Magyars et les Bohèmes.

— Ah ! diable !

— Figurez-vous que Zwentibald était aux prises avec un des chefs de l'armée ennemie : ce dernier brandissait sa masse d'armes ; une seconde de plus et c'en était fait de l'empereur morave. Mon ancêtre s'élance, saisit le défaut de la cuirasse du barbare, et lui passe si furieusement son épée à travers le corps, que, du même coup, il enfila un porte-étendard accouru au secours de son chef.

— Une brochette d'ennemis ! — reprit Cinelli en riant.

— C'est de là que nous est venu le nom d'*Archangeli*, archange, ange gardien, sauveur...

— Voilà une magnifique origine, et dont vous devez être fier, cher monsieur.

— Mon Dieu ! non. De là aussi un glaive que nous portons en pal sur fond de gueules... Eh bien ! pour en revenir à ce vieux burg, il est effondré au possible, éventré par les assauts, dévoré par la végétation et par le temps, il coûte plutôt qu'il ne rapporte ; ce qui ne m'empêche pas d'y tenir plus qu'à toutes mes autres propriétés réunies.

— Je le crois.

— Il est vrai qu'il contient une collection de vieilles armures et d'objets d'art qui vaut des millions.

Cinelli ne savait trop quelle contenance garder. Chaque fois que le comte ouvrait la bouche, il craignait de le voir entamer la question d'argent. A ces mots d'*objets d'art*, il entrevit la possibilité de lui couler un bric-à-brac quelconque en payement de sa dette, ou tout au moins la chance de distraire agréablement son fatal convive jusqu'à l'heure du déjeuner.

— Vous aimez les antiques ? — lui demanda-t-il.

— J'en raffole, cher ami.

— En ce cas, — reprit Cinelli, — je puis vous procurer de grandes jouissances ; nous avons ici une galerie remarquable, et, si vous daignez le permettre...

— Comment donc ! — reprit le noble comte, — mais vous prévenez mon plus vif désir.

Et les deux jeunes gens, fort unis en apparence, commencèrent leur exploration.

On ne se serait jamais figuré qu'un cruel orage couvait sous tant de déférence et de courtoisie.

A part le pavillon mystérieux dont nous avons parlé, et dans lequel nul autre que le vieux marquis ne pénétrait jamais, la villa et le parc ressemblaient véritablement à un musée rempli de chefs-d'œuvre.

Seulement, Cinelli comptait sans son hôte, lequel, sauf quelques noms ronflans qu'il avait appris pour jeter de la poudre aux yeux, appréciait à peu de chose près les arts comme le coq de la fable appréciait les perles.

Son art, à lui, était uniquement de frelater les cartes et de piper les dés, mais nul n'y excellait comme lui.

Cinelli le promenait de merveille en merveille, sans que l'enthousiasme ou la convoitise de l'amateur parût s'éveiller le moins du monde.

— Cette toile est de toute beauté, — disait-il, — mais j'ai à mon château de... Chose, en Moravie, des Bolognini, des Albane, des Velasquez, des Breughel, des Titien, des Corrége. devant lesquels on resterait à genoux pendant sa vie entière. — Ou bien : — Ce groupe n'est pas sans mérite ; mais, si j'avais un jour la bonne fortune de vous faire les honneurs de mon château de... Chose, en Moravie, vous y verriez des Phidias étourdissans, des Germain **Pilon miraculeux, des Coysevox, des Puget...**

— Comme il n'y en a pas, — acheva Cinelli, cachant sous un demi-sourire sa déconvenue de propriétaire.

Matheo vint annoncer que le déjeuner était servi.

— Et monsieur votre père, — demanda Archangeli en ne voyant que deux couverts, — n'aurai-je pas l'honneur de lui être présenté ?

— Mon père vit ici en cénobite et ne voit personne, — reprit Cinelli. — C'est à ce point que, depuis trois jours que je suis ici, nous ne nous sommes pas encore rencontrés.

— Ah ! vraiment ! Est-ce misanthropie, dévotion, chagrin ?

— Ma foi ! je ne sais trop. Toujours est-il qu'on n'est pas plus seul et plus abandonné que je ne le suis.

Cela sous-entendait : « Ne vous étonnez donc pas trop de ce que je suis encore votre débiteur. »

— C'est fort triste, — reprit le comte ; — mais, si j'en crois certains bruits, votre solitude va bientôt s'égayer de la présence d'une jeune femme : or, la solitude à deux, quand on s'aime...

— Que voulez-vous dire ?

— Ne vous mariez-vous pas ?

— Peut-être.

— Bah ! cher ami, c'est en pure perte que vous faites le discret. Il n'est bruit dans Vérone que de votre bonheur. On prétend de plus que Cinthia Speroni est belle à ravir, et que les yeux d'or de la cassette paternelle ne le cèdent en rien aux yeux bleus de la jeune fille.

Ces paroles du comte semblèrent à Cinelli la lueur tutélaire qui remet sur sa voie le voyageur égaré.

Et, se décidant à commencer la bataille :

— Cher ami, — dit-il en riant un peu jaune, — je sais pourquoi vous venez.

— Mais je viens pour vous voir.

— Et ensuite ?

— Ensuite, j'ai beaucoup entendu parler des trésors que renferme cette villa, et je n'étais pas fâché de...

— Quels trésors ? — demanda Cinelli.

— Mais des trésors d'art, j'imagine.

— Ah ! très bien !... Et voilà tout ?

— Il y a bien encore les trois mille ducats que vous me devez, mais c'est si peu de chose que, en vérité...

— Si peu de chose ! — pensa Cinelli.

— Et puis vous êtes gentilhomme, et cela me suffit.

— Cela et... de l'argent ?

— O mon Dieu ! je vous assure bien que, si je ne partais pas demain soir...

— Vous partez demain soir ?

— Irrévocablement.

— Et vous ne pouvez différer ? — demanda Cinelli, qui sentit comme une sueur froide perler à la pointe de ses cheveux.

— Impossible.

— Eh bien ! monsieur le comte, — dit le jeune homme en faisant un suprême effort, — j'ai un aveu à vous faire.

— Faites, monsieur, — dit froidement Archangeli.

Ils s'étaient jusque-là traités de cher comte et de cher ami ; or, ce *monsieur* tout sec tomba sur l'esprit de Cinelli comme une douche d'eau glacée.

— Vous êtes jeune, — reprit-il, — ardent, généreux. Vous savez à quel point les entraînemens du jeu bouleversent les sens et grisent la raison.

— Je sais, — interrompit Archangeli, — que, dans notre monde et de galant homme à galant homme, les dettes de jeu s'acquittent dans les vingt-quatre heures.

— J'ai outre-passé mes ressources ordinaires, — reprit Cinelli en baissant les yeux, — et je ne puis en ce moment...

— Parbleu ! il m'est souvent arrivé aussi, à moi, de dépasser mes ressources ordinaires. Nous ne serions pas joueurs sans cela ! Mais c'est précisément alors que le génie éclate, qu'il invente, qu'il combine, qu'il trouve... ou que l'on se donne au diable, autrement dit à l'usurier.

— Écoutez, monsieur le comte, — reprit Cinelli; — vous-même, le premier, venez de me parler de l'alliance brillante que je suis à la veille de contracter : or, j'aime Cinthia, voyez-vous, de toutes les forces que me laisse le démon du jeu ; la réalisation de tous mes rêves de bonheur est attachée à cette union... Eh bien! si je tentais aujourd'hui quelque emprunt forcé, si je donnais prise aux détracteurs et aux envieux, tout serait rompu... Ayez donc la bonté d'attendre.

— J'ai, à l'endroit du crédit, — reprit le chevalier d'industrie, — des principes d'ordre et de régularité qui font que je n'en demande et que je n'en accorde jamais. D'ailleurs, n'avez-vous pas monsieur votre père qui... ?

— Eh! monsieur, ne vous ai-je pas dit que mon père est inexorable?

—Diable! votre situation me touche, parole d'honneur! et je ne demanderais pas mieux...

— Ah! je savais bien! — s'écria Cinelli renaissant à l'espoir.

— Il y aurait bien un moyen, — reprit Archangeli, — mais il est à deux tranchans.

—Quel qu'il soit, je l'accepte d'avance... Et ce moyen?...

— Ce serait que je vous offrisse une revanche...

VII

LA PARTIE DE DÉS.

A cette proposition du comte, le sang de Cinelli se prit à bouillonner par ses artères ; des cascades de pièces d'or tintèrent à ses oreilles, et le bout de ses doigts trépigna d'impatience.

Ajoutez que, s'il gagnait, c'était la rédemption ; tandis que, s'il perdait, de deux choses l'une : ou il ne payerait pas, et alors qu'importait la somme ; ou il recourrait à un expédient suprême, et alors encore quelques ducats de plus ou de moins ne modifieraient guère la situation.

— Vous comprenez, — reprit Archangeli, — que, s'il s'agissait de moi seul, je me trouve avoir assez gagné comme cela. Mais je veux vous donner une preuve de ma bonne volonté et vous laisser une chance de vous libérer sans coup d'État.

— J'accepte, — dit Cinelli ; — mais les cartes et les dés sont rigoureusement proscrits de cette maison, et je ne sais...

— J'ai toujours des dés sur moi, — reprit le comte. — Nos verres serviront de cornets. Si leur rôle est d'enivrer, ils n'auront pas changé de destination.

— Soit ! — dit Cinelli.

Et comme les nuages avant la tempête, chargés de ce fluide électrique dont le choc va produire la foudre, ils s'assirent en face l'un de l'autre.

— Faites vos conditions, — dit le comte.

— Je vous dois trois mille ducats, n'est-ce pas ?

— Parfaitement.

— Eh bien! quitte ou double sur le point le plus élevé.

— Quoi! d'un seul coup?

—J'aime mieux un coup de hache que mille coups d'épingle.

— Comme vous voudrez. A qui jettera le premier...

— Un six.

— Un as. A vous, cher ami.

Cinelli agita bruyamment les dés dans son verre ; son cœur battait à tout rompre.

— Six, six, cinq ! — s'écria-t-il avec l'exaltation du triomphe. Le chiffre le plus élevé de chaque dé étant six, il en résulte que l'on ne peut amener au delà de dix-huit. Or, Cinelli ayant amené dix-sept, il y avait cent à parier

contre un que le comte allait perdre. — Je crois que la Providence se déclare pour moi, — dit le jeune homme.

— Je doute que la Providence ait le goût du jeu, — répondit Archangeli ; — du reste, nous allons voir.

Et il jeta triple quatre.

— Douze ! — cria Cinelli, — vous avez perdu.

Le comte était comme pétrifié de surprise. Corrigeant habituellement par la fraude les caprices de la fortune, et jouant à coup sûr, il s'était trompé de poche et de dés.

Cinelli courut à une fenêtre et l'ouvrit :

— Ah! — dit-il, — je me sens soulagé d'un grand poids! L'air me semble plus pur et le soleil plus radieux.

Le comte avait ressaisi son aplomb.

— Oui, — reprit-il en riant, — pour le joueur il ne fait jamais ni beau ni laid d'une façon absolue. La bonne chance nous met souvent des lunettes roses par un jour pluvieux, tandis que la mauvaise nous affuble de besicles noires par un temps superbe. — Ce disant, il jetait négligemment les dés, car il savait que leur cliquetis attire le joueur comme le miroir sert d'appeau aux alouettes. Cinelli jetait aux échos une ariette d'opéra *buffa*. — J'avais renversé la salière, — reprit le comte ; — rien que cela présageait ma perte... J'aurais dû ne pas jouer... C'est inouï ! voyez donc, cher ami, je n'amène que des as et des deux... Décidément je ne suis pas en veine aujourd'hui... je perdrais tout ce que je possède, y compris mon château de... Chose, en Moravie. — Cinelli s'était insensiblement rapproché de l'oiseleur et des dés. Lui aussi, maintenant, il tenait un cornet de cristal et pelotait en attendant partie. Tout à coup Archangeli tira son portefeuille et l'étala sur la table. — Tant pis ! — s'écria-t-il ; — j'aime à défier le sort, moi ! Et, si vous voulez, cher ami, que ces chiffons de papier joseph passent de ma poche dans la vôtre...

— Mais vous savez bien, cher comte, que je suis absolument à sec pour le quart d'heure, et que les araignées filent tranquillement leurs toiles dans mes goussets.

— Que vous importe, puisque j'ai confiance?

— Eh bien! va pour cent ducats, — dit Cinelli en amenant quatorze.

— Vous avez perdu, — dit le grec en amenant dix-huit. C'était le premier tour de roue qui vous happe au passage par le pan de l'habit. Tout le corps va suivre pour sortir bientôt de la mortelle étreinte, broyé, tordu, laminé. Cette fois, le comte n'avait eu garde de se tromper encore. Les trois mille ducats furent bientôt regagnés. La main gauche de Cinelli allait de sa poitrine à ses cheveux, qu'il déchirait ou s'arrachait, selon le cas : deux exercices aussi insipides l'un que l'autre. — Eh bien ! — demanda Archangeli, — sont-ce toujours les lunettes roses, et ne trouvez-vous pas que le ciel s'est obscurci en diable ?

— J'ai eu tort, — reprit Cinelli. — Si j'ai le bonheur de m'acquitter encore une fois, je jure bien qu'on ne m'y prendra plus.

L'imprudent était peut-être sincère en disant cela; mais il comptait sans les vertiges de la lutte, et le rusé comte l'y eût repris autant de fois qu'il l'aurait voulu.

Du reste, le malheureux fiancé de Cinthia ne devait pas être mis à une seconde épreuve.

— Allons, — dit Archangeli, — je veux être beau joueur : une dernière fois quitte ou double.

Cinelli s'empara frénétiquement des dés, et jeta les trois cinq.

C'était un beau point. Un éclair de joie brilla dans ses yeux.

— Hum ! — dit le comte qui jouait avec sa proie, — ma partie est aventurée ; je donnerais bien mes trois mille ducats pour quinze cents. Le voulez-vous, cher ami ?

Par cette peur simulée, le comte écartait les soupçons que pouvait faire naître son insolent bonheur ; et il savait bien d'ailleurs que sa dupe n'accepterait pas la proposition.

— Tout ou rien ! — reprit Cinelli.

—Eh bien, soit !

Le comte remua lentement les dés, comme pour prolonger à plaisir l'anxiété de son adversaire... puis les éternels six étalèrent leurs triples rangées de points noirs et menaçans.

— Ah ! c'est trop fort ! — dit Cinelli en ébranlant la table d'un formidable coup de poing.

— Voyons, cher ami, du calme, que diable ! La veine a ses retours : aujourd'hui vaincu, demain victorieux.

— Quitte ou double encore ? — demanda Cinelli.

— Voilà une offre que vous ne me feriez pas de sang-froid,—dit le comte : —je m'en tiens aux six mille ducats.

— Là où en étaient les choses, rien n'eût empêché le chevalier d'industrie de tripler, de décupler cette somme. Mais il estimait avec raison qu'il fallait que la dette ne dépassât pas certaines limites au delà desquelles, à quelque diable ou à quelque saint qu'il se vouât, il eût été véritablement impossible à Cinelli de la payer. Le pauvre jeune homme arpentait la salle à grands pas. Sa pensée furieuse se brisait aux angles de sa position sans issue, comme ces mufles de tigres qui se tordent vainement le long des barreaux de leur loge pour s'y frayer un passage. — Vous voudrez bien vous rappeler, cher ami, que je pars demain soir, — dit le comte.

— J'ai beau chercher , — reprit Cinelli, — je ne vois aucun moyen, dans un si court délai...

— A défaut de votre père, qui doit cependant tenir à l'honneur de son nom, n'avez-vous pas ici une famille future ?

— Qu'entendez-vous pas là ?

— J'entends par là, — reprit le comte, —que si demain, à six heures, vous ne vous êtes pas acquitté envers moi, j'irai moi-même savoir quelle avance on peut me faire sur la dot.

— Vous seriez mort avant cela ! — reprit Cinelli.

— C'est trancher la difficulté en brave, mon jeune ami. Si c'est d'un assassinat que vous voulez parler, il faut généralement être deux tout au moins : l'un qui assassine et l'autre qui se laisse faire ; or, il n'est pas bien sûr que je consentisse à l'accommodement. Si c'est d'un duel...

— Oui, monsieur, j'aurai votre vie ou vous aurez la mienne !

— Fort bien ! Seulement, je désire avoir d'abord mes six mille ducats. Nous verrons ensuite.

En ce moment il s'opéra comme un revirement subit dans l'esprit de Cinelli, et, prenant sans doute un parti suprême, il reprit avec calme :

— Demain, monsieur, vous serez payé à votre heure.

VIII

LE SARCOPHAGE DES STADES D'OLYMPIE.

Nous avons laissé Winckelmann s'installant à Vérone, où il apprit que pour le moment toute la famille Speroni était absente, mais pour quelques jours seulement. Ce contre-temps chagrina beaucoup l'antiquaire, qui savait tout devoir à cette noble famille et dont la gratitude était impatiente de se manifester de vive voix.

Qui peut dire, en effet, ce que serait devenu le héros de cette histoire, si la gracieuse fiancée de monsieur Speroni ne s'était figuré qu'il allait se couper la gorge alors qu'il se faisait tout simplement la barbe en plein air, aux portes d'Ostelbourg ?

La gloire ou l'obscurité, le bien ou le mal, la détresse ou la fortune ne dépendent-ils pas souvent de ce que, en sortant de chez soi, on a pris à gauche plutôt qu'à droite, par telle rue plutôt que par telle autre, et à cette heure-ci plutôt qu'à cette heure-là ?

Décidé à attendre les Speroni, Winckelmann avait né-

cessairement songé à utiliser ce séjour forcé en visitant les curiosités de la ville et des environs.

Tout ce que nous savons de Vérone, nous, c'est qu'elle est sur l'Adige ; que Catulle, Pline l'Ancien et Paul Véronèse y ont vu le jour, et qu'elle a un amphithéâtre qui rappelle en miniature le Colisée de Rome.

Mais, pour notre antiquaire, Vérone avait bien d'autres joyaux archéologiques. En Italie, en effet, la moindre ville ayant toujours vécu par les intérêts opposés de deux factions : Doria et Fieschi, à Gênes ; Pazzi et Medici, à Florence ; Sforza et Visconti, à Milan ; Orsini et Colonna, à Rome ; guelfes et gibelins partout, le savant ne peut faire un pas sans rencontrer une page d'histoire écrite sur des ruines de pierre ou de marbre.

Quant à Vérone, on sait que ce furent les Capulet et les Montaigu qui prirent le soin de faire son bonheur et de lui laisser des souvenirs, à grand renfort de meurtres et de proscriptions.

Toutefois ce qui, depuis son départ de Rome, avait le plus éveillé les désirs de Winckelmann et caressé sa pensée, c'était l'espoir de visiter la villa du père de Cinelli, dont le cardinal Albani lui avait raconté des merveilles.

Au bout de quelques jours il partit donc pour cette villa.

On l'aperçoit déjà du pays véronais, s'élevant au revers de l'une de ces collines qui, dans ces belles contrées, semblent être des ondulations ménagées tout exprès par la main de l'homme pour mieux arroser et féconder le sol.

Ce premier aspect charma le savant. Toutes les fièvres du désir se ressemblent, quel que soit l'objet qui les inspire. Une médaille fruste, un fragment de bronze ne font pas moins tressaillir l'antiquaire que la fraîche parure et les parfums de la femme adorée ne font tressaillir le cœur de l'amant.

Winckelmann, d'ailleurs, n'avait-il pas abjuré sa vieille croyance protestante et adopté le culte catholique pour se livrer plus facilement à ses études de prédilection ?

Qu'on juge donc de sa déconvenue lorsque, arrivé à la villa, il apprit que, contrairement aux habitudes hospitalières de l'Italie, le bizarre possesseur de tant de prodiges en avait interdit l'accès.

Winckelmann lui écrivit néanmoins pour solliciter une permission. Le concierge Matheo refusa la lettre. C'était l'ordre immuable du vieux marquis. Aucune exception n'était permise.

Quoi ! Winckelmann serait venu de Rome tout exprès, et il s'en retournerait sans avoir admiré ces marbres précieux et ces statues antiques !

Oh ! que non pas !

Les obstacles, ce condiment de toute jouissance, irritèrent naturellement sa curiosité.

Il y avait là surtout, dans ce sanctuaire si bien gardé, un joyau vanté, un chef-d'œuvre unique, un célèbre sarcophage, jadis enlevé aux Turcs près des stades d'Olympie, et qu'il lui fallait voir à tout prix.

Son honneur d'antiquaire y était sérieusement attaché. Cependant, que faire ?

Se jeter aux pieds du vieux marquis, embrasser ses genoux, prier, pleurer ? Winckelmann s'y résignerait volontiers, mais il faudrait au moins pour cela être admis en présence du barbare qui ne reçoit personne.

Restait Matheo, à qui Winckelmann tendit une main toute pleine de ducats.

Mais il n'y avait peut-être dans toute l'Italie, y compris l'univers, qu'un seul majordome intègre, et il fallait que ce fût celui de la villa.

C'est égal ! notre antiquaire agira de ruse ; il escaladera les murailles s'il le faut ; peut-être mettra-t-il le feu à la villa afin de s'y introduire à la faveur du tumulte... Le hasard ferait le reste.

Matheo a bien une fille, une brune sémillante, aux yeux bavards, que son père tient cloîtrée, et qui ne demanderait peut-être pas mieux que de dépenser ses économies de cœur et de paroles ; mais encore serait-il bon que l'interlocuteur fût au joli âge des conversations de ce genre.

Or, Winckelmann n'est plus à l'époque où il s'arrêtait à Gelnhausen pour contempler Wilhelmine Buttler. Il a maintenant la cinquantaine, sans compter que sa vieille maîtresse, la science, a accaparé tous les battemens de son cœur.

IX

DU VIN DE MONTEFIASCONE DANS SES RAPPORTS AVEC LA SCIENCE.

Cependant il s'installe à l'auberge de *Notre-Dame-del-Pilar*, étudie les alentours de la place, à laquelle il ne trouve aucune brèche praticable, et se renseigne autant que possible sur les mœurs et les habitudes de la garnison.

La garnison, on le sait, se composait du vieux marquis Manfred, de Matheo, de sa femme et de sa fille.

Quant à Cinelli, que l'amour et le jeu retenaient à Vérone, il ne faisait à la villa que de rares et courtes apparitions, alors qu'il s'agissait d'adresser d'inutiles sourires au coffre-fort du marquis.

Matheo n'aimait pas l'argent, soit ; mais nul de nous n'a la cuirasse tout d'une pièce : il y a toujours, d'un côté ou de l'autre, un joint qu'il s'agit de trouver, et par lequel s'insinue tout le corps d'attaque, dès qu'un éclaireur l'a seulement entre-bâillé.

Matheo trouvait au vin de *Montefiascone* d'irrésistibles attraits : c'était là son talon d'Achille.

Cette piste trouvée, Winckelmann fit monter chez lui un garçon de l'auberge, une sorte d'Hercule Farnèse qui semblait bâti à miracle pour toutes les luttes, depuis le pugilat jusqu'à l'indigestion.

— Beppo, — lui demanda-t-il, — sais-tu boire ?

— Certainement, — reprit Beppo étonné de la question ; je sais boire... modérément... comme tout le monde. —

— En ce cas, tu n'es pas l'homme qu'il me faut.

— Et pourquoi cela ? — demanda l'athlète.

— Parce que, à vrai dire, c'est d'une outre que j'ai besoin plutôt que d'un homme, et qu'il s'agit non pas de boire comme tout le monde, mais plus que tout le monde.

Beppo craignit un piége ; il regarda Winckelmann comme pour chercher sur les traits de ce dernier un air de raillerie qui corrigeât l'étrangeté de ces paroles.

— Votre Seigneurie veut se moquer de moi, j'imagine.

— Pas le moins du monde, Beppo. — Et l'antiquaire expliqua alors comme quoi le majordome de la villa étant à la fois un homme intègre et un ivrogne, il s'agissait tout simplement de le noyer dans un fleuve de montefiascone, pour s'emparer ensuite de ses clefs et visiter la galerie, pendant que, endormi sous une table quelconque, il cuverait gentiment son vin. — Seulement, — ajouta Winckelmann, — il paraît que c'est un rude jouteur, et je crains fort de ne pas mettre la main sur un adversaire digne de lui.

— Puisqu'il en est ainsi, — reprit Beppo en se campant le poing sur la hanche, — j'abjure la sobriété ; d'autant plus volontiers que ce travestissement me gênait beaucoup à la luette et aux amygdales.

— Que voulez-vous dire ?

— Je veux dire que le hasard ne pouvait pas mieux favoriser Votre Seigneurie ; le vin et moi nous ne faisons qu'un, comme une paire d'amis que nous sommes. J'ai bu un jour pendant trois heures de suite, sans autre intervalle que le temps de remplir mon verre.

— Diable ! — dit l'antiquaire,

— Et encore n'ai-je cessé que faute de combattans, c'est-

à-dire de bouteilles. Malheureusement, la soif et le goussct ne s'entendent pas toujours ; si bien que le monte-fiascone et moi, nous sommes souvent forcés de suspendre nos relations ; mais le cœur n'y est pour rien, et, dès que nous pouvons nous rejoindre...

— Eh bien ! — interrompit Winckelmann en donnant une bourse à Beppo, — voici de quoi resserrer les liens de votre amitié. Faites vite et bien ; invitez Matheo dès ce soir, et je vous promets vingt ducats si mon plan se réalise.

Beppo avait commencé par croire que Winckelmann cherchait un homme sobre, ce qui était en effet plus usité et plus probable que la recherche du contraire. De là l'ambiguïté de sa première réponse.

Le soir venu, les deux champions, Beppo et Matheo, étaient attablés sous une charmille qui égayait de ses pampres verts l'auberge de *Notre-Dame-del-Pilar*.

Winckelmann rôdait aux alentours, épiant le moment où le gardien de la villa dirait adieu à sa raison.

Mais ce moment se faisait attendre ; les bouteilles vides s'alignaient en colonnes serrées, et rien n'indiquait encore de quel côté serait la victoire.

Winckelmann ne se consolait pas d'avoir oublié de mettre un narcotique dans le vin.

A minuit, vingt et une bouteilles gisaient sur le champ de bataille ; mais les deux adversaires étaient debout et parfaitement prêts à recommencer.

L'hôtelier renvoya Matheo avec tous les égards dus à une pareille soif. Celui-ci s'en alla selon toutes les règles de la ligne droite dans ses rapports avec le chemin le plus court.

Beppo alla se livrer aux douceurs d'un sommeil émaillé de rêves couleur de montefiascone.

Notre antiquaire seul passa une nuit des plus maussades et des plus agitées ; il est vrai qu'il n'avait bu que de l'eau.

Le lendemain, Beppo offrait de recommencer. Il s'était senti mal disposé la veille, disait-il, mais cette première escarmouche l'avait mis en verve, et il jurait cette fois, *per Baccho !* de couler bas le concierge.

Winckelmann consentit à cette seconde rencontre, dont il payait néessairement les frais ; mais les choses se passèrent comme la veille, à cette différence près qu'il y eut trente-deux bouteilles de tuées au lieu de vingt et une.

Du reste, Matheo était plus imperturbable et marchait plus droit que jamais.

On conçoit que cet exercice journalier ne devait déplaire ni à Beppo, ni à Matheo, ni à l'aubergiste. Il n'y avait que Winckelmann à qui cela ne souriait que tout juste.

Il n'avait d'abord cherché qu'une outre, et le malheur voulait qu'il en eût trouvé deux.

Aussi retira-t-il ses subsides ; moyennant quoi les deux illustres gobelets restèrent chacun dans son camp, faute de munitions.

Cependant le fatal sarcophage des stades d'Olympie en était venu à ne plus laisser à Winckelmann ni trêve ni repos.

> Désir de fille est un feu qui dévore,
> Désir de nonne est cent fois pis encor,

a dit Gresset dans son charmant petit poëme de *Vert-Vert*. Mais il est évident que Gresset n'a pas songé aux antiquaires, dont chacun connaît le fiévreux amour à l'endroit de ce qui fut écrit en caractères effacés, dans une langue inconnue, sur les monumens détruits des peuples qui ont cessé d'être.

Or, Winckelmann avait bravement juré qu'il passerait le restant de ses jours dans l'endroit, plutôt que de s'en aller sans avoir vu le sarcophage.

Cependant, un soir que, selon sa coutume, il faisait le tour des murs de la villa, cherchant une brèche, une fissure, une solution de continuité quelconque par où faire passer sa curiosité et sa personne, il entendit, de l'autre côté de l'enceinte, dans le parc, chuchoter des pas discrets dans les feuilles sèches d'une allée.

L'antiquaire et sa respiration s'arrêtèrent du même coup.

Les pas s'arrêtèrent aussi.

On parlait à voix basse; d'où Winckelmann augura que ce devait être des brigands, et que naturellement ils étaient plusieurs.

La pensée lui vint de s'associer à leur bande... pour la nuit seulement, et dans le seul et honnête espoir de découvrir le sarcophage.

Il allait faire un signal et trahir sa présence, lorsque les paroles harmonieuses de deux sermens d'amour changèrent le cours de ses idées.

— Ce sont des amoureux, — pensa-t-il. Et, pendant un instant, le souvenir de Wilhelmine Buttler et de Gelnhausen fit quelque tort au sarcophage. Mais sa pensée dominante reprit bientôt le dessus. — On s'affilie à des voleurs, — pensa Winckelmann, — le nombre n'y fait rien, au contraire; mais le moyen de s'affilier à deux amans que cela gênerait d'être trois! —En ce moment, il entendit un petit bruit assez pareil à celui que ferait une échelle dressée contre un mur. Puis vint un jeune homme qui enjamba la clôture, au grand mépris des tessons de bouteilles dont elle était hérissée. Ce jeune homme jeta, du bout de ses doigts, un dernier baiser à nous ne savons encore quelle inconnue, et sauta sur la route, à deux pas de notre antiquaire, avec la légèreté d'un cabri.—Monsieur, — dit Winckelmann en barrant résolûment le passage,— qu'est-ce que c'est que cette façon dégagée de sortir d'un parc sans tambour ni porte?

Le jeune homme crut d'abord à l'apparition du marquis ou de Matheo, le concierge. Aussi sa première réponse se perdit-elle dans le tremblement de sa voix.

C'était un beau garçon d'une vingtaine d'années, fort capable de culbuter d'un revers de main tous les antiquaires de ce monde.

— De quel droit m'interrogez-vous? — demanda-t-il à Winckelmann, lorsqu'il se fut bien assuré qu'il ne s'agissait ni de Matheo ni du marquis.

— Du droit qu'a le premier passant venu d'arrêter un malfaiteur en flagrant délit.

— D'abord, je ne suis pas un malfaiteur, — reprit le jeune homme en troussant ses manches; — je suis Michel Filippi, fils du bedeau de la paroisse. Ensuite, s'il ne s'agit que de droit, que diriez-vous de mes deux bras s'ils s'arrogeaient celui de vous assommer?

Winckelmann baissa le ton, et, se prenant à sourire:

— Je dirais qu'ils ont tort, jeune homme, et que mieux vaut pour eux la douce occupation de serrer tendrement, comme ils le faisaient tout à l'heure sans doute, la taille d'une jeune et jolie fille.

— De quelle taille et de quelle jeune fille voulez-vous parler?

— Je n'ai rien vu, — reprit Winckelmann, — mais j'ai entendu vos adieux.

— Et vous en induisez...?

— J'en induis que vous pratiquez, par delà ce mur, un amour éclos loin des yeux des parens; j'en induis que, Matheo ayant une fille...

— Quoi, monsieur, —interrompit naïvement Michel, — vous oseriez supposer que Zerline...

— C'est un joli nom que Zerline, — dit l'antiquaire, — et je ne vois pas trop quelle grave injure je ferais à cette belle enfant en supposant que vous l'aimez.

— Ah! monsieur.

— Rien de plus naturel. Que deux cœurs se rencontrent par hasard à la danse ou à la moisson, et voilà qu'ils s'enflamment comme deux allumettes.

— C'est bien vrai, monsieur, ce que vous dites là, — reprit Michel, lequel, après avoir commencé par vouloir dévorer Winckelmann, subissait maintenant l'influence magique du causeur aimable et de l'homme du monde.

— Seulement, — poursuivit l'antiquaire, —il y a, par-ci par-là des pères qui ne retrouvent plus rien de leur jeunesse sous la cendre du passé, et peut-être que si Matheo savait que sa fille...

— Seriez-vous donc capable de le lui dire? — demanda le pauvre Michel.

— C'est selon, — reprit Winckelmann. — Et d'abord, dites-moi pourquoi vous passez par le mur comme un contrebandier, au lieu de passer par la porte, comme un amoureux légal et bien intentionné?

— Pendant un temps, — reprit Michel, — j'y ai passé, par la porte; mais Matheo me l'a un jour fermée sur les talons, sous le prétexte que je suis pauvre.

— Ah! oui, la grande pierre d'achoppement des inclinations!

— Comme s'il y avait au monde un cœur plus riche que le mien! — soupira Michel.

— Il n'y en a pas, cela va sans dire, — reprit Winckelmann en souriant; — seulement il lui manque d'être frappé au coin de la monnaie, avec un dixième de cuivre, comme les sequins et les ducats.

— Chassé par la porte, je suis rentré par là, — acheva Michel en montrant le mur; — et voilà toute l'histoire.

— Et si tu trouvais, par hasard, une petite dot sur ton chemin? — demanda l'antiquaire.

— J'en ai cherché, — dit Michel, — mais je n'en trouve pas.

— Je crois cependant que tu pourrais bien en avoir rencontré une ce soir.

— Où cela, monsieur?

— Ici même, mon garçon.

En cet instant, une petite voix douce et argentine partit du chaperon du mur.

C'était la voix de Zerline.

La jeune fille avait entendu quelqu'un causer avec son amoureux. Un peu curieuse, sinon beaucoup, et d'ailleurs intéressée à savoir quel était l'importun qui venait, selon toute apparence, de pénétrer le secret de ses rendez-vous, elle était revenue sur ses pas, avait redressé l'échelle le long des espaliers, s'était hasardée à la gravir, et assistait depuis un instant à la conversation de Michel et de l'antiquaire.

— Je crois, — dit la voix de Zerline, — que c'est là le monsieur qui a offert une si grosse somme à mon père rien que pour voir la galerie et les statues de la *villa*.

— Justement, ma belle enfant, — reprit Winckelmann.

— En ce cas, — poursuivit Zerline en s'adressant à Michel, — je crois que monsieur a raison, et que tu dois avoir une dot sous la main. Dis-lui que demain soir, à dix heures, nous lui descendrons l'échelle à cette même place, que tu l'aideras à pénétrer dans le parc, qu'il se munisse d'une lanterne sourde, et que j'aurai, moi, la clef de la galerie.

Puis son joli museau cessa tout à coup d'égayer le haut de la muraille; elle se laissa glisser le long de l'échelle avec la grâce et la prestesse d'un écureuil, et prit gentiment son vol vers la chambrette où l'attendaient sans doute des rêves dont vous devinez la couleur.

D'où nous concluons à la vérité de cet axiome : que si, comme on le prétend, l'amour donne de l'esprit aux filles, il rend au contraire les garçons plus bêtes.

X

UN COFFRE-FORT SANS ENTRAILLES.

On se rappelle en quels termes fort secs s'étaient quittés le jeune comte et Archangeli.

Cinolli devait payer sa dette le lendemain; mais il

n'en possédait pas le premier sequin, et il n'y avait plus que le coffre-fort paternel, fortifié, verrouillé, cadenassé comme une forteresse, qui pût le tirer de là.

Pauvre Cinelli ! comme l'amour l'emportait en ce moment sur le jeu dans son cœur ulcéré ! Quel courroux contre le sort et contre les dés ! Avec quelle bonne foi il se demandait comment on peut préférer de stupides et fiévreuses soirées passées dans les tripots, l'œil hagard, les cheveux en désordre, la respiration haletante, la poitrine labourée par des ongles furieux, alors que ces mêmes soirées on peut les passer aux côtés d'une charmante jeune fille, se promenant aux parfums du soir par les allées discrètes, le cœur dans le cœur et la main dans la main.

Et après, quand le souvenir succède à la réalité, voyez-moi ces deux hommes, dont l'un sort de l'amour et l'autre du jeu. C'est absolument comme si l'un sortait du ciel et l'autre de l'enfer.

L'un, l'élu, voit tout à travers sa joie : il passe à côté d'un ami sans s'apercevoir qu'on lui parle; il vide sa bourse dans le tablier troué des pauvres femmes mendiant près de la borne; il s'assied dans un lieu solitaire, riant et pleurant sans raison; il oublie tout à coup qu'il a vécu jusqu'alors et ne vit plus que dans le présent; il parle aux arbres de la route, aux troupeaux qui paissent, aux oiseaux qui volent; il se refait du bonheur par la seule alchimie du souvenir.

L'autre, le damné, emporte incrustée sur son front la griffe de Satan; il cherche à se fuir et se retrouve sans cesse. Farouche, débraillé, l'œil en terre, on le prendrait aussi bien pour un assassin que pour un joueur. Il reconstruit les coups qui l'ont fait perdre, et en combine d'autres qui l'eussent fait gagner; il rudoie les pauvres, maudit les dés, les cartes, le destin, l'espèce humaine.

Cinelli connaissait l'opiniâtreté et l'avarice du vieux marquis, son horreur du jeu, témoignée mille fois depuis sa conversion, avec une énergie dont la seule pensée épouvantait le coupable. Son père allait le chasser et le maudire peut-être. Mais, d'un autre côté, Archangeli a menacé de tout révéler, et alors la famille de celle qu'il aime ne l'éconduirait-elle pas sans miséricorde?

Cette dernière crainte le décide. Il descend dans le parc, arpente les allées, combine un discours pathétique, et monte chez son père.

Toujours en proie à de lugubres pensées, plus ridé encore par les soucis que par l'âge, sordidement vêtu, la barbe et la chevelure incultes, enfoui dans un fauteuil délabré, le vieux marquis passait sa vie dans la bibliothèque, l'œil fixé sur de vieux bouquins poudreux qu'il faisait semblant de lire, mais ne lisant en réalité que dans ses souvenirs : passe-temps fort triste, à n'en juger que par les résultats.

Cinelli entra discrètement, à la façon des solliciteurs, s'assit sur le bord d'un tabouret, et commença par s'informer de la santé de son père.

Le marquis grommela quelque chose qui pouvait se traduire par : Ni bien ni mal.

— Le temps est magnifique, — reprit Cinelli; — vous devriez vous promener un peu dans le parc, et, si vous vouliez mon bras... — Le marquis se tourna vers son fils et l'enveloppa d'un regard étrange; ce regard signifiait : « D'où diable vient cette prévenance, à laquelle tu ne m'as pas habitué? » — Voulez-vous? — insista le jeune comte.

— Merci, — dit le marquis; — laisse-moi à ma solitude et retourne à tes plaisirs.

L'entretien marchait à faux. Dans ces cas d'aveu pénible et de recours forcé, lorsque l'on a à formuler de ces requêtes qui écorchent la bouche et que la peur étrangle au passage, il n'y a qu'une chose à faire : c'est de lâcher tout de suite sa phrase à bout portant, quitte à fermer les yeux comme le conscrit à son premier coup de mousquet.

Nous avons connu de ces Argonautes qui s'en allaient pleins d'ardeur, enseignes déployées, à la conquête d'une toison quelconque. Arrivés à la porte de leur jardin des Hespérides, ils levaient la main pour tirer le cordon; puis a peur les prenait, et ils s'en retournaient comme ils étaient venus, moins la résolution et l'espoir.

D'autres, plus téméraires, osaient affronter le dragon, autrement dit le dispensateur de la grâce qu'ils convoitaient; seulement, ils laissaient leur vaillance dans l'antichambre, et, une fois dans le sanctuaire, ne trouvaient plus de voix que pour parler de la pluie ou du beau temps.

A cette réponse de son père : « Laisse-moi à ma solitude et retourne à tes plaisirs, » Cinelli se leva; puis il alla à la fenêtre, où il tambourina une marche sur les carreaux. Après quelques minutes de cet exercice insuffisant pour payer Archangeli, il passa à la bibliothèque, dont il inspecta les rayons.

Cette ressource ne valait guère mieux que l'autre.

— Savez-vous, mon père, — dit enfin le jeune comte, — que vous avez des livres très rares?

— Très rares, en effet, — confirma le marquis.

— Lire est une bien grande jouissance.

— C'est sans doute pour cela que tu t'en prives.

— Mon Dieu ! oui; on gaspille sa vie au lieu de l'employer bel et bien. Tenez, mon père, vous me renvoyiez tout à l'heure à mes plaisirs : si je vous disais que ces plaisirs me pèsent et que j'en ai par-dessus la tête !

— Rien ne te force, — dit le marquis; — la douleur s'impose, mais non le plaisir.

Cinelli était à la campagne; il eut l'idée de faire une idylle.

— Ah ! mon père, — reprit-il, — vivre ici avec vous et Cinthia... restaurer ce domaine, élaguer ces beaux arbres, émonder ces allées, rendre la verdure à ces pelouses, les fleurs à ces parterres, les étincelantes gerbes d'eau à ces bassins de marbres... chasser la mort qui semble planer ici sur toutes choses et la remplacer par la vie et le mouvement... vous entourer de nos sollicitudes les plus tendres... voir de beaux enfants, frais et roses, vous enlacer de leurs petits bras, vous rajeunir de leurs caresses, vous égayer de leur joie... !

— La joie me fait mal, — interrompit le marquis; — j'y ai renoncé.

A cette douche, qui tombait tout à coup lugubre et glacée sur son imagination, Cinelli cessa son ramage comme un rossignol pris au trébuchet au beau milieu d'un trille harmonieux.

Heureusement il y avait là dans un coin, à sa portée, un fusil de chasse, dont il fit jouer la batterie. Cela lui servit un instant de contenance, mais ne mettait pas une baïoque de plus dans sa bourse dépeuplée.

Le vieux marquis avait repris sa lecture. Le fil de la conversation était absolument rompu, et c'est en vain que le pauvre jeune homme bâillait au plafond, demandant à toutes les corniches un prétexte pour en renouer les bouts.

Une vieille pendule d'albâtre, figée dans un réseau de toiles d'araignées, avait la prétention d'orner la cheminée. Elle s'était arrêtée autrefois, on ne savait plus quand, et n'avait plus marché depuis.

— Tiens, — dit Cinelli, — si je remontais la pendule ?

— Non pas, — dit le marquis, — le tic-tac m'agace, et d'ailleurs que m'importe les heures !

Cela prouve que vous n'avez rien à espérer ni à redouter d'elles, — reprit le jeune homme, — vous êtes bien heureux !

— Bien heureux, en effet ! — répéta le marquis.

Et il darda vers le ciel un implacable regard de désolation.

— Quant à moi, — reprit Cinelli, — je voudrais que demain soir n'arrivât jamais.

— Parce que...? — demanda le vieillard.

Le jeune comte venait de brûler ses vaisseaux comme Fernand Cortez au Mexique; il n'y avait plus moyen de reculer.

— Mon père, — reprit-il, — je dois six mille ducats. Il faut que je paye demain.

— Une dette de jeu ?

— Oui, mon père.

— Eh bien ! payez-les.

— Je suis sans argent.

— Alors ne les payez pas.

— Cela est impossible, et j'ai compté sur vous...

— Vous avez mal compté, mon fils... Je m'explique maintenant ce vertueux retour vers la vie tranquille et les joies du foyer.

— Cependant, mon père, mon honneur est le vôtre.

— Cela ne m'est pas démontré. Chacun a le sien, dont il est responsable.

De même que le conscrit, auquel nous le comparions plus haut, maintenant que Cinelli avait essuyé le premier feu il ne craignait plus rien.

— Mon père, — reprit-il, — à Dieu ne plaise que j'aie la pensée de vous manquer de respect ! je suis désolé d'en être réduit à évoquer des souvenirs qui doivent vous être pénibles ; mais vous-même n'avez-vous pas autrefois sacrifié à cette passion funeste, qui semble héréditaire dans notre famille ? Ne devez-vous pas excuser les écarts de cette nature fiévreuse que vous m'avez transmise ?

— D'abord, monsieur, — répondit froidement le marquis, — je ne vous reconnais pas le droit de m'interroger. Ensuite, en admettant que j'aie eu des torts, je crois les avoir suffisamment expiés, depuis vingt ans, pour que mon fils s'abstienne de les reprocher à son père ; et enfin, si je fus jadis dominé par ce démon qui s'appelle le jeu, c'est une raison pour qu'il m'inspire plus d'horreur et pour que je redoute davantage de le voir s'emparer de vous.

— Mais, si je ne m'exécute pas, tout Mantoue et tout Vérone le sauront demain.

— C'est avant de jouer qu'il fallait réfléchir à cela.

— Mon mariage sera manqué.

— C'est plus que probable.

— Mais songez que le mal est fait, qu'il est irréparable, que ma considération, que la vôtre, que le bonheur de toute ma vie, dépendent de cette misérable somme.

— Je songe à tout cela, et je me couperais la main plutôt que de fournir un aliment à vos coupables folies.

— C'est votre dernier mot ?

— Le dernier.

— Il est affreux de me refuser.

— Il est juste de vous punir.

— Mon père, prenez garde !

— A quoi ? — demanda le vieux marquis avec hauteur.

— Si vous me réduisez à l'extrémité...

— Voulez-vous dire que vous êtes capable de vous tuer ? Je n'en crois rien ; et après tout je vous aime mieux mort que joueur.

— Cette somme, mon père ! au nom du ciel, donnez-moi cette somme !... Je vous jure qu'à l'avenir...

— Ne vous donnez pas la peine de jurer, ce sera toujours un parjure de moins.

— Soit, — dit Cinelli ; — puisqu'il en est ainsi, je ne m'incline plus, je ne m'humilie plus, je ne supplie plus... Je suis ici chez mes ancêtres, je suis chez moi.... vous cachez un trésor, et nous verrons un peu... !

Le vieux marquis se leva tout d'une pièce, et, foudroyant son fils d'un regard de mépris :

— Tout est vu, — reprit-il ; — je brave vos menaces et veux bien vous laisser le temps de réfléchir... Puisque vous trouvez que lire est une grande jouissance, vous serez à merveille ici.

Puis, sortant de la bibliothèque, il y enferma le jeune comte à clef.

XI

Le marquis ne s'était pas trompé en prévoyant que son fils réfléchirait ; seulement il s'était trompé sur la nature de ses réflexions.

Le premier moment donné à la double rage d'avoir échoué dans sa tentative et de se voir enfermé, Cinelli se rappela que son père allait chaque nuit visiter ce que les habitans du village appelaient son trésor.

On conçoit que, dans la conjoncture où il se trouvait, ce mot de *trésor* devait enflammer l'imagination du jeune homme. Il prit donc une résolution extrême, et, le soir venu, il sauta lestement les dix à douze pieds qui séparaient du sol les fenêtres de la bibliothèque.

Une fois dans le jardin, il se cacha dans des touffes de buis, non loin d'une porte par laquelle son père devait infailliblement sortir pour aller à certain pavillon mystérieux où personne ne pénétrait jamais, si ce n'était le maître de la villa.

De longues heures s'écoulèrent sans que Cinelli vît rien apparaître, si longues qu'il finit par tomber dans une de ces atonies, parfois salutaires, qui s'emparent nécessairement de tout homme en qui naît pour la première fois la pensée de commettre une action coupable.

À minuit, aucune apparition n'avait encore troublé le calme aux alentours de la *villa*. Le jeune comte commençait à désespérer.

Cependant, engourdi par le froid, il allait sortir du massif où il s'était caché, et se hasarder à marcher un peu, lorsqu'un léger bruit frappa son oreille.

Il écoute et distingue des pas.

Il regarde et voit une lumière vacillante dessiner dans l'ombre quelque chose comme les formes d'un fantôme couvert de longues draperies.

Il comprime sa respiration ; son cœur bat tout à la fois de joie, de crainte et d'espoir.

Bientôt le fantôme et la lumière disparaissent à l'un des angles du bâtiment. Cinelli croit alors avoir été le jouet d'un rêve. Il fait quelques pas et double l'angle en question. Cette fois il distingue mieux : l'apparence fantastique est une réalité. Les rayons de lumière changent de direction ; tout à l'heure ils s'affaiblissaient, maintenant ils se rapprochent et viennent à lui... Le jeune comte n'a que le temps de se jeter de côté ; il se tapit derrière un arbuste, et son père passe à deux pas de lui.

La tête nue, les cheveux en désordre, à peine vêtu, mais recouvert d'un manteau négligemment jeté sur les épaules, le vieillard est pâle comme un spectre. Il marche sans s'arrêter, sans regarder autour de lui ; on dirait qu'un être invisible lui fait signe et l'appelle.

Le fils suit son père à courte distance, mesurant sa marche sur celle du vieillard. Leurs pas frappent en même temps la terre et s'étouffent l'un par l'autre.

Ils parcourent ainsi de longues allées, traversent un quinconce et entrent sous un péristyle. Là est la porte du pavillon mystérieux.

Le marquis fait jouer un ressort, et le panneau s'écarte... S'il allait se refermer sur lui !... Mais non ; dominé par une pensée unique, le vieillard entre sans prendre aucune précaution. Et il faut que sa préoccupation soit bien grande, car Cinelli s'est rapproché de plus en plus ; il le suit maintenant pas à pas et semble déjà ne plus craindre d'être entendu.

Ils dépassent un vestibule et se trouvent enfin là où l'on suppose que le vieux marquis vient adorer ses richesses et compter son or.

C'est une espèce de musée où des statues, des tableaux, des chefs-d'œuvre de l'art antique sont rassemblés sans méthode et pêle-mêle. Mais le vieux seigneur passe sans s'émouvoir devant ces merveilles; sa pensée est ailleurs.

Il va droit à un sarcophage dont les bas-reliefs sont d'un admirable travail, celui-là même qui avait été la cause de tant de nuits blanches pour Winckelmann, et de tant de bouteilles de monteflascone pour Matheo, le concierge, et pour Beppo, le garçon d'auberge.

C'est peut-être là le coffre-fort du marquis.

Quoi qu'il en soit, ce dernier ne se hâte pas de l'ouvrir; il s'assied à quelque distance sur un fût de colonne renversée, et, se cachant la tête dans les mains, semble être une statue de plus, celle du Désespoir, ajoutée à toutes celles qui l'environnent.

Cinelli est là debout, à deux pas, prêt à fondre sur la proie qu'il convoite. Que lui importe maintenant d'être vu, Archangeli ne doit-il pas être payé le soir même?

Cinelli n'attend plus qu'une chose : c'est qu'un geste, un mouvement, un regard, lui désignent les richesses cachées.

Cependant, après avoir essuyé d'une main tremblante la sueur froide qui coule à larges gouttes de son front où se lisent d'indéfinissables douleurs, le marquis se lève en chancelant. Il semble hésiter encore. Un violent combat se livre dans sa pensée. Enfin il prend une décision suprême, et la lumière qu'il soulève, projetant ses lueurs sur le sarcophage, éclaire en même temps le vaste musée.

Voyez-vous d'ici, dans le silence et la nuit, ces deux êtres vivans, seuls au milieu de ce peuple de statues dont les ombres, bizarrement allongées ou raccourcies selon les mouvemens du flambeau, semblent passer du marbre à la chair, de la mort à la vie, et s'animer en spectres redoutables ; voyez-vous les personnages des tableaux, aux fraises empesées, aux armures d'acier, aux visages sévères, s'entremêler à ces jeux de la lumière et de l'ombre ; voyez-vous ces bronzes aux formes humaines représentés dans l'action et gardant une terrifiante immobilité? et, au milieu de cela, ce vieillard qui semble tiraillé par deux volontés contraires : l'une qui le pousse en avant, l'autre qui le cloue à sa place? puis Cinelli le couvant du regard, la main gauche crispée sur l'angle d'un piédestal, comme s'il en voulait briser le granit, la main droite en arrière, le jarret tendu, prêt à s'élancer, comme l'athlète antique, vers le but qui va lui être désigné?

Deux acteurs seulement et mille témoins terriblement groupés, descendant de leur socle de marbre ou surgissant de leur cadre d'or! Quelle action tragique va donc se passer? Quel crime va donc s'accomplir?

Quel tableau à saisir si un artiste se fût trouvé là !

Un grand artiste y était. C'était le lendemain du jour où Michel Filippi avait trouvé sa dot dans le chemin de ronde de la *villa*, et Zerline avait tenu parole à Winckelmann.

L'antiquaire, dérangé au beau milieu de son exploration du fameux sarcophage, n'avait eu que le temps d'éteindre son flambeau au premier bruit de la porte, et de se cacher derrière une copie en bronze de la Pallas de Velletri. Immobile, terrifié, retenant son souffle, il voyait tout et attendait.

Le vieillard fit un pas, exhala de sa poitrine un profond soupir, sembla prendre la résolution d'un condamné qui marche au supplice, et s'approcha du sarcophage.

— Allons ! se dit-il, — il a parlé de mon trésor. Mon trésor!... Dieu le garde de s'en réserver un pareil !

Alors il posa son flambeau, dérangea une dalle ébranlée, ramassa un couteau rouillé, dont il introduisit la lame dans la jointure du couvercle, et, réunissant toutes ses forces, il était sur le point de le soulever lorsque Cinelli s'élança vers lui.

— C'est donc là ! — s'écria-t-il.

Le vieux marquis, par un mouvement subit, s'était retourné ; assis sur le sarcophage, il en dégagea le couteau. Cinelli fouilla dans sa poitrine.

Le père et le fils se tenaient le fer sur le cœur.

Winckelmann eut un instant la pensée de se jeter entre eux. Mais la nature l'avait fait antiquaire et nullement guerrier; moyennant quoi la peur le figeait sur place.

— Que veux-tu ? — demanda le vieillard.

— De l'or.

— Je n'en ai pas.

— C'est ce que nous allons voir !

— Malédiction sur toi !

— De l'or, vous dis-je ! — Et Cinelli s'efforçait vainement d'éloigner son père, qui s'accrochait au marbre tumulaire. — Je me suis traîné à vos pieds, — dit Cinelli d'un ton farouche ; — j'ai embrassé vos genoux, je vous ai supplié au nom de mon amour et de mon honneur, vous avez été sans miséricorde. Mais ce que je n'ai pu obtenir par la prière, je l'aurai par la force, si c'est nécessaire. Je veux une part de ces richesses, car ma mère m'en a laissé la sienne.

— Quelles richesses?

— Celles qui sont là.

— Malheureux ! si tu savais ce que tu demandes !

— Je demande ce qui m'appartient comme à vous.

— Oh! que non ! — dit le vieillard en arrêtant sur le sarcophage un regard indéfinissable; — ceci est bien à moi, à moi seul!—La colère du vieux marquis s'était éteinte dans la résignation et dans la douleur. — Mon fils, — reprit-il,—car maintenant je vois que tu es mon digne fils, ferme la porte. Que personne de vivant ne puisse entendre mes révélations et ne soit peut-être témoin de ton parricide.

— Malheur à qui nous aurait entendu ! — s'écria Cinelli en courant vers l'entrée. Il prit la lumière, regarda au dehors, ferma la porte, et, comme enivré par le vertige que donne une mauvaise action, il revint vers son père. Winckelmann aurait volontiers sacrifié en ce moment tous les sarcophages possibles d'Olympie pour être à Chandernagor ou au Kamtchatka. — Maintenant, — dit Cinelli, — nous ne sommes plus que deux. Parlez.

— C'est ce qui te trompe, — reprit le vieillard d'une voix puissante, — nous sommes trois ! — Et il souleva le couvercle du tombeau, comme s'il avait recouvré soudain toutes les forces de la jeunesse. — Regarde, — poursuivit-il, — voilà mon trésor !

— Un cadavre! — s'écria Cinelli, qui recula et pâlit d'épouvante.

Le vieillard saisit son fils par le bras, et d'un mouvement vigoureux le ramena de force au bord de cette tombe ouverte, qui servait il n'y a qu'un instant de point de mire aux coupables ardeurs du jeune homme.

— Regarde bien ! — reprit le vieux seigneur, — et regarde-moi bien après, — Cinelli n'avait plus ni énergie ni volonté, et se laissait faire comme un enfant.—Moi aussi je suis parricide, comme tu le seras peut-être à l'heure, — continua le vieillard, — voilà ton aïeul, et c'est moi qui l'ai frappé ! — Cinelli se dégagea de l'étreinte paternelle et fit un geste d'effroi. — Je te fais horreur, n'est-ce pas? et cependant peu s'en est fallu que tu ne te rendisses coupable du même crime ! Mais ainsi est faite la conscience des pervers : anathème aux autres, indulgence pour soi. En ce moment, quelque chose comme un soupir étouffé s'exhala des profondeurs de la galerie. — Il y a quelqu'un ici ! — s'écria le vieillard. Et, prenant le flambeau, il courut faire le tour de toutes les statues. Cinelli, changé lui-même en statue du Remords et de l'Effroi, restait à sa place. Comme le vieux marquis passait entre les deux groupes d'*Ajax* et du *Faune endormi*, un souffle violent lui fouetta le visage, et sa lumière s'éteignit. Sa terreur s'en accrut. Cependant il continua de fouiller à tâtons tous les recoins du musée. A mesure qu'il avançait, Winckelmann, guidé par le bruit de ses pas, fuyait devant lui. Il y allait bien certainement de la vie ou de la mort de l'antiquaire. Sans cette présence d'esprit téméraire qui lui avait inspiré de recourir aux ténèbres, c'était fait de lui. Il y eut un instant où le passage était si étroit que le manteau du marquis s'engouffra dans les jambes de

Winckelmann. Celui-ci n'eut que le temps de se baisser et de ramper à reculons jusqu'à l'angle du couloir, pendant que le vieillard cherchait autour de lui la cause de cet obstacle disparu tout à coup. Après de minutieuses explorations, le marquis finit par se persuader qu'il avait été le jouet d'une peur imaginaire; il attribua, soit à un courant d'air, soit à la précipitation de sa marche, le souffle qui avait éteint sa lumière, et il revint vers son fils. — Il n'y a personne,— lui dit-il. Cinelli ne répondit rien, mais il se laissa prendre doucement la main par le vieillard, qui s'assit à côté de lui et continua en ces termes :— Il y a de cela vingt-cinq ans, mon fils. Moi aussi j'avais perdu au jeu des sommes que je ne pouvais payer; moi aussi j'avais épuisé toutes mes ressources, recouru à tous les expédiens, fait vainement appel à tous les amis que je croyais avoir. Dix fois je m'étais promené le soir sur les bords de l'Adige, attiré par le gouffre et prêt à m'y jeter, sans avoir le courage d'en finir avec la vie. Mon père venait de partir pour un voyage en Orient. Retenu à Rome par une indisposition, il m'écrivit qu'il renonçait à pousser plus loin, et qu'il allait revenir par Florence. J'allai au-devant de lui jusqu'à Modène, et je montai dans sa chaise. Là, pendant que nous roulions côte à côte et la main dans la main, comme un bon père et un tendre fils, je lui fis part de l'extrémité à laquelle j'étais réduit; je le suppliai comme tu m'as supplié; je lui fis des promesses et des sermens comme tu m'en as fait. Il me refusa comme je te refuse. Alors je devins insensé de désespoir et de convoitise, à la pensée de l'or que mon père rapportait avec lui et dont je tentai de m'emparer. Je ne sais quelle horrible lutte s'engagea, mais bientôt je n'eus plus à côté de moi qu'un cadavre. Une apoplexie l'avait foudroyé dans cette lutte abominable. — Cinelli continuait à garder le silence; un tremblement nerveux et la moiteur glacée de sa main témoignaient seuls de l'impression terrible qui l'agitait. — J'arrivai ici la nuit, — poursuivit le vieillard ; — je descendis seul de voiture, comme j'étais parti; j'aidai à remiser la chaise sous le prétexte de ne pas réveiller mes gens, et remettant au lendemain d'en vider les coffres. Le postillon partit ; le concierge recouché, lorsque tout fut rentré dans le calme et dans le silence, j'allai prendre le cadavre et je le couchai là. Quelques semaines après, je me fis écrire d'Orient que mon père y était mort, et tout fut dit. — Ici le vieillard s'agenouilla, se frappa la poitrine et parut s'abîmer dans les effroyables souvenirs qu'il venait d'évoquer. Cinelli était toujours immobile et sans voix, comme frappé de la foudre. — Quand je prétends que tout fut dit, — reprit le vieillard au bout de quelques instans, — je me trompe : il y a vingt-cinq ans de cela. Depuis un quart de siècle, mes nuits sans sommeil et mes jours sans repos; ma triste vie ne s'est prolongée que pour prolonger mes souffrances. C'est ici que je viens pleurer, prier, me rouler sur ces dalles, me jeter sur ce corps à qui j'ai rendu le trépas pour la vie qu'il m'avait donnée. C'est ici que je cherche à devenir fou pour perdre le souvenir, et que l'implacable raison me représente chaque jour mon crime plus irrémissible et plus grand. Oui, Cinelli, voilà mon trésor, le trésor que tu convoitais et dont tu voulais le partage ! Il ne se passe pas de nuit que je ne vienne le contempler. Ici d'affreux fantômes me poursuivent, ici Dieu tonne sur moi, ici le démon m'épouvante et m'appelle, et cependant c'est ici que je viens, poussé par une force surhumaine ! — Le vieillard s'exaltait peu à peu dans sa douleur et dans ses remords. Sa voix, d'abord timide et basse, prenait des intonations éclatantes. — Et maintenant, Cinelli, tue-moi, — reprit-il; — ce sera la peine du talion. La justice divine me pardonnera peut-être le jour où je l'aurai subie.—Puis, touchant du doigt le cadavre : — Voilà donc comme je serai tout à l'heure! Mon père, je te rejoins... Il y a place dans ce sarcophage pour enfouir deux crimes à la fois : le mien, mon fils, et celui que tu vas commettre.

Après cet effort sur lui-même, le vieux marquis tomba sans connaissance, et, cette fois, Cinelli, repentant et terrifié, essaya de le ranimer. Il se jeta sur lui, l'appela, le conjura, redoutant maintenant que la justice divine ne lui infligeât cette mort dont il serait aussi la cause.

Le ciel fut clément. Le vieillard revint à la vie, et tous deux, le fils soutenant le père, sortirent à pas lents de ce lugubre musée.

Winckelmann, à qui la fille de Matheo avait appris le secret du ressort au moyen duquel s'ouvrait et se fermait la porte, Winckelmann en put faire autant quelques minutes après.

Il est à penser qu'il ne se fit pas prier, que la première bouffée d'air pur et libre lui parut bonne à respirer, et que, comme le corbeau de la fable, il jura, mais un peu tard, qu'on ne l'y prendrait plus.

Il est à penser de même que, le naturel aidant et quelque nouveau sarcophage excitant sa convoitise d'antiquaire, il n'eût pas manqué de recommencer le lendemain.... comme vous et moi, cher lecteur : vous pour ceci, moi pour cela, selon le dada que nous enfourchons.

Assis l'un près de l'autre, sur un banc de mousse, à quelques pas de l'échelle par laquelle était venu Winckelmann et par laquelle il devait s'en retourner, Zerline et Michel faisaient le guet.

Une vraie sentinelle eût peut-être trouvé la faction bien longue. Nos jeunes gens étaient là depuis deux heures qu'ils se figuraient encore en être à leur premier moment d'entretien; d'où nous concluons qu'il doit être moins fastidieux de conjuguer le verbe aimer que de monter la garde.

Ils en étaient sur l'emploi de la somme assez ronde au moyen de laquelle l'antiquaire avait conquis le droit de mourir presque de peur et de ne voir qu'imparfaitement le sarcophage d'Olympie.

Zerline voulait une jolie petite maisonnette blanche et verte, avec des fleurs tout autour.

Michel, lui, ne tenait pas à la couleur, mais il pensait que des carrés de légumes feraient mieux l'affaire.

— Eh bien! — reprenait la fillette, — pourquoi pas l'un et l'autre?

—C'est cela, — disait le garçon, —beaucoup de légumes et un peu de fleurs.

— Non, monsieur : beaucoup de celles-ci et moins de ceux-là.

— Cependant...

— Il n'y a pas de cependant.

Et il n'y en avait pas en effet, car la jeune fille tendait sa joue, et c'était là un argument péremptoire.

Zerline voulait en outre une grande volière et des oiseaux aux mille couleurs chantant tout le jour.

Quant à Michel, il donnait la préférence à une basse-cour.

Zerline contestait et faisait une de ces gracieuses petites moues qui valent bien mieux que des sourires mêmes.

Michel ripostait encore par son fameux *cependant;* puis la joue de sa promise clôturait de nouveau le débat.

— Du reste, — reprit Michel en recomptant pour la troisième fois ses écus dans le tablier de Zerline, — je crains que nous ne marchions un peu vite et que nous ne puissions faire tant de choses avec l'argent que voilà.

— Bah ! — dit la jeune fille, — commence toujours par m'acheter une belle croix et des pendeloques d'or, et nous verrons après.

Mesdames, ceci me remet en mémoire une sorte d'aphorisme commis par un poëte latin que je ne veux pas nommer par égard pour cet audacieux. Il me semble que c'est ici la place de cet aphorisme. Seulement, dans la crainte que vous ne sachiez pas le latin, je vais vous le dire en français :

« Quoi de plus léger qu'une plume? la poussière ; de plus léger que la poussière? le vent; de plus léger que le vent? la femme ; de plus léger que la femme ? rien. »

On en a pendu qui ne l'avaient pas autant mérité que ce poëte.

Zerline achevait précisément de faire à Michel cette dernière recommandation touchant la croix d'or et les girandoles, lorsque Winckelmann parut au détour de l'allée.

Il était pâle comme un suaire et se traînait à peine. Les deux amoureux, qui ne voyaient qu'eux en ce moment sur notre globe, ne s'en aperçurent pas.

— Déjà ! — s'écrièrent-ils.

Ce naïf *déjà* fit sourire l'antiquaire, et chassa quelques-uns des sombres nuages qui chargeaient son front.

Il mettait déjà le pied sur l'échelle, lorsque Michel se pencha vers l'oreille de Zerline.

— Il y aurait peut-être un moyen, — lui dit-il, — de réunir la basse-cour à la volière et le potager au jardin d'agrément.

— Lequel? — demanda la jeune fille.

— Veux-tu que j'essaye?

— Essaye, si tu le veux.

Pendant ce temps, Winckelmann avait atteint le haut du mur. Il avait hâte d'être sorti de ce parc, où il respirait mal.

— Monsieur! — dit le jeune homme.

— Qu'y a-t-il? — demanda l'antiquaire en se retournant de trois quarts.

— Il y a encore une superbe galerie au premier étage; si monsieur voulait la visiter la nuit prochaine, on pourrait....

— Merci, mon garçon, — reprit l'antiquaire, — j'en ai assez vu comme cela.

Puis, enjambant précipitamment le mur, comme si le diable était à ses trousses, il sauta de l'autre côté, au risque de se casser le cou et sans le secours de l'échelle.

Si encore Michel avait attendu au lendemain pour lui faire cette proposition !

XII

PROMENADE A TRAVERS LE CŒUR D'UNE JEUNE FILLE.

Nous sommes à Vérone, dans le salon d'un bel hôtel situé *strada del Corso*.

Cet hôtel est habité par le sénateur Ambroise Speroni et sa famille.

Madame Speroni, celle-là même qui, jeune fille, aux portes d'Ostelbourg, s'était jadis précipitée au secours de Winckelmann au moment où il se faisait tranquillement la barbe le long de la rivière, madame Speroni, disons-nous, et sa fille Cinthia, venaient d'accompagner le sénateur jusqu'à Vicence, d'où ce dernier avait continué sa route vers Dussau, près de Berlin, afin d'y recueillir la riche succession d'une tante de sa femme.

Ces dames, arrivées de la veille au soir, ont trouvé la carte de l'antiquaire, et charmées, l'une de recevoir, l'autre de voir cette célébrité qui est en quelque sorte leur ouvrage, elles ont envoyé un domestique à l'hôtel des Deux-Tours, *le Due-Torri*, place Saint-Anastase, prévenir Winckelmann de leur retour.

Mais Winckelmann n'y était pas. Il y avait huit jours qu'il était parti, pour vingt-quatre heures seulement, dans le but annoncé d'aller visiter quelques antiquités aux environs de Vérone, et on ne l'avait pas revu depuis lors. Ses malles étaient encore à l'hôtel, ce qui empêchait de supposer qu'il eût continué sa route et changé son itinéraire.

On se perdait en conjectures sur cette disparition.

Quant à nous, nous savons que Winckelmann employait ce temps à assiéger la *villa* qui possédait le sarcophage d'Olympie.

Madame Speroni et sa fille devenaient fort inquiètes, et ne parlaient de rien moins que d'envoyer des éclaireurs dans la campagne à la recherche de l'antiquaire.

Nous avons dit, au début de ce chapitre, que nous introduisions le lecteur dans le salon de ces dames.

C'est une vaste pièce sévèrement meublée, comme il convient au salon d'un sénateur ; seulement, un clavecin chargé de partitions, une perruche caquetant sur son perchoir et des fleurs partout, révèlent qu'une jeune fille est là pour tempérer cette sévérité par le doux éclat de sa pétulance et de ses sourires.

Madame Speroni est une femme de quarante-deux à quarante-trois ans, belle encore, et en qui la vivacité italienne, depuis si longtemps qu'elle habite Vérone, s'est heureusement alliée à la blonde et placide nature des Allemandes. C'est un beau fruit du Nord qui s'est mûri et doré au soleil du Midi. Ses traits pleins et purs, que pas une ride n'outrage, la sérénité de son regard, l'autorité de son maintien, témoignent qu'elle a trouvé le bonheur dans le devoir, et que les ravages ont épargné son cœur.

Cinthia a dix-huit ans : elle tient plus de son père que de sa mère ; elle est plus Italienne qu'Allemande. Elle a ce teint olivâtre au jour et blanc aux lumières qui ressemble à de l'ivoire animé. Le jour glisse sur cette peau comme sur un corps poli ; il faut une émotion violente pour que de faibles rougeurs s'y infusent au milieu des joues, mais elles disparaissent aussitôt. Le front est large, puissant, volontaire, renflé aux tempes, illuminé par des méplats où s'arrête la lumière, comme celui de la Diane Chasseresse. L'œil, noir et surmonté de sourcils vigoureusement tracés, scintille par moment comme une étoile fixe. Les narines sont d'une mobilité qui fait merveille, quand Cinthia s'anime, se courrouce ou s'indigne. La bouche est petite, d'un rouge vif, arquée à ses coins, pleine de séduction : une grenade ouverte sur des perles. Elle n'est ni grande, ni petite. Son buste accuse encore la jeune fille, mais la taille, fine et flexible comme un roseau, promet déjà les lignes serpentines de l'Italie et de l'Espagne.

Cinthia est une de ces jeunes filles que dévorent de curieuses pensées, à qui il ne déplairait pas d'être l'Alcine de l'Arioste ou la Juliette de Roméo, et dont les mères prévoyantes ne voient guère pousser la séve sans éprouver de légitimes terreurs.

Qu'un homme s'éprenne d'amour pour une pareille jeune fille, et Dieu sait ce que cet homme pourra devenir, un grand scélérat ou un héros, selon que le voudra cette jeune fille.

Cinthia paraissait triste, et il devait y avoir à cela une cause sérieuse, car elle n'était pas fille à se faire la menue monnaie d'une passion en petites tendresses de fleurs, de serins, de chats ou d'agneaux.

Des bruits avaient en effet couru sur l'inconduite de Cinelli, et monsieur Speroni, en donnant à sa fille le baiser d'adieu, ne lui avait pas caché que, si avancés que fussent les préliminaires, rien n'était encore moins certain que son mariage avec le jeune comte. Il se réservait de prendre, à son retour d'Allemagne, des informations sérieuses, et avait conclu en insinuant qu'il serait peut-être convenable que, pendant l'absence du chef de famille, Cinelli discontinuât ses visites à l'hôtel Speroni.

Cinthia aimait déjà passablement le jeune comte alors que rien ne mettait obstacle à sa tendresse pour lui. Or, chacun sait que plus les motifs qui viennent à combattre l'amour sont forts, clairs, irrécusables, plus la passion s'irrite et plus l'on aime. Et c'est du reste une belle chose sous le ciel que cette déraison du cœur sans laquelle nous ne vaudrions pas grand'chose.

De là les nuages qui obscurcissaient le front de la jeune fille.

— Cinthia, — disait madame Speroni, — tu n'es pas raisonnable.

— Si la raison consiste à oublier ses sermens, à ne plus vouloir aujourd'hui ce qu'on voulait hier, non, maman, je ne suis pas raisonnable.

— La raison, mon enfant, consiste à modifier ses projets, lorsqu'il en est temps encore, selon les résultats qu'ils présagent.

— C'est cela : on a permis au cœur de parler, puis, un beau jour, on lui enjoint tout à coup de se taire... et il faut que cela aille au commandement comme un peloton de soldats : Une, deux, parlez ! Une, deux, ne parlez plus ! Si tu crois que c'est facile, petite mère !.

— Bon ! — reprit madame Speroni en souriant, — voilà la folle du logis qui s'en mêle !

— Que c'est bien cela ! on m'a prêché la fidélité comme une vertu, et voilà qu'on veut me rendre infidèle !

— La fidélité aux penchans dangereux ne sera jamais une vertu.

— Et comment reconnaît-on qu'ils sont dangereux ? — demanda la jeune fille avec ironie. — Est-ce comme pour les champignons vénéneux ?

— Cinthia, — reprit sévèrement madame Speroni, — ce ton de persiflage ne sied pas aux jeunes personnes bien élevées. Cinelli vous a rendu des soins; il a paru vous plaire; son rang et sa fortune étaient convenables. Sa conduite, sans être précisément exemplaire, paraissait être celle de tous les jeunes gens de sa condition et de son âge. Jusque-là tout était bien, car nous savons faire la part des entraînemens de la jeunesse, et nous ne prétendions pas avoir un phénix pour gendre. Maintenant il paraît que de mauvais penchans l'entraînent, et votre père...

— De mauvais penchans...! il paraît,...! — interrompit la fougueuse jeune fille ; — mais quels penchans ? et à quoi cela paraît-il ?

— Il joue, — dit la mère.

— Tout le monde joue, — reprit Cinthia.

— Soit. Mais ce qui n'est qu'un honnête passe-temps pour les uns est souvent une passion indélébile pour les autres, et alors...

— Où est la preuve que ce soit une passion chez lui ?

— Je ne sais, — reprit madame Speroni ; — ton père est mieux instruit que moi. Toujours est-il qu'il n'est pas homme à compromettre légèrement ton bonheur, ni à accueillir des soupçons que rien ne légitimerait.

— Bah ! — dit Cinthia, avec un regard vainqueur que lui rendit le trumeau qui se trouvait en face d'elle, — si c'est une passion, je saurai bien l'en guérir ! — Puis, une réflexion lui venant : — Mais quand jouerait-il ? — demanda-t-elle, — Il passait ici la plupart de ses soirées.

— Reste le jour, et surtout la nuit, — reprit madame Speroni ; — c'est plus de temps qu'il n'en faut.

— La nuit ! mais il m'a juré cent fois qu'il passait les nuits à regarder une certaine étoile convenue entre nous, et à penser à moi.

— Il t'a juré cela ? — demanda la mère avec un doux sourire plein d'indulgence.

— A la face du ciel.

— Mais il y a aussi des nuits sans étoiles, et tu comprends qu'en ce cas...

— Chère mère, voilà que tu persifles à ton tour; cela est mal.

— Très mal, en effet; mais que fais-tu donc là ?

Cinthia, un album sur les genoux, dessinait à grands coups de crayon, heurtés et fébriles, qui témoignaient de sa mutine impatience.

— Que fais-tu donc là ? — répéta madame Speroni.

— Devine.

— Comment veux-tu que je devine ?

— Essaye toujours.

— Le plus simple est de voir, — dit la mère en allant se pencher sur l'épaule de sa fille.

— Cela ressemble-t-il ?

— Cinelli ! — dit madame Speroni en reconnaissant le portrait du jeune comte.

— Il faut bien que je me le rappelle, puisqu'il ne peut plus venir.

— Tu crains donc de l'oublier ?

— Oh ! que non ! — dit la jeune fille d'une voix si pé-

nétrante et si décidée que la mère allongea vers le ciel un long regard douloureux, comme pour lui demander assistance. — Pauvre Cinelli ! — continua la jeune fille, — on prend là un excellent moyen pour le guérir de sa passion du jeu, à supposer que cette passion soit réelle ! Que voulez-vous qu'il fasse maintenant, si ce n'est jouer, pour occuper le temps qu'il passait ici, et se distraire de son exil... tandis que je me serais si bien chargée de la cure !

— Voyez-vous ce savant docteur ! — dit la mère en souriant.

— Ni docteur ni savant, petite mère, — reprit Cinthia, — mais aimante et persuasive, ce qui a bien son mérite. Ensuite il m'aime, et cela rachète bien des torts.

— Ils disent tous cela, — hasarda madame Speroni, ne sachant trop à quelle madone se vouer pour amoindrir un peu l'ardeur de sa fille.

— Comment! ils disent tous cela ! Mais je suppose qu'il y a bien quelque chose dans la voix, dans l'accent, dans le regard, qui permet de discerner la sincérité de la félonie.

— Je ne sais trop, — dit la mère, — et encore cela doit-il dépendre beaucoup du plus ou moins de propension que nous avons à croire. Il est clair que si notre cœur fait lui-même les trois quarts du chemin...

— Eh quoi ! — interrompit Cinthia en s'adressant au portrait, — cet œil franc, ce front pur, cette bouche sereine mentiraient !

— Je ne dis pas cela, chère enfant.

— Mais s'il ne m'aime pas, quel intérêt aurait-il à me le dire ?

— Un terrible intérêt, ma fille, qui guide le plus souvent les hommes en pareille matière, celui de leur fatuité et de leur amour-propre.

— Je ne comprends pas, — dit Cinthia.

L'innocence des jeunes filles a une logique redoutable que les mères ont de puissantes raisons de combattre, et à laquelle, par des motifs non moins puissans, elles craignent aussi de donner raison.

Lequel vaut mieux de ternir leur candeur en prémunissant leur innocence, ou de laisser au caprice des événemens le soin de les éclairer peut-être trop tard ?

C'est là une grande question. L'étude des caractères et l'instinct maternel doivent prescrire ce qu'il faut oser; sans compter qu'il n'y aura jamais rien de bien certain à cet égard, et que les deux cas auront leurs périls.

— Mon Dieu ! — reprit madame Speroni assez embarrassée, — je suis loin de prétendre que Cinelli ne t'aime pas; ce n'est pas une mère qui s'étonnera jamais que sa fille soit adorée. Seulement je répète que si le jeu a dès aujourd'hui autant d'empire sur lui que toi-même, il viendra un moment où cet empire sera sans partage.

— En sorte que je serais absolument détrônée ? — demanda la jeune fille.

— Absolument.

— Je voudrais bien voir cela ! — dit Cinthia de son air conquérant.

— Quand on le voit, il est trop tard... Et puis, — ajouta la mère en cherchant un peu ses mots, tant le sujet lui paraissait scabreux, — ces messieurs font en général depuis longtemps leur métier de jeune homme...

— Et ce métier ? — demanda la jeune fille.

— Que te dirai-je ? Il est à peu près certain qu'ils se prosternent devant nous sur des genoux qui se sont usés déjà sur le tapis de plus d'une femme. Ils ont juré plus d'une fois qu'ils mourraient de leur amour, et cependant ils vivent. Ils ont donné et reçu bien des boucles de cheveux qui courent les boudoirs en bagues ou en bracelets.

— Qui courent les boudoirs ! mais je lui en ai donné, moi, maman, et je suis bien sûre...

— Tu vois !

— N'est-il pas mon fiancé ?

La mère courba la tête et ne répondit rien. Elle se rappela qu'elle avait en effet reçu Cinelli comme son gendre futur, qu'on ne pouvait guère exiger que le cœur d'une honnête jeune fille se transformât en une de ces feuilles de vélin sur lesquelles il suffit d'effacer un nom pour le remplacer par un autre, et que d'ailleurs monsieur Speroni portait encore une chaîne tressée de ses cheveux, à elle, bien avant que le contrat eût légitimé cette conquête.

Toutes les mères ont naturellement été jeunes filles, puis jeunes femmes; et voilà pourquoi, réveillé à cet écho du passé, leur cœur recèle tant de trésors d'indulgence dont s'indigne souvent la rigidité des pères.

En ce moment la porte du salon s'ouvrit, et on annonça Winckelmann.

Il n'entre pas dans le cadre de ce récit de détailler les premiers momens de cet entretien : joie de se revoir, questions empressées, réponses pleines d'effusion, retours vers le passé, toutes choses bien naturelles après une si longue séparation, depuis laquelle l'une, madame Speroni, était devenue une femme heureuse, et l'autre, Winckelmann, un homme célèbre.

Ce que nous pouvons dire, c'est que l'hôtel du sénateur Speroni était de ces maisons où l'on est tout de suite à son aise, les cœurs et les fauteuils venant en quelque sorte au-devant de vous avec d'amicales invitations. Qu'on juge si Winckelmann devait être le bienvenu !

— A propos, — demanda madame Speroni après les premières avalanches de questions, — qu'êtes-vous donc devenu depuis huit jours, mon cher Winckelmann ? — L'antiquaire avait été jusque-là d'une gaieté charmante ; il devint tout à coup sombre et mal à l'aise. — Savez-vous que nous commencions à nous inquiéter sérieusement,—ajouta madame Speroni, — et que nous avons été sur le point d'envoyer sur vos traces ?

— Vous savez ce que c'est, — balbutia Winckelmann ; — plus on a vu, plus on veut voir ; la curiosité gagne de marbre en marbre, de ruine en ruine, de château en château, comme une traînée de poudre, et voilà comment, parti pour vingt-quatre heures, on ne revient qu'au bout d'une semaine. Si j'avais pu prévoir que vous fussiez de retour...

— Et vous êtes au moins content de votre excursion ?

— Ravi ! — reprit l'antiquaire, du même son de voix que s'il avait dit : désolé !

— Il y a, par exemple, la *villa* du marquis Manfred, où se trouve une galerie superbe, — dit Cinthia ; — seulement le vieux marquis ne passe pas pour hospitalier... Vous a-t-il été possible de pénétrer chez lui, monsieur Winckelmann ?

— Oui, mademoiselle; c'est-à-dire non, — reprit Winckelmann dans son trouble extrême.

— Vous ne paraissez pas bien fixé, — reprit Cinthia en souriant.

— Parfaitement fixé, au contraire, mademoiselle. C'est que je confondais; j'avais d'abord cru que... Mais je me rappelle maintenant très bien que l'accès de la *villa* m'a été refusé.

— C'est fâcheux, — repartit madame Speroni. — Il y a là, dit-on, un sarcophage fameux.

— Oui, je sais, — reprit l'antiquaire, — un sarcophage venant des stades d'Olympie; le cardinal Albani m'en avait parlé. Malheureusement, je n'ai fait que l'entrevoir...

— Vous êtes donc entré à la *villa* ? —demanda la jeune fille.

— Quelle *villa* ?

— La *villa* du marquis.

L'antiquaire suait à grosses gouttes. Inhabile à cacher ses impressions et à mentir, il s'empêtrait à chaque mot.

J'ai remarqué un sarcophage à Lo... te, — reprit-il, — à moins que ce ne soit à Bologne ou à Venise... un sarcophage qui...

—Mon cher Winckelmann,—dit madame Speroni,—vous êtes certainement préoccupé par quelque chose que je ne puis définir.

— Je suis parfois sujet à des éblouissemens, — reprit l'antiquaire en se passant la main sur le front.

— Voulez-vous prendre quelque chose ? — demanda Cinthia.

— Mille grâces, chère enfant; un peu d'air seulement...

Cinthia ouvrit une fenêtre, et Winckelmann alla s'y accouder.

La mère et la fille échangèrent un regard où se peignait un douloureux étonnement.

Après un instant, l'antiquaire vint reprendre sa place, et madame Speroni essaya d'un autre sujet de conversation.

— Vous savez que mon mari est à Dussau ? — dit-elle.

— Il regrettera bien d'avoir été absent d'ici.

— Je vais en Allemagne, — reprit Winckelmann, — et j'irai expressément à Dussau pour avoir le plaisir de lui serrer la main.

— Ce sera bien aimable à vous, —dit la mère.

Cinthia s'avança vers Winckelmann de ce pas mesuré et coquet des filles d'Ève qui vont, le sourire aux lèvres, à la conquête d'un cachemire, d'une parure ou d'une grâce quelconque. Elle prit gentiment les mains de l'antiquaire, qu'elle emprisonna dans les siennes, et, le subjuguant de son plus irrésistible regard :

— N'est-ce pas que vous êtes bon ? — lui dit-elle.

— Comment voulez-vous que j'avoue cela moi-même ? — demanda l'antiquaire en riant.

— N'est-ce pas, — poursuivit la jeune fille, — que si j'avais des chagrins vous y compatiriez ?

— Certainement ; mais...

— Eh bien ! j'en ai, et de très gros.

— Vous ?

— Moi.

— A votre âge, au seuil de la vie, belle comme les anges et avec une mère comme celle-là, — reprit Winckelmann en désignant madame Speroni, — ce n'est pas possible !

— Je ne sais pas si c'est possible, — dit Cinthia, — mais cela est... Demandez à maman.

L'antiquaire interrogea madame Speroni du regard, et celle-ci répondit par un mouvement de tête de bas en haut.

— En sorte que, si vous allez à Dussau, — reprit la jeune fille, — et je vous conjure d'y aller pour l'amour de moi, je voudrais bien que vous fissiez comprendre à mon père qu'il a tort de chagriner sa fille.

—Assurément, chère enfant, s'il est cause qu'une larme ait jamais mouillé ces yeux-là, je suis de votre avis, et je déclare qu'il a tort.

— Tu l'entends, petite mère ?

— Et maintenant que vous m'avez convaincu et que je me suis prononcé, — reprit le savant avec une charmante bonhomie, — il serait peut-être convenable que j'apprisse de quoi il s'agit... ne fût-ce que pour pouvoir en parler à ce père barbare.

Cinthia était une de ces vaillantes Italiennes qui n'apprennent guère l'art de dissimuler leurs sentimens et racontent volontiers leur cœur. Cependant le premier mot lui coûtait à dire. Aussi tourna-t-elle les yeux vers sa mère, et une légère teinte rose anima ses joues.

— Tu veux que je t'aide ? — dit madame Speroni. Cinthia ne répondit pas, mais elle embrassa la douce auxiliaire qui accourait à son appel. — C'est que nous avons une inclination, — commença madame Speroni.

— Non pas une simple inclination, — dit résolûment Cinthia, — mais un attachement profond, éternel !

— Oh ! oh ! — objecta l'antiquaire, — il me semble que nous sommes bien jeune encore pour parler de choses éternelles.

— Est-ce à dire que l'on peut aimer deux fois ? — demanda la jeune fille. C'était là une de ces questions qui terrassent par leur sainte naïveté, et devant lesquelles l'expérience n'a qu'à sourire et à se taire. Winckelmann regarda madame Speroni, et celle-ci regarda Winckelmann.

— Vous ne dites rien, — poursuivit Cinthia ; — donc vous ne trouvez pas une objection à faire, et j'ai raison.

— Il y aurait bien une objection à faire, — hasarda l'antiquaire ; — mais il vaut mieux que ce soit l'avenir qui s'en charge : il sera plus persuasif et plus éloquent que nous.

— Voilà que, vous aussi, vous allez vous liguer contre moi ! — dit la jeune fille en menaçant de l'index l'aimable savant.

— Non pas, belle amoureuse, je reste dans votre camp.

— Cinthia tapa ses petites mains l'une contre l'autre en signe d'allégresse. — D'autant plus, — continua l'antiquaire, — que nous ne pouvons certainement aimer qu'un digne et noble jeune homme.

— Il passait du moins pour tel il y a quelques jours encore, — dit la jeune fille avec une légère teinte d'ironie ; — maman et mon père le jugeaient ainsi. Mais voilà que je ne sais quelle tempête soudaine a dispersé toutes ses qualités pour ne plus lui laisser que des défauts.

— Ma fille, vous exagérez.

— Non, maman, je n'exagère pas. Ainsi, tous nos jolis plans d'avenir sont remis en question ; tous les rêves charmans et autorisés que j'avais faits ont ordre de s'envoler. Mon père m'a donné à entendre que j'eusse à le déloger de mon cœur, comme s'il s'agissait de donner congé à un locataire insolvable. Et savez-vous pour quel grave motif, cher monsieur Winckelmann ? Parce qu'il paraît qu'il joue... un peu.

— C'est une vilaine chose que le jeu, — reprit l'antiquaire, que ses récens souvenirs de la *villa* rendaient plus sévère que jamais à l'endroit de cette passion terrible ; — mais si cela ne fait que *paraître*, et s'il ne joue qu'un *peu*...

— Je crois qu'on se moque de toi, — dit madame Speroni en riant.

— Soit, — dit la jeune fille avec une sorte de fierté convaincue qui donnait à penser, — j'en serai quitte pour en mourir.

— En mourir ! — s'écria Winckelmann en prenant les deux mains de la jeune fille qu'il serra dans les siennes ; — si mes paroles vous ont froissée, chère enfant, je les retire. L'homme qui sait s'imposer à ce point à un cœur comme le vôtre doit mériter votre affection.

— N'est-ce pas ?

— S'il vous aime réellement, — ajouta l'antiquaire, — et comment cela ne serait-il pas ? le moyen qu'il balance entre une passion stupide et ce ciel à deux que vous lui promettez sur la terre ? Il est vrai que les passions...

Winckelmann s'arrêta, songeant que le moraliste allait détruire les argumens de l'avocat.

— Eh bien ! les passions...? — demanda la jeune fille.

— Rien, — reprit le savant, — j'allais dire une sottise.

— Du reste, — reprit la mère, — Cinthia se désole un peu à l'aventure. Rien n'est encore décidé, et bien certainement si son bonheur dépend de moi...

— Oui, maman, je sais que tu es indulgente et bonne ; je sais que le coup qui frapperait mon cœur retentirait dans le tien ; mais mon père a l'esprit prévenu, et il lui faudra maintenant mieux que des preuves pour le persuader. N'est-ce pas, monsieur Winckelmann, que vous me promettez de le voir et de le convaincre ?

Oh ! s'il avait été question d'une rivale au lieu de jeu, que de protestations et de sermens ne lui aurait-il pas fallu pour qu'elle acquittât l'accusé !

— Oui, — répondit l'antiquaire, — je verrai monsieur Speroni, et je le convaincrai... Seulement, je vous l'ai déjà dit, je voudrais être un peu convaincu moi-même.

Cinthia fit un geste d'impatience. — Oh ! rassurez-vous, mon enfant, — poursuivit débonnairement Winckelmann, — pourvu que je le sois si peu que rien, j'y mettrai tout l'empressement possible. Mais qui est donc ce beau ténébreux ? — demanda l'antiquaire ; — où le voit-on ?

Deux heures venaient de sonner à la pendule. Une rou-geur subite colora les joues de la jeune fille ; sa guimpe se souleva par bonds plus rapides.

Elle courut à la fenêtre.

— Pendant l'absence du maître de la maison, — dit madame Speroni, — et jusqu'à plus ample informé, le gentilhomme qui nous fait la cour a dû cesser ses assiduités.

— Je comprends, — dit l'antiquaire.

— Seulement la rue du *Corso* est à tout le monde, et de notre côté la sévérité de la consigne ne va pas jusqu'à nous interdire de regarder aux fenêtres, ne fût-ce que pour savoir s'il pleut ou s'il fait beau.

— Très bien.

— En sorte que, — poursuivit la mère, — s'il prenait fantaisie à notre galant de passer tous les jours à cheval, vers les deux heures, par exemple, et si le hasard voulait que nous fussions là, rien ne nous empêcherait de le voir.

— Et le hasard veut toujours, à n'en pas douter, — interrompit Winckelmann.

— D'autant, — acheva madame Speroni, — que son équipement est fort mal tenu, à ce qu'il paraît, et que, par je ne sais quelle fatalité, il est presque toujours forcé de s'arrêter devant nos croisées, par quelque dérangement survenu à la bride ou à l'étrier.

— Les brides et les étriers sont terribles pour cela, — reprit l'antiquaire. — Mais ne vient-il pas de sonner deux heures ?

— Oui, — dit la mère en souriant ; — aussi, voyez !

Et elle montra Cinthia tellement absorbée par l'émotion de l'attente qu'elle n'avait plus conscience de ce qui se disait autour d'elle.

— Ainsi, vous croyez qu'il va venir ? — demanda l'antiquaire.

— Il ne va pas venir, — reprit madame Speroni ; — il est là. J'en jurerais rien qu'à l'imperceptible signe de tête que vient de faire Cinthia.

— Chut ! — dit Winckelmann ; — l'amour vrai a droit à tous nos respects, ne le troublons pas.

Et, suivi de madame Speroni, il se dirigea sur la pointe des pieds vers une autre croisée, dont il écarta discrètement le rideau.

— Comment le trouvez-vous ? — demanda la femme du sénateur.

— Qui cela ?

— Ce jeune homme qui caracole sur un cheval alezan.

L'antiquaire regarda, se frotta les yeux, regarda encore et devint pâle comme la mort.

— C'est là le prétendu de votre fille ?

— Lui-même.

— Le fils du marquis Manfred ?

— Parfaitement.

— Lui ! — s'écria Winckelmann.

Et, sans ajouter un mot, d'un bond furieux il sortit de l'appartement. Puis, un instant après, madame Speroni et Cinthia, stupéfaites toutes deux, le virent s'élancer dans la rue à la poursuite du cavalier.

XIII

L'OISELEUR ET LA FAUVETTE.

Le jeune comte Cinelli venait de repartir au galop ; si bien que Winckelmann, à bout de jambes et de respiration, le perdit bientôt de vue et cessa naturellement de le poursuivre.

Habitué aux placides émotions de la science, le cœur simple et bon, presque naïf, vivant avec ses chers livres en dehors des luttes et des tracas de la vie active, le pauvre antiquaire rentra à son hôtel dans un état voisin de la folie.

La fièvre le retint au lit pendant plusieurs jours, au bout desquels il lui fut possible d'examiner avec plus de sang-froid les difficultés de la situation.

Quant à tolérer que Cinthia épousât un joueur, fils de parricide, qui avait failli devenir parricide lui-même, cela était impossible.

D'un autre côté, démasquer de but en blanc le jeune comte n'était-ce pas s'exposer à l'une de ces vengeances qui, le poignard à la main, surgissent tout à coup le soir, à l'angle d'une porte ou d'un carrefour isolé ?

Puisque Winckelmann allait à Dussau, le plus sage ne serait-il pas, gardant jusque-là le fatal secret, de ne le confier qu'au père de Cinthia, alors que lui Winckelmann serait à l'abri de toute hostilité ?

Ce moyen terme alliait la prudence à la vigueur : l'antiquaire s'y arrêta.

Toutefois, à partir de ce moment, il fut en proie à des accès d'irrésolution et de tristesse, à des humeurs noires, comme on dit, qui donnèrent à penser à ses amis que quelque chose se détraquait dans cette cervelle puissante.

Pas de fête qu'on ne lui fît, pas de distraction qu'on ne cherchât à lui procurer, mais soins inutiles ! Les dames Speroni étaient au désespoir, d'autant plus que c'était surtout chez elles, alors que Cinthia laissait babiller son cœur et lui rappelait sa promesse de réhabiliter Cinelli dans l'esprit du sénateur, que se multipliaient les accès.

Le contraste étonnait d'autant plus que Winckelmann s'était toujours montré d'un caractère égal et d'une grande sérénité d'humeur.

Voici en quels termes il annonçait son voyage à un de ses amis de Bâle :

« Je n'ai le temps, mon cher Méchel, que de vous écrire
» deux mots. Je compte partir de Rome le 8 avril (1768),
» en compagnie de monsieur Cavaceppi, et j'espère par
» conséquent être chez vous l'automne prochain, *avec*
» *toute ma gaieté.* »

Voici maintenant quelques extraits du journal de voyage de ce monsieur Cavaceppi, sculpteur romain :

« Nous partîmes de Rome, Winckelmann et moi, le
» 10 avril 1768, dans l'intention de faire un tour en Alle-
» magne, lui avec le projet de veiller de plus près à la
» traduction de son principal ouvrage, l'*Histoire de l'art*,
» dans une langue plus universelle, et moi uniquement
» pour voir de nouveaux pays et de nouvelles choses.

» . . . .

» A partir de Vérone, mon compagnon de voyage n'a-
» vait cessé de me tourmenter par sa *mélancolie indéchif-*
» *frable*, si bien que je croyais quelquefois qu'il était de-
» venu fou.

» Cependant j'employai tout au monde pour lui relever
» le courage : je le priais, je me fâchais, le tout inutile-
» ment ; le refrain à chacune de mes remontrances était
» toujours : *Torniamo a Roma*, retournons à Rome. »

. . . .

Le journal du sculpteur romain continue sur ce ton jusqu'au jour où, fatigué de la persistance de Winckelmann à vouloir revenir à Rome, étonné des formes de cette persistance, de son peu de motifs, et ne trouvant pas raisonnable de tenir compte de terreurs qu'il croyait imaginaires, il finit par se séparer, à Vienne, de son sinistre compagnon de route.

Ces jalons jetés à l'appui de l'authenticité de notre histoire, revenons sur nos pas jusqu'à Vérone, où nous avons laissé Winckelmann en proie à toutes les perplexités de sa fausse position.

Cependant, après de longs débats, après beaucoup de partis pris et repris, monsieur Cavaceppi venait de se décider à poursuivre sa route. Les malles étaient faites ; l'antiquaire avait pris congé de la famille Speroni, et plus que jamais promis à Cinthia d'aller à Dussau. Un *vetturino* devait venir les prendre, le lendemain, dès le jour.

Cette fois il ne paraissait plus possible au sculpteur que quelque nouvelle lubie accrochât l'antiquaire au passage.

Il pouvait être six heures du soir.

— Je vais une dernière fois admirer l'amphithéâtre, — dit Winckelmann à son ami.

Et il sortit de l'hôtel.

Tout le monde sait, — ou ne sait pas, — que cet amphithéâtre, situé sur la place Brà, est le plus beau monument de ce genre qui soit au monde après le Colisée de Rome. Il peut contenir de cinquante à soixante mille spectateurs. Il ne se passait pas de jours sans que l'antiquaire allât contempler les soixante et douze arches en marbre véronais qui servent de ceinture à ce colosse, et sans qu'il vouât du même coup à l'exécration des siècles les podestats dont l'ignare tolérance permettait que de viles échoppes déshonorassent les vomitoires par lesquels se précipitait jadis le peuple avide des combats du cirque.

Cet acte de dévotion archéologique accompli, Winckelmann passait devant le portail de San-Giorgio-Maggiore, lorsqu'il se souvint qu'il devait y avoir là, dans cette église, un *Baptême du Christ*, par le Tintoret, et surtout un *Martyre de saint Georges*, par Paul Véronèse, auxquels sa préoccupation l'avait empêché de songer plus tôt.

Or, comme il serait revenu de cinquante lieues et même de plus loin pour réparer cet oubli, autant le réparer tout de suite pendant qu'il n'avait que dix pas à faire.

Winckelmann entra donc dans l'église de San-Giorgio-Maggiore : l'office du soir venait de finir, la foule s'écoulait ; quelques sigisbées ou *patiti*, de planton auprès du bénitier, attendaient la précieuse occasion d'effleurer du bout du doigt la main de leur belle. De rares fidèles, attardés par une dernière prière, étaient encore agenouillés çà et là.

L'antiquaire venait d'entrer dans une chapelle latérale, lorsqu'il entendit deux personnes échanger à demi-voix les paroles suivantes :

— Cinelli, je vous en veux beaucoup d'être venu ici, — disait l'une ; — cela est mal.

Seulement, l'accent était si doux que le traducteur le plus scrupuleux n'eût pas autrement rendu ce *cela est mal* que par *cela est bien.*

— Cinthia, — disait l'autre, — il faut aux poumons l'air qui est leur vie ; il me fallait à moi ton regard et ta voix pour ne pas mourir.

Winckelmann entendait, mais un large pilier l'empêchait de voir, de même qu'il l'empêchait d'être vu. A cette coïncidence des deux noms qui lui trottaient le plus dans la tête, Cinthia et Cinelli, il se rapprocha d'un pas discret, et, tournant à demi le pilier, il reconnut mademoiselle Speroni et le jeune comte.

Autant dire qu'il les devina, car la nuit était venue, et quelques lampes suspendues de loin en loin éclairaient seules la vaste et sombre nef.

L'entretien continuait, mais à voix basse, comme il convient dans une maison du Seigneur. Encore cela ne convient-il guère, et Winckelmann n'entendait plus que des chuchotemens, qu'il essayait en vain de recoudre à un sens quelconque au moyen de quelques syllabes plus sonores et saisies au vol.

Le thème, à n'en pas douter, roulait sur la séparation des deux amoureux, mais les variations échappaient à l'oreille tendue de l'antiquaire.

Cependant, à un moment donné et répondant sans doute à une proposition d'enlèvement, la jeune fille laissa échapper ce seul mot :

— Jamais !

— Il le faut pourtant, — dit Cinelli du même ton.

Puis le colloque reprit son diapason mystérieux.

Ce que pouvait dire Cinelli à Cinthia nous ne le savons pas au juste, mais nous le devinons : il lui disait sans doute qu'elle pouvait se fier à lui, qu'il l'aimait avec autant de respect que de passion, qu'il bêcherait la terre et traînerait la charrue pour ajouter une perle à ses cheveux, qu'il pensait à elle comme un aveugle au jour, que toutes ses aspirations se tournaient vers elle seule, avec la religion du musulman qui s'agenouille en regardant l'orient ; qu'elle était l'étoile de son firmament ; que sais-je encore ? une foule de ces banalités aussi stupides que ravissantes, dont on se sert depuis le commencement du monde, et qui n'en sont pas moins toutes neuves pour la jeune fille qui les entend.

Ajoutez qu'il lui parlait près de l'oreille, et que le bout de sa moustache lui effleurait quelque peu la joue.

Toujours est-il que, quand le jeune homme cessa de chuchoter, la jeune fille répondit :

— Fuir !.. ce serait bien mal !

Ceci était déjà bien loin du « Jamais ! » énergique qu'elle avait opposé d'abord à la proposition d'enlèvement. Winckelmann se prit à trembler que la place ne capitulât avant l'arrivée de renforts qu'il comptait expédier de Dusseau, où se trouvait en ce moment le père de Cinthia.

Du reste, comme cela arrive toujours, nos deux amoureux s'étaient accoutumés peu à peu au péril de cette entrevue clandestine, et parlaient maintenant à demi-voix sans trop se contraindre.

— Quel mal y aurait-il ? — reprit le jeune comte ; — en quoi suis-je changé ? N'étais-je pas, il y a quelques jours encore, l'homme choisi par vos parens pour faire le bonheur de leur Cinthia ? J'ai joué, je l'avoue ; j'ai même perdu une somme importante, je l'avoue encore. Mais, en admettant que ce soit mal, est-ce donc un crime irrémissible qu'il faille payer de l'éternelle douleur de vous avoir perdue ? Une fois votre époux, pourrais-je être ailleurs qu'à vos pieds ? Et comment ne comprenez-vous pas que mon excuse est dans l'ardeur même de mon amour, auquel il fallait bien que je cherchasse un dérivatif pour n'y pas succomber.

— Mon père saura comprendre...

— Votre père apprendra que ses soupçons étaient fondés, et sa résolution de nous désunir, qui chancelle encore aujourd'hui, sera définitive. Ah ! si vous m'aimiez comme je vous aime !

— Ne blasphémez pas ! — reprit Cinthia, — nous sommes ici devant Dieu. — Puis la jeune fille se mit à genoux et pria. Quelques instans s'écoulèrent. — Ne parlons plus de cela, — dit-elle au jeune comte lorsqu'elle se fut relevée. Cinelli comprit sans doute que le cœur de sa promise n'était pas assez préparé pour y faire germer le projet qu'il avait conçu. Il laissa le raisonnement et revint à l'amour. Ils remontèrent ainsi peu à peu aux régions du platonisme le plus éthéré : elle, confiante, enthousiaste avec candeur ; lui, d'abord hypocrite de sentimentalisme, puis enivré par ses propres paroles, et enfin assez exalté de son côté pour ne plus trop savoir s'il jouait un rôle ou si sa bouche disait la vérité de son cœur. Winckelmann, par instans, se sentait rajeunir aux doux ramages du jeune couple. Lui, l'amant de l'art, il se sentait porté à l'indulgence pour ces orages du cœur, et s'avouait que la vie à son printemps, la vie verdoyante, exaltée, pleine de sève, doit nécessairement avoir d'autres charmes que l'étude de l'antique. Puis la pensée de ce qu'était Cinelli lui revenait tout à coup comme une tempête soudaine au milieu d'un ciel calme, et son horreur pour le fils du parricide dominait tout le reste. — Carlotta doit s'impatienter, — dit enfin Cinthia en faisant allusion à une camériste, d'un âge mûr mais au cœur sensible, à ce qu'il paraît, qui l'attendait à l'entrée de l'église.

— Encore quelques instans ! — supplia Cinelli.

— Ma mère serait inquiète.

— Eh bien donc, adieu ! — dit le jeune homme en assombrissant sa voix de tous les bémols du désespoir, — adieu pour toujours !

Cinelli avait compté sur cette péroraison.

— Eh quoi ! vous me dites adieu pour toujours ? — reprit Cinthia en allant au-devant d'une main qui, cette fois, fuyait la sienne par calcul.

— Tout est dit, Cinthia ; un seul expédient nous restait : vous laisser conduire à Mantoue, chez la vieille marquise de B..., ma tante maternelle ; vous y eussiez été aussi honorablement que possible. Mais de ce seul fait,

très innocent en lui-même, d'un voyage de quelques heures accompli sous mes auspices, serait résultée pour votre père l'obligation absolue de consentir à notre union.

— Ma mère en mourrait, — reprit Cinthia.

— Les mères ne meurent pas du bonheur de leur enfant, tandis que moi je mourrai infailliblement si je vous perds.

Cinelli ne fixait pas l'époque de son adieu à la vie ; il ne disait pas s'il mourrait tout de suite, le lendemain ou dans trente ans, ce qui aurait dû rassurer un peu la jeune fille ; néanmoins, elle se laissa prendre à ce vieil hameçon.

— Mais je serai déshonorée ! — reprit-elle en joignant les mains comme pour implorer l'assistance du ciel.

— Qui donc, — répliqua Cinelli, — aura plus que votre époux le droit de vous demander compte de votre honneur ? Et qui saura mieux que moi-même que cet honneur est intact ? — Cinthia chercha de bonne foi une réponse qu'elle ne trouva pas. Alors, en stratégiste habile, le jeune comte, qui la savait fière et valeureuse, fit donner sa réserve. — Vous m'aimez, — dit-il, — je le veux croire ainsi ; mais vous n'avez pas le courage de votre amour. C'est une de ces affections timorées qui hésitent au premier obstacle. Moi, j'aurais conquis le monde pour vous obtenir.

Ils conquerraient tous le monde pour obtenir la femme aimée. Cela sonne agréablement à l'oreille des jeunes filles, dont l'imagination se met à chevaucher vers l'époque des Roland et des Tancrède. Elles se voient brodant des écharpes, ou fuyant sur un palefroi, ou assistant au tournoi à la suite duquel leur chevalier vient, un genou en terre, réclamer de leurs mains le prix du combat.

Cinthia s'indignait surtout qu'on pût la croire manquer de vaillance devant la persécution. Son œil étincelait, ses narines dilatées semblaient appeler la lutte.

Cependant l'instinct du bien et de l'honnête combattait encore en elle, lorsque l'idée lui vint de faire avec sa conscience un de ces compromis puérils qui remettent au hasard la décision des plus graves questions.

C'est ainsi qu'un de nos plus grands philosophes jouait à pile ou face l'immortalité de l'âme.

Cinthia se rappela donc que sa mère lui avait un jour parlé de boucles de cheveux qui courent les boudoirs en bagues ou en bracelets.

— S'il a conservé celle que je lui ai donnée, — se dit-elle, — je me fierai à lui. Qu'avez-vous fait de mes cheveux ? — demanda-t-elle. — Pour toute réponse, le jeune comte exhiba pieusement une chaîne tressée. Qu'il l'eût seulement laissée chez lui, et la pauvre enfant était peut-être sauvée. — Ah ! — se dit la jeune fille, — il n'est pas comme les autres, lui ! maman l'avait calomnié.

Lui n'est jamais comme les autres.

Alors elle tendit de nouveau la main au jeune homme, qui cette fois fut bon prince et lui donna la sienne.

Puis tous deux remontèrent ainsi doucement vers le parvis de l'église, échangeant quelques derniers mots que Winckelmann ne put entendre. Après quoi ils se séparèrent, l'un pour rentrer à l'hôtel Speroni, l'autre sans doute pour aller vaquer aux préparatifs de la fuite qu'il méditait.

On conçoit que madame Speroni attendait sa fille avec anxiété. Comme elle s'informait des causes de ce retard, et que Cinthia, inhabile à mentir, balbutiait quelques mots sans suite, Carlotta se chargea du péché.

— Figurez-vous que l'on a prêché, madame, — dit-elle, — et que l'office n'en finissait pas.

On voit que c'était une fille consciencieuse, ayant tous les titres possibles à s'appeler Lisette ou Marion, et gagnant loyalement le ducat que Cinelli lui avait glissé dans la main.

Lorsque Winckelmann rentra à l'*albergha di Due-Torri*, le sculpteur romain, son compagnon de voyage, l'attendait impatiemment à la porte.

— Les chevaux seront ici demain matin à cinq heures, — dit-il à l'antiquaire.

— Quels chevaux? — demanda Winckelmann aussi désorienté que s'il tombait des nues.

— Parbleu ! les chevaux... pour partir.

— Nous ne partons pas, — reprit Winckelmann.

— Décidément, — s'écria monsieur Cavaceppi, — je commence à croire que vous perdez la tête !

— Je commence à le croire aussi, — répondit l'antiquaire.

Et il courut s'enfermer dans sa chambre, où le lecteur aurait tort de croire qu'il songea le moins du monde au *Baptême du Christ* par le Tintoret, ni même au *Martyre de saint Georges* par Paul Véronèse, les deux seules choses pour lesquelles il était entré à San-Giorgio-Maggiore, et qu'il n'avait cependant pas vues.

XIV

DANS LEQUEL L'ANTIQUAIRE DEMANDE A S'EN ALLER.

Pendant que le sculpteur romain envoyait Winckelmann au diable et se demandait quelle lubie nouvelle venait de passer par la tête de l'antiquaire, ce dernier faisait violence à sa nature pacifique, et prenait le seul parti possible en raison de l'imminence du péril.

Le lendemain matin, dès huit heures, il se faisait annoncer chez le comte Cinelli.

Le jeune homme occupait un modeste appartement *piazza delle Erbe*. Tout son luxe se composait de deux chevaux de selle, d'un valet de chambre et d'un palefrenier, ce qui était plus que suffisant pour le genre de vie qu'il menait, dînant au cercle, où il passait non-seulement le jour, mais une partie des nuits.

Aussi reçut-il très mal le domestique qui se permettait de le réveiller alors qu'il venait à peine de se mettre au lit.

Cependant, à ce nom de Winckelmann, célèbre par toute l'Italie, et qu'il savait du reste intimement lié avec la famille Speroni, il s'exécuta de bonne grâce.

Ajoutons que cette visite spontanée l'intriguait fort et lui inspirait une vague inquiétude; tant il est vrai que le premier châtiment d'une conscience troublée est de voir écrit partout le *Mane, Thecel, Pharès* du festin de Balthazar.

L'antiquaire lui-même, à vrai dire, n'était pas fort à l'aise ; il tremblait de son courage, et peut-être n'eût-il pas demandé mieux que de s'en aller, lorsqu'une porte s'ouvrit et que parut le jeune comte.

— Monsieur, — dit Cinelli après les complimens d'usage, — c'est assurément un grand honneur pour moi que de recevoir ici un homme tel que vous. Seulement je suis confus, et si j'avais pu prévoir... je me serais empressé d'aller moi-même...

— Vous êtes mille fois bon, — reprit Winckelmann en toussant un peu pour se raffermir.

— Je sais, — reprit le jeune comte, — que d'anciens et pieux souvenirs vous lient à la famille du sénateur Speroni, dans laquelle j'espère entrer bientôt, et je crois que c'est à cette circonstance que je dois...

— Précisément, monsieur. — Puis, apercevant une statuette sur une console, l'antiquaire courut à elle et reprit : — Voilà une réduction de l'*Achille Borghèse*... C'est parfait, parfait !

— Pas mal, — dit négligemment le jeune comte. — Mais je suppose que vous avez visité toutes les curiosités de notre ville?

— En grande partie, je crois.

— Je ne parle pas des Arènes, cela va sans dire ; mais nous avons le tombeau de Juliette, celui de Scaliger, le palais Maffi, le palais Vescovile, le palais Ridolfi, des fres-

ques de Caroto et de Farinati, des tableaux de Brusasorci, de Pisanello, de Cavazzola, de Titien, de Paul Veronèse ; sans compter la bibliothèque capitulaire, qui renferme de précieux manuscrits des cinquième, sixième et septième siècles. — Winckelmann était là sur son terrain ; à mesure que Cinelli parlait, il faisait un signe d'assentiment qui signifiait : Je connais. — Mon père a aussi une fort belle galerie à sa villa, — continua le jeune homme, — et, si vous vouliez me faire l'honneur...

L'antiquaire, que cette phrase rappelait à la situation, frissonna de la tête aux pieds.

— Je suis à la veille de partir, — reprit-il, — et, malgré tout le plaisir que j'aurais...

A ce mot de *plaisir*, il fit malgré lui une grimace affreuse.

— Que diable vient-il faire ici ! — pensa Cinelli. — Winckelmann avait ôté ses lunettes, et les nettoyait depuis cinq minutes avec acharnement. — Monsieur Winckelmann, voulez-vous me faire un plaisir ? — demanda le jeune comte.

— Si cela est en mon pouvoir, monsieur, — reprit l'antiquaire fort ébranlé dans son belliqueux projet, — disposez de moi.

— Rien n'est plus en votre pouvoir, cher monsieur : parlez-moi de Cinthia, que des convenances trop rigides m'interdisent de voir depuis le départ de son père.

— Il ment avec un aplomb !... — se dit Winckelmann en songeant à l'entrevue de *San-Giorgio-Maggiore*. Puis : — C'est précisément pour cela que je suis venu, — répondit-il tout haut.

— C'est bien aimable à vous.

L'antiquaire eut un nouvel accès de toux.

— N'est-ce pas que Cinthia est une ravissante jeune personne ? — demanda Cinelli.

— Ravissante, en effet.

— Parfaitement capable de faire le bonheur d'un galant homme?

— Je le crois; et cependant...

— Cependant? — interrogea le jeune comte.

— Je ne crois pas que vos caractères sympathisent.

— Nous n'avons jamais eu à nous deux qu'une seule et même volonté.

— Oui, — reprit Winckelmann, — c'est toujours comme cela. Avant le mariage, on court au-devant des concessions mutuelles ; tout est abnégation et confiance ; le *moi* cesse d'exister ; les joies célestes promises aux élus paraissent d'une fadeur extrême en comparaison de celles qui doivent embellir l'union projetée; puis, quinze jours, six mois ou deux ans plus tard... Ah ! voilà la *Minerve* du Parthénon, d'après Phidias, et la *Junon* d'Argos, d'après Polyclète, — poursuivit l'antiquaire en rompant le cours de ses idées.

— Oui, monsieur, — reprit Cinelli; — mais me direz-vous?...

— Que cela est beau, monsieur ! Comme ces lignes sont pures ! Que la statuaire moderne est loin d'égaler l'antique ! et encore il ne nous reste presque rien des grands maîtres...

— Ainsi, vous prétendez que Cinthia... — interrompit le jeune comte.

— Que serait-ce, — poursuivit l'antiquaire, — si le *Cupidon* et la *Vénus* de Praxitèle n'avaient pas été détruits, l'un à Rome sous Néron, l'autre à Constantinople dans l'incendie de 475 ! La sculpture alors, monsieur, était le premier des arts.

— Je ne dis pas non, monsieur; mais, pour en revenir à mademoiselle Speroni...

— Pausanias, monsieur le comte, qui vivait au deuxième siècle de notre ère...

— Je suis bien avancé de savoir cela ! — pensa Cinelli.

— Pausanias, pour quinze peintres qu'il cite dans son *Voyage en Grèce*, mentionne cent soixante-neuf sculpteurs.

— En vérité ! — dit le jeune comte se résignant à enfourcher le dada de l'antiquaire.

— Oui, monsieur, — continua Winckelmann, — cent soixante-neuf sculpteurs sur quinze peintres seulement. Et encore la peinture elle-même était-elle sous la dépendance de la statuaire.

— Vous m'étonnez.

— Les peintres cherchaient bien plus à rendre la forme qu'à perfectionner le coloris.

— Le fait est que la forme...

— De là la peinture *monochrome*...

— *Mono*...? — demanda Cinelli.

— *Chrome*, cher monsieur, c'est-à-dire à une seule couleur, dont les vases étrusques nous donnent une idée.

— Ah ! très bien.

— Ainsi vous savez que Michel-Ange aveugle allait toucher le *Torse du Belvédère* pour jouir encore des belles formes de l'antique?

— Je ne le savais pas, — reprit le jeune comte, — mais je suis charmé de l'apprendre.

— Aurait-il pu se procurer cette satisfaction s'il se fût agi d'un tableau?

— Non, évidemment.

Dieu sait où allait conduire cette dissertation, lorsque le valet de chambre vint gratter à la porte de l'appartement et remit une lettre à son maître.

Ce n'était pas une lettre précisément, mais une sorte de billet doux, coquet, musqué, satiné et plié en triangle. Le cachet de cire verte portait ces deux mots : *Adesso e sempre*, A présent et toujours.

— Pas de réponse? — demanda Cinelli à son valet.

— Non, monsieur; Carlotta est repartie, — reprit ce dernier.

Ce billet contenait sans doute le *oui* ou le *non* d'une décision suprême, car il semblait brûler les mains du jeune comte :

— Vous permettez? — dit-il.

— A votre aise, — reprit l'antiquaire.

Le jeune comte brisa le cachet, et d'un coup d'œil dévora la lettre. Il paraît que c'était *oui*, car son regard s'illumina d'une joie triomphante.

Il sonna :

— Antonio, — dit-il au valet de chambre, — mes malles pour ce soir.

— Vous partez? — demanda l'antiquaire.

— Oui, cher monsieur Winckelmann ; Vérone m'est à à charge depuis que l'accès de l'hôtel Speroni m'est interdit; mon cœur m'entraîne chaque jour vers la *strada del Corso*; j'y passe malgré moi, et j'en reviens toujours plus sombre et plus malheureux : il faut que je change d'air jusqu'au retour du sénateur.

— Vous venez de voir tout cela là-dedans? — demanda Winckelmann sans trop réfléchir et en désignant du doigt le billet resté sur la table.

Le jeune comte jeta à l'antiquaire un regard aigu, étonné, profond, qui le traversa de part en part.

Jusque-là ce dernier n'avait vu que le Cinelli de salon, aimable, empressé, courtois; à ce point qu'il s'était demandé si c'était bien là le Cinelli de la villa au sarcophage d'Olympie. Maintenant le doute cessait, car il venait de le retrouver dans ce regard.

— Que voulez-vous dire? — demanda le jeune homme.

Winckelmann se leva, et, allant à Cinelli, dont il prit paternellement une main dans les siennes :

— Ne partez pas, — lui dit-il, — faites cela pour moi.

— Vous êtes un singulier homme, — reprit le jeune comte. — Tout à l'heure vous prétendiez que la nature de Cinthia et mienne étaient antipathiques; maintenant je veux m'en aller, la fuir, momentanément, bien entendu, et...

— C'est que je ne suis pas bien sûr, — reprit Winckelmann, — que ce départ soit le meilleur moyen de vous séparer.

Cinelli ne savait que penser. D'un côté, il lui paraissait impossible que l'antiquaire connût son projet d'enlever Cinthia ; et de l'autre, il ne s'expliquait guère mieux cette coïncidence entre la situation et les dernières paroles du savant.

— Monsieur Winckelmann, — dit le jeune homme, — il me semble que vous en dites trop ou pas assez. Êtes-vous chargé par monsieur ou madame Speroni de me signifier un congé dont vous voulez adoucir l'amertume par des palliatifs? Avez-vous quelque protégé aspirant comme moi à la main de Cinthia, et dont vous preniez à tâche de faire prévaloir la recherche? Dites-le sans ambages : je suis homme, non pas à me résigner peut-être, mais à comprendre tout.

— Rien de tout cela, jeune homme ; mais j'ai l'instinct, je dirai plus, j'ai la certitude que vous seriez malheureux.

— Basée sur quoi?

— Sur la voix du cœur.

— C'est bien vague.

— Je dois le peu que je suis à l'initiative de la famille Speroni, — reprit Winckelmann ; — si le malheur entrait chez elle par une porte qu'il aurait été en mon pouvoir de fermer, je serais le dernier des hommes.

— S'il s'agit d'un logogriphe, — dit le jeune comte, — je renonce à le deviner.

L'antiquaire avait espéré que Cinelli comprendrait à demi-mot. Mais ce dernier était nécessairement à mille lieues de soupçonner que quelqu'un eût assisté à la terrible scène du sarcophage. Tout au plus se figurait-il que les défiances de Winckelmann s'adressaient au joueur, et, même en ce cas, il ne comprenait guère tant de circonlocutions et de zigzags.

D'un autre côté, il faut reconnaître que d'aller trouver chez elle une personne bien née, dont la réputation n'a reçu nul accroc visible, qui vous reçoit avec une déférence empressée, à laquelle vous n'avez aucun reproche personnel à faire, et de lui dire à brûle-pourpoint : « Vous êtes un gredin que la corde attend, » cela n'a rien de fort engageant.

L'homme le plus résolu s'y prendrait à deux fois; à meilleure raison Winckelmann.

— Que diable ! — reprit-il, — il n'y a pas que Cinthia sur la terre.

— Il n'y a qu'elle pour moi, — dit le jeune homme.

— Bah ! de l'entêtement, du parti pris, de l'amour-propre, et pas autre chose. Franklin a bien raison de comparer le cœur à une meule qui se broie elle-même quand elle n'a plus rien à moudre.

— J'admets Franklin comme homme d'État, comme économiste et comme physicien, reprit le jeune homme en souriant ironiquement ; je lui abandonne les paratonnerres, ce qui est déjà beaucoup, mais je le récuse en affaires de cœur.

— Ensuite, est-ce qu'on se marie à votre âge? est-ce qu'on se supprime l'horizon ? est-ce qu'on se coupe les ailes? est-ce qu'on arrive ainsi tout de suite au dernier relais en renonçant aux charmes du voyage et aux aventures du chemin?

Le brave antiquaire essayait de tout, il allait jusqu'à se faire sacripant dans l'espoir de trouver le joint.

— Vous me prêchez là une singulière morale, — dit le jeune comte. — Je croyais que le mariage était un port de salut où nous ne pouvions aborder trop tôt.

— C'est selon les natures : il y en a qui ne se plaisent qu'aux périls de la traversée.

— Eh bien ! à ce point de vue-là même, — reprit Cinelli, — je devrais être votre homme. J'ai beaucoup vu déjà, beaucoup éprouvé, et, si je songe à me faire ermite...

— C'est que vous êtes fatigué d'être diable, — acheva le savant. — En d'autres termes, vous êtes en proie à toutes les désillusions, à toutes les lassitudes du retour, et vous voulez pour compagne une jeune fille travaillée de toutes les vaillances et de toutes les illusions du départ. Cela ne vaut rien non plus.

— Maintenant trop mûr, et tout à l'heure pas assez, — objecta le jeune comte en continuant de sourire. — Dites-moi donc au juste comment il convient que je sois, afin que je tâche de m'y conformer.

— Savez-vous ce que vous devriez faire? — demanda Winckelmann tournant la question. — Vous parliez de partir : eh bien! venez avec moi. Tout indique ici que vous aimez les arts, et je m'intéresserais à vous rien qu'à ce titre. Nous visiterons l'Allemagne et la France. Si profondément atteint que soit votre cœur, la blessure se cicatrisera ; vous romprez ainsi avec les habitudes funestes et les compagnons dangereux...

— Enfin nous y voilà ! — s'écria Cinelli ; — je suis un joueur, n'est-ce pas? pourquoi ne pas me l'avoir dit tout de suite?

— Je croyais que vous le saviez, — reprit naïvement l'antiquaire.

— Et parce que j'ai passé quelques nuits au cercle, parce que j'ai perdu quelques misérables sommes...

— Ce n'est pas pour cela.

— Mais pourquoi donc alors? — dit le jeune homme réprimant mal un mouvement de colère.

— Ne me forcez pas à vous le dire.

— Je l'exige, au contraire.

La glace se rompait; de l'escarmouche on passait au combat. Winckelmann lui-même commençait à se familiariser avec le péril ; l'impatience le gagnait.

— Allons, jeune homme, — reprit-il d'une voix plus ferme, — réveillez ces sentimens généreux qui dorment au fond des consciences les plus saccagées; descendez en vous-même, la sonde à la main; reportez-vous à quelques jours seulement; analysez toutes vos heures et reconstruisez toutes vos actions par la pensée. — Cinelli devint fort pâle. — Cela vous fait frémir, n'est-ce pas? Mais rassurez-vous : je comprends les passions humaines; je sais à quels excès elles peuvent nous conduire lorsqu'on leur laisse la bride sur le cou. Mais avec du courage on sort de tous les abîmes, et les plus meurtris peuvent se relever.

Cinelli subissait mille tortures. Il avait beau se convaincre par le raisonnement que, sauf son père et lui, nul ne pouvait connaître leur secret fatal ; l'évidence lui venait peu à peu, comme le flot qui monte et menace de vous engloutir.

Il faisait toutefois la meilleure contenance possible.

— Encore une fois, monsieur, — reprit-il, — je ne vous comprends pas, et je vous adjure...

— Oui, — répéta Winckelmann, — on sort de tous les abîmes, on se purifie de toutes les souillures; mais ce n'est pas lorsqu'elles sont toutes récentes encore que l'on songe à les infliger à un ange comme Cinthia.

— Monsieur, ceci dépasse toutes les bornes, et je prétends savoir...

— Je ne vous apprendrais rien que vous ne sachiez parfaitement vous-même.

— Ce que je sais, — reprit Cinelli, — c'est que, à moins que mademoiselle Speroni ne m'ordonne elle-même de ne plus prétendre à sa main, rien au monde ne m'y fera renoncer.

— Et pour être plus sûr de réussir, vous l'enlevez ce soir ou demain. — Le jeune comte arrêta sur Winckelmann un regard stupéfait. — Suis-je bien informé? — demanda ce dernier.

— Je ne vous reconnais pas le droit de m'interroger, — reprit fièrement Cinelli ; — et, dans tous les cas, il ne me convient pas de répondre.

— Je répondrai donc pour vous, monsieur le comte : hier soir, à San-Giorgio-Maggiore, vous avez épuisé toutes les formules de la séduction pour décider Cinthia à fuir la maison paternelle. Ce matin, — ajouta l'antiquaire en désignant la lettre restée sur la table, — la pauvre égarée vous a écrit qu'elle consentait. Vous n'eussiez pas tout à l'heure, devant moi, donné à votre domestique des ordres pour le départ, que je l'aurais deviné à la joie du triomphe qui brillait dans vos yeux.

— Mais qui donc êtes-vous? — demanda Cinelli au comble de l'étonnement.

— Je suis un humble antiquaire, — reprit Winckelmann, — fort simple de cœur et de ruse, beaucoup plus versé dans les choses du passé que dans celles du présent, mais que la Providence a en quelque sorte conduit par la main, à travers les plus odieux mystères, pour empêcher que la fille de ma bienfaitrice ne tombât dans vos piéges.

— La Providence est en vérité bien bonne, — reprit amèrement le jeune comte, — et je crains fort qu'elle n'en soit pour ses frais d'intervention.

— C'est ce que nous verrons.

— J'admets que vous dénonciez à madame Speroni nos projets de fuite.

— Cela va sans dire.

— J'admets encore que Cinthia soit surveillée de si près que nous ne puissions les mettre à exécution.

— Je l'espère bien ainsi.

— Et après? — demanda le jeune comte. — Cinthia m'aime, et c'est là le point essentiel; nous saurons tout braver et tout surmonter.

— Après, — dit Winckelmann en se levant, — je doute qu'elle vous aime encore, car, si vous persistez dans vos prétentions, je ferai surgir entre elle et vous le sarcophage d'Olympie.

— Le sarcophage d'Olympie?—répéta lentement Cinelli comme pour mieux mesurer la portée de ces derniers mots.

— Celui où votre père garde le trésor dont vous vouliez votre part, — acheva Winckelmann.

Il n'y avait plus moyen de douter.

— Ah! — dit le jeune homme en sautant sur la porte qu'il ferma à double tour, — ceci est une parole imprudente: celui qui l'a proférée ne sortira pas vivant de cette chambre. — L'antiquaire tenait à la vie, comme nous y tenons tous, même ceux qui prétendent le contraire. Il tenait surtout à son *Histoire de l'art*, dont il allait en Allemagne surveiller la traduction et revoir les épreuves. Ceci était sa vie future, sa gloire, son immortalité; et demandez à tous ceux qui tiennent une plume bien ou mal comme on se cramponne à ces espérances d'outre-tombe. Il comprit donc qu'il avait été trop loin; une peur affreuse se prit à l'agiter. D'ailleurs le dilemme était des plus simples : Winckelmann parlant, et il parlerait, Cinelli était déshonoré, c'est-à-dire moralement mort. Qu'importerait alors, pensait-il, un forfait de plus ou de moins? tandis qu'il lui restait la chance de cacher ce nouveau forfait, moyennant quoi le premier resterait ignoré. Or Cinelli était de ces raffinés de mauvais honneur dont la conscience ne pose que devant l'opinion, et qui ne se font aucun scrupule de couvrir une faute par un crime. Cinelli avait saisi un poignard. Il ne restait plus même à Winckelmann l'énergie de la résistance. Cependant Cinelli ne s'expliquait pas comment avait pu transpirer ce secret de famille. Si Winckelmann le savait, d'autres ne pourraient-ils pas le savoir aussi ? — Qui vous a initié à ce mystère dont la divulgation vous tue ? — demanda-t-il au patient.

— J'étais dans la galerie de la villa lors de la scène qui s'y est passée entre votre père et vous.

— Seul?

— Seul.

— En avez-vous parlé à quelqu'un?

— A personne au monde, — reprit l'antiquaire grelottant d'effroi.

— Pas même à madame Speroni?

— Je craignais de m'en parler à moi-même, — dit le savant.

— C'est malgré moi que je vais vous ôter la vie, — reprit le jeune comte, — mais il le faut.

— Le pire est pour mon *Histoire de l'art*, que je devais revoir, — hasarda le savant. En ce moment une vieille ficelle dramatique lui revint à l'esprit. — J'ai un ami, — reprit-il, — un compagnon de route, qui sait que je suis chez vous; il m'attend à l'hôtel. Que lui direz-vous lorsque, ne me voyant pas reparaître, il viendra me réclamer ici. — Cinelli ne répondit rien. Son premier mouvement de colère s'était attiédi, il réfléchissait. A moins d'en avoir la grande habitude, ce qui est heureusement assez rare, on ne tue pas ainsi sans qu'il en coûte quelque hésitation un brave et digne homme, un savant illustre, dont tout le crime est de s'être embourbé par hasard dans un secret qu'il ne cherchait pas. Ensuite c'est la résistance, ce sont les luttes qui exaspèrent. Or la terreur de l'antiquaire était si naïve, sa résignation si touchante et si simple, que la colère la plus violente s'en serait calmée. — Il y a encore une autre circonstance qu'il est de mon devoir de vous signaler dans votre intérêt, — reprit Winckelmann, à qui l'attitude plus pacifique de son adversaire donnait quelque espoir; — c'est que, sachant à quoi je m'exposais, j'ai déposé entre les mains de mon ami une lettre cachetée qu'il doit remettre ce matin même, à dix heures, à madame Speroni, s'il ne m'a pas revu d'ici là. Or cette lettre contient dans tous ses détails ce que vous désirez qu'elle ignore... et, — ajouta l'antiquaire en regardant la pendule, — il n'est pas loin de neuf heures et demie.

Pas un mot de vérité dans tout cela. Winckelmann était venu là en vrai savant, sans réfléchir et droit devant lui, comme l'astronome que le ciel absorbe et qui se laisse choir dans un puits; mais nous lui pardonnons ce mensonge.

— Écoutez, — reprit le jeune comte, — la tombe seule est discrète.

— Pas toujours, — reprit l'antiquaire; — vous en avez une preuve.

— La prudence et le soin de mon honneur, — poursuivi Cinelli, — m'imposeraient donc fatalement la loi de vous faire disparaître...

— Je crois que votre prudence et votre honneur feraient un mauvais calcul, — interrompit le savant; — il y a de ces crimes commis dans l'ombre à la responsabilité desquels on a quelque chance d'échapper. Dans ce cas-ci, vous seriez tellement désigné par l'opinion que, fussiez-vous innocent, vous passeriez encore pour le coupable.

— Très bien, — dit Cinelli. — Que ce soit par humanité ou par peur, par vertu ou par raison, toujours est-il que je ne me sens pas la force de frapper. Mais vous êtes un homme grave, un esprit sérieux; vous avez une conscience austère, vous ne devez pas être capable de trahir un serment. Jurez-moi donc, par Dieu, par la science, par tout ce qu'il y a pour vous de saint et de sacré en ce monde, au nom du salut de votre âme, jurez-moi que jamais un mot de tout ceci ne sortira de votre bouche.

— Je le jure!... — dit Winckelmann.

— Et maintenant retenez bien une chose, — acheva le jeune comte, dont les yeux se reprirent à jeter des éclairs comme des lames d'épée miroitant au soleil : — Où que vous soyez, visible ou invisible, sous mes traits ou sous d'autres traits, je serai votre ombre, et le jour où vous trahirez votre promesse vous serez un homme mort!

— Neuf heures trois quarts, — dit Winckelmann, qui recommençait à trembler.

— Allez donc, — reprit Cinelli en laissant le passage libre, — et gardez-vous même de rêver tout haut, dans la crainte que les murs et moi-même ne vous entendions.

L'antiquaire ne se le fit pas répéter; mais rendons-lui cette justice de dire que, après avoir fait quelques pas dehors, il eut le courage de revenir.

— Et Cinthia? — demanda-t-il au jeune comte, — vous promettez de votre côté...?

— Oui, je vous promets de l'oublier... si je puis; seulement rappelez-vous que votre serment n'est nullement subordonné à cette promesse... Et tenez, — ajouta le bouillant jeune homme en étreignant avec force le bras du savant, — si vous m'en croyez, quittez cette ville au plus tôt; ôtez-vous de mes pas; je pourrais avoir regret de ma faiblesse, et peut-être que, ce soir ou demain, dans

l'ombre, comme vous disiez tout à l'heure, et alors que j'aurais quelque chance d'impunité...

Winckelmann n'en entendit pas davantage; il se dégagea brusquement de l'étreinte de Cinelli, et ne fit qu'une traite jusqu'à l'hôtel.

— Ah! mon ami, — dit-il en se jetant dans les bras du sculpteur romain, — tu viens, sans t'en douter, de me sauver la vie!

— Moi! — demanda monsieur Cavaceppi; — et comment cela?

— Chut! — reprit l'antiquaire en posant un doigt sur ses lèvres, — ceci est un mystère... Mais partons, mon ami, partons... Vite un *vetturino*, des chevaux, n'importe quoi! On me donnerait toutes les ruines réunies de Thèbes et de Délos, d'Agrigente et de Persépolis, de Cyzique et de Mitylène, de Babylone et de Ninive, que je ne resterais pas ici un quart d'heure de plus.

— Partons! — reprit le sculpteur enchanté de ce revirement, mais fort préoccupé de savoir s'il ne ferait pas bien de conduire l'antiquaire au premier *Charenton* venu pour le mettre au régime des douches.

Et ils partirent en effet.

XV

QUE LA PLUS NAIVE EST ENCORE TRÈS RUSÉE.

Huit jours se sont écoulés depuis que Winckelmann a quitté Vérone.

Cinelli s'est rassuré peu à peu. Il a continué ses cavalcades par la rue du Corso, et les petits signes d'amitié recueillis au passage lui ont surabondamment prouvé que la famille Speroni n'est au courant de rien.

Quant à Cinthia, il l'a revue deux fois à San-Giorgio-Maggiore, sous les auspices de Carlotta.

La mise à exécution des projets de fuite a été par prudence retardée de quelques jours. Toutefois le jeune comte a deux motifs puissans pour y tenir plus que jamais, et ce n'est pas un homme comme lui que peut arrêter la vague promesse qu'il a faite à l'antiquaire.

Le premier de ces motifs est que son créancier Archangeli le pourchasse toujours, et que, à la suite de nouvelles revanches, sa dette s'est augmentée à ce point que désormais son mariage seul peut le mettre à même de payer.

Le second est que, Cinthia une fois irréparablement à lui, Winckelmann trouverait dans son attachement même pour les Speroni un motif de discrétion bien plus puissant que la menace et la peur.

Il est près de minuit. Cinthia s'est retirée dans son appartement.

Elle a été, pendant toute cette soirée, d'une tendresse extrême envers sa mère, mais aussi plus triste, plus songeuse, plus préoccupée que d'habitude. Madame Speroni a remarqué que, au moment de lui dire bonsoir et d'échanger le baiser quotidien, deux larmes ont mouillé les yeux de sa fille; mais, à mille lieues de la vérité, elle a tout simplement pensé que ce surcroît d'abattement résultait d'une lettre d'Allemagne, reçue le même jour, et dans laquelle le sénateur Speroni recommandait en termes formels de tenir le jeune comte à distance.

Cinthia tremble, pleure, hésite, tout en faisant un petit paquet des vêtemens les plus indispensables, car Cinelli doit l'attendre à une heure du matin, dans une chaise de poste, à l'entrée du Corso.

On dit bien à son amant, dans le délire de la passion, sous le magnétisme de sa parole et de son regard : « Je suis prête à te suivre; » on le dit, on le pense même, et, s'il s'agissait de le faire à l'instant, rien n'y mettrait obstacle.

Mais autre chose est de revoir sa mère et de se retrouver sous le toit de la famille, d'analyser en quelque sorte l'action que l'on va commettre, de remonter le courant de ses jeunes années, si heureuses et si pures, de dire adieu à ses fleurs, à sa perruche, à son piano ; de regarder cette place où l'on s'est assise tant de fois sous l'aile maternelle et qui sera vide le lendemain ; de savoir que l'on va léguer l'inquiétude et les larmes à ceux qui vous ont voué leur tendresse et leur vie entière ; de se demander si la jeune femme reverra jamais cette maison que quitte la jeune fille.

Notre croyance est que, fort heureusement, bien des fuites préparées ne sont pas accomplies, grâce à la salutaire influence des souvenirs qui viennent gonfler le cœur à l'heure du départ.

Mais la résolution de Cinthia était fermement prise. Cinelli lui avait dit que le rôle de la femme est de se dévouer ; que les coquettes reculaient seules devant l'accomplissement d'un sacrifice ; qu'il s'agissait du bonheur de leur vie entière, et que c'était bien le moins que, dans une affaire de cette importance, ils décidassent eux-mêmes de leur sort : toutes choses vraies quand on les prend à la lettre, mais auxquelles il y a fort à dire dans l'application.

Le lecteur voudra bien se rappeler en outre que, dans l'esprit de Cinthia, il s'agissait simplement d'être conduite à Mantoue, chez la tante du jeune comte.

Notez, mademoiselle, que ceci n'est pas une excuse que je prétends faire valoir en faveur de Cinthia, mais seulement un palliatif très mince à la grave imprudence qu'elle allait commettre.

Cependant son bon ange lui gardait une dernière épreuve, d'où pouvait sortir le remords, et du remords le salut.

La chambre à coucher de madame Speroni n'était séparée que par un cabinet de celle de sa fille. Préoccupée de la tristesse de Cinthia, la bonne et confiante mère appelait en vain le sommeil, lorsqu'elle entendit aller et venir dans l'appartement voisin.

Sa chère enfant n'était donc pas couchée ? Serait-elle malade ? Que pouvait-elle faire debout à cette heure avancée de la nuit ?

De s'adresser ces questions à les résoudre il ne pouvait y avoir que le temps nécessaire à passer une robe de chambre et à voler chez sa fille.

Mais Cinthia avait entendu venir sa mère ; elle eut juste le temps de pousser dans la ruelle le paquet préparé, de dénouer sa ceinture, et de se donner l'apparence de commencer sa toilette de nuit.

— Quoi ! — dit madame Speroni, — pas encore couchée ? Souffres-tu ? as-tu besoin de quelque chose ? veux-tu que je sonne Carlotta ?

— Merci, maman ; j'étais oppressée, j'avais besoin d'air, et j'avais ouvert cette fenêtre... mais je me sens mieux maintenant.

Une chose terrible à s'avouer, qui cause l'éternel étonnement des hommes et fait que la vie des plus confians peut s'écouler en perplexités, c'est que Cinthia était une jeune fille pure, élevée à l'ombre de la famille, sans aucun exemple de dissimulation ni de fraude, et que cet aplomb dans le mensonge lui était tout à coup venu d'instinct, au moment donné, comme la chose du monde la plus habituelle et la plus simple. Elle vous disait cela sans rougir ni pâlir, sans que sa voix tremblât, sans baisser les yeux, avec toute l'autorité de l'innocence et sans qu'il fût possible au plus clairvoyant d'y lire autre chose que l'expression de la vérité.

N'est-il pas effrayant de penser que, dans cette jolie tête blonde ou brune qui vous sourit, qui vous cajole, qui semble vous ouvrir son cœur à deux battans, qui vous dit qu'elle déteste ceci et qu'elle adore cela, qu'elle préfère les pâquerettes aux émeraudes et les douces émotions du cœur aux plaisirs fastueux du monde, etc., etc., etc., il y

a souvent plus de diplomatie que dans tout le congrès de Vienne ?

Mais écartons cette idée.

— Pauvre chère, — dit madame Speroni, — je devine : c'est cette lettre de ton père, n'est-ce pas ? Ce qui t'étouffe, c'est de garder en toi ta tristesse au lieu de l'épancher. Mais ne suis-je pas là ? N'ai-je donc plus ta confiance ?

— Si, maman ; mais je t'assure que je n'ai rien... je suis raisonnable.

— Chère enfant, je veux que tu chasses ces vilaines idées noires qui t'assombrissent le front ; je veux voir renaître ta gaieté, ta fraîcheur, tes chansons... Mais pour cela, mademoiselle, — ajouta la tendre mère en souriant, — il ne faut pas faire de la nuit le jour, ni cerner ces beaux yeux. Nous allons donc nous coucher de suite, là, devant moi, comme une petite fille bien obéissante et bien sage.

— Mais toi-même, petite mère...

— C'est une idée que j'ai : je veux te voir dans ta cornette de nuit, la tête sur l'oreiller ; je veux border ton lit et te donner la bénédiction, comme lorsque tu bégayais à peine et que je joignais tes petites mains pour prier.

En ce moment la chaise de poste passait au pas sous les croisées de l'hôtel pour aller stationner à l'entrée du *Corso*. Les grelots de l'attelage servaient de signal.

Cinthia jugea plus court de condescendre à la fantaisie de sa mère que de la combattre. Elle fut déshabillée en un clin d'œil. Seulement, en jetant sa robe sur un fauteuil, cette robe rendit un son métallique qui éveilla l'attention de madame Speroni.

— Qu'y a-t-il donc dans tes poches ? — demanda-t-elle.

— Je ne sais pas, — reprit Cinthia.

C'était sa bourse de jeune fille qu'elle emportait à tout hasard.

— Comment ! — dit madame Speroni après avoir fouillé la poche accusatrice, — tu portes sur toi toutes tes richesses ?

— Je me rappelle maintenant, — reprit Cinthia ; — je voulais faire l'aumône à cette pauvre femme qui passe ici chaque jour, chargée d'enfans. — Que de mensonges traîne à sa suite un premier mensonge ! Ceci était presque un blasphème, que l'aveugle mère récompensa par un baiser. La jeune fille se coucha, et sa mère se complut à lui prodiguer toutes les câlineries d'autrefois. Ah ! si elle avait su ! — Voyons, chère maman, à mon tour de gronder, si tu ne vas pas te reposer bien vite... Bonsoir, petite mère... Je sens mes paupières s'appesantir... C'est décidément une bonne chose que le sommeil... Je crois que je dors déjà... Encore un baiser, petite mère ; bonsoir...

Et elle se tourna vers la ruelle, imprimant à sa respiration cette régularité monotone de l'eau qui chante avant de bouillir.

Madame Speroni, heureuse et rassurée, se retira sur la pointe des pieds, dans la crainte de réveiller sa fille.

La porte de communication était à peine fermée que Cinthia rejeta violemment la couverture, et, dressée sur son séant, écouta comme écoute le sauvage à la piste d'une proie dans le silence des déserts.

Les oreilles, la pose, le regard, tout en elle écoutait.

Puis elle se leva bien doucement, reprit ses vêtemens un à un, sans faire plus de bruit qu'une souris, s'agenouilla une dernière fois devant la madone d'ivoire suspendue au fond de l'alcôve, fit le signe de la croix, jeta un regard d'adieu à sa chambrette de jeune fille, prit son petit paquet, ouvrit sa porte avec la dextérité d'un voleur, et se coula par l'escalier, haletante et légère comme sont les filles d'Ève qui courent mordre dans leur premier péché.

Dans l'Italie d'autrefois, et peut-être encore dans celle d'aujourd'hui, on s'agenouillait et l'on priait toujours un peu avant de commettre une faute. C'était une sorte d'expiation préalable.

Carlotta attendait sa jeune maîtresse dans le jardin : elle devait lui ouvrir une petite porte qui donnait sur une ruelle écartée, l'accompagner jusqu'à la voiture, et revenir se coucher tranquillement.

On voit que Carlotta était la perle des filles de chambre, rendant à Dieu ce qui est à César, et à César ce qui est à Dieu.

En favorisant d'une part les amours de Cinthia, en étant de l'autre la première, le lendemain matin, à invoquer la *santa madona* et à jeter les hauts cris sur cette fuite inouïe, elle se mitonnait pour l'avenir les faveurs de la fille, et se conservait dans le présent la confiance de la mère.

Selon nos mœurs actuelles, ce serait très mal ; cela se bornait, en Italie, à ne pas être bien.

<h2 style="text-align:center">XVI</h2>

EN CHAISE DE POSTE.

Cinelli commençait à s'impatienter et à craindre que Cinthia, au moment suprême, n'eût changé d'avis.

Cependant deux femmes parurent, frôlant discrètement les maisons, et le jeune comte s'élança au-devant d'elles.

— Enfin ! — dit-il en les reconnaissant.

— Ah ! *mio caro*, si vous saviez !

— Je saurai plus tard, — interrompit Cinelli. Puis il remit à la soubrette les trente deniers de Judas, jeta un manteau sur les épaules de la fugitive, la hissa prestement dans la chaise, et dit au postillon : — Route de Mantoue. — Puis la voiture s'ébranla, les chevaux délalèrent au grand trot en battant le briquet des quatre fers, les vitres des maisons voisines tremblèrent un instant, et tout rentra dans le calme, comme lorsque s'évanouit le dernier cercle à la surface du gouffre où vient de s'engloutir une victime. Le ciel était sombre ; quelques larges gouttes d'eau commençaient à tomber et présageaient un orage. Ils traversèrent une partie de la ville et sortirent par la *porta Nuova* sans avoir échangé une seule parole : Cinthia était tout à la première émotion de sa fuite accomplie ; le jeune comte calculait ce qu'il lui faudrait maintenant de temps pour radouber cette avarie officielle faite à la réputation de mademoiselle Speroni et palper la dot. Cependant il finit par prendre la main de la jeune fille dans la sienne, et, donnant à sa voix l'inflexion la plus tendre : — Merci, — lui dit-il. Cinthia, pour toute réponse, serra cette main déloyale. — Cinthia !

— Cinelli !

— Vous ne dites rien ; vous repentez-vous déjà ? En ce cas, il en est temps encore...

— Non, — dit la fière jeune fille, — je ne me repens pas, et il n'est plus temps... mais, n'importe ! ce que je fais là est bien mal !

— Nous n'avions pas le choix.

— Que de larmes maman va verser à son réveil ! — dit la jeune fille.

— Dans quelques jours nous reviendrons tous les deux à ses genoux, puis dans ses bras.

Un éclair sillonna la nue, puis le tonnerre gronda dans l'espace.

— Voilà un mauvais présage, — dit l'Italienne effrayée en se serrant contre son ravisseur.

— Folle ! — reprit en riant le jeune comte. Et il profita des avantages de la position pour lui effleurer le cou de ses lèvres. Cinthia s'enfonça dans l'angle de la voiture, et retira sa main de celle du téméraire. — Qu'ai-je donc fait de mal ? — demanda Cinelli.

— J'imagine que vous le savez.

— Quoi ! ce demi-baiser...

— En plein salon et devant ma mère, rien de plus simple ; mais ici, la nuit, sur une grand'route, alors que je me livre à votre loyauté...

— J'ai eu tort, — reprit le jeune homme ; — mes lèvres se sont égarées, mon cœur n'y pensait pas.

— Bien vrai, monsieur ? — Cinelli se fit pardonner ce premier baiser par deux ou trois autres doucement déposés sur la main de Cinthia reconquise à cet effet. Le lecteur se dit peut-être que voilà des mains qui ne font qu'aller et venir. Mais que voulez-vous ! ce n'est pas notre faute si, en amour, celles-ci partagent le privilège de l'éloquence avec la voix et le regard. — Je tremble en songeant à l'accueil que votre tante va me faire, — reprit la jeune fille.

— Mais un excellent accueil, je pense.

— Est-elle au moins prévenue ?

— Non, chère Cinthia : j'ai craint quelques observations de sa part ; tandis que, une fois que vous serez là... c'est une excellente femme, l'indulgence en personne ; elle n'a pas, comme tant d'autres, oublié qu'elle a été jeune. Je l'ai vue plus d'une fois sourire, par réminiscence, au récit que je lui faisais de nos amours, et je crois même l'avoir entendue soutenir un jour avec beaucoup de chaleur la théorie de l'enlèvement.

— Cela me rassure un peu.

— Ce serait Alecto ou Mégère, — dit Cinelli, — qu'il faudrait bien qu'elle vous aimât quand même.

— Parce que ?...

— Parce qu'il y a des anges à qui rien ne résiste, et que ma Cinthia est un de ces anges. — Ce compliment fade et d'assez mauvais goût fut trouvé charmant par la jeune fille. Cependant la nuit fraîchissait ; Cinthia éprouvait quelques légers frissons. — Faites en sorte de reposer un peu, — lui dit Cinelli.

— Si je pouvais ! — reprit Cinthia.

Le jeune comte tripla les plis du manteau, l'entortilla le plus chaudement qu'il put, et l'accola contre son épaule avec tous les soins délicats et charmans prodigués aux petites filles qu'on endort.

Ils traversèrent ainsi Dossobuono, le bourg de Villafranca, si célèbre depuis 1859, Mozzecane et Roverbella, où l'on montre encore la maison qui servit de quartier général à Bonaparte, en 1796, pendant le siège de Mantoue.

Ce trajet de Vérone à Mantoue se fait aujourd'hui en une heure par le chemin de fer ; mais il n'en était pas de même en 1768. L'aube blanchissait donc à l'horizon lorsque nos voyageurs entrèrent dans cette dernière ville.

— Chère adorée, — dit le jeune comte à Cinthia, — il est trop tôt pour que nous nous présentions chez ma tante. Je vais vous conduire à l'*Aquila-d'Oro* (l'hôtel de l'Aigle-d'Or.) Vous prendrez quelques heures de repos ; pendant ce temps, j'irai guetter le réveil de la marquise.

Cinthia prit un bouillon, monta dans l'appartement qu'on venait de lui préparer, s'enferma à double tour, et se coucha tout endolorie par le froid, le voyage, et surtout par cette fatigue morale qui succède à toutes les actions dont la conscience s'impose le souvenir et le repousse tout à la fois.

Pendant ce temps, Cinelli allait frapper à la porte d'une assez belle maison de la place San-Pietro, se faisait ouvrir malgré l'heure matinale, et demandait la signora Juanita.

— Madame n'est pas levée, — répondit une soubrette bâillant encore et achevant d'ajuster sa coiffe, — il fait à peine jour.

— Les sequins se présentent à toute heure, — reprit le jeune homme en tirant de sa bourse une pièce d'or.

— Vous m'en direz tant !

— Annonce à ta maîtresse le comte Cinelli, et dis-lui que je suis pressé.

Dix minutes après, la signora Juanita se présentait au

parloir dans le très simple appareil d'une femme de cinquante ans que l'on vient d'arracher au sommeil sans lui laisser le loisir de réparer du temps l'outrage irréparable.

— Est-ce que le feu est à Mantoue ? — demanda-t-elle au jeune comte.

— Non, — reprit ce dernier, — mais le feu est à mon avenir, qui se décide à cette heure, et j'ai besoin de toi.

Après une demi-heure d'entretien, entretien dont nous dirons le sujet plus tard, Cinelli rentrait à l'hôtel et s'attablait brutalement devant un déjeuner qui provoquera nécessairement l'indignation des lectrices sensibles, dont la prétention est que les amoureux dînent d'une idylle et soupent d'une églogue ; ce qui est aussi notre avis.

Cette horreur accomplie, il attendit patiemment qu'il fît jour chez Cinthia.

Celle-ci se réveilla vers dix heures du matin ; elle regarda autour d'elle, s'effraya de cette chambre étrangère où rien ne lui rappelait les habitudes de sa vie, et appela Carlotta.

Mais Carlotta était à Vérone et ne pouvait l'entendre.

Alors elle passa la main sur son front, évoqua les souvenirs de la veille, et deux larmes coulèrent de ses yeux à la pensée que c'était le premier jour de sa vie qui ne fût pas inauguré et béni par un baiser de sa mère.

Regrettait-elle ou non ce qu'elle avait fait ? Nous ne savons au juste ; mais toujours est-il que l'exaltation s'était attiédie, et que, si elle avait eu à recommencer sa fuite en ce moment, elle y aurait regardé à deux fois.

Cependant, à la vue de Cinelli, ses larmes s'évaporèrent comme la rosée aux premiers rayons du soleil.

— On dirait que vous avez pleuré, — dit le jeune comte ; — cela gâte les yeux.

— Mais le cœur s'en trouve soulagé, — reprit la jeune fille.

— Et la cause de cette affliction ?

— J'ai pensé à ma mère.

— Plus qu'à moi, à ce qu'il paraît.

— Comme vous me dites cela, méchant ! Plus je l'aime, cette pauvre mère, plus je vous prouve mon attachement, puisque je l'abandonne pour vous suivre.

— C'est vrai, — dit Cinelli, — je suis un ingrat.

— Jaloux de maman, je vous demande un peu !

— Jaloux de tout le monde, — reprit le jeune homme. — Et puis, je ne veux pas que l'ombre d'un chagrin passe sur le front de ma Cinthia.

— Le nuage est déjà loin, — dit la charmante fille en souriant. — Je vous vois et je suis heureuse. A propos, mon ami, et votre tante ?

— Ah ! — reprit Cinelli, — voilà bien ce qui me rend de si mauvaise humeur !

— Est-ce qu'elle refuserait ?

— Non, chère Cinthia, elle ne refuse pas, mais elle n'est pas à Mantoue.

— Juste ciel ! que vais-je devenir ?

— Elle est à sa maison de campagne, près de Castiglione.

— Que faire, en ce cas ?

— Rien de plus simple : allons l'y trouver.

— Est-ce bien loin d'ici ?

— Trois postes à peu près, sur la route de Brescia.

— En ce cas, mon ami, partons ; partons tout de suite ! J'ai bien peur d'affronter ses reproches, mais je sens d'un autre côté qu'il faut que je sois chez elle.

— Cette confiance ne m'honore que bien juste.

— Il ne s'agit pas de confiance, Cinelli ; il s'agit de n'être qu'une jeune fille rebelle à la volonté de son père et de rester respectée.

— Voici ma réponse, — reprit Cinelli. Puis, ouvrant une fenêtre, il montra la chaise tout attelée ; le postillon était en selle. — Dans quelques heures, — ajouta-t-il, — nous serons à Castiglione.

Ils partirent.

Cette fois le ciel était gai, bleu, rayonnant, à l'unisson de leur jeunesse et de leur amour.

Ils cueillaient en courant la poste toutes les pâquerettes du sentiment.

— C'est là que j'ai eu la félonie de vous prendre un baiser, cette nuit, sans permission des autorités, — dit avec une gravité comique le jeune homme, en effleurant du doigt le cou de Cinthia.

— Oui, monsieur, et j'espère bien que vous ne recommencerez plus.

— Oh ! que non, chère amie ; je le jure par le Styx et autres fleuves sacramentels !

— A la bonne heure.

— Cependant, — objecta Cinelli, — il y a une chose à dire : c'est que c'était la nuit et dans une voiture habitée, deux circonstances aggravantes et qui entraînent la colère forcée des faibles femmes incapables de se défendre… Mais le jour, chère amie, en pleine route ducale, en présence de ces deux témoins solennels, le postillon et le soleil, en demandant gentiment la chose au lieu de la prendre, en recourant non plus à la ruse mais à la prière.,.

La jeune fille abaissa pudiquement son front vers les lèvres de Cinelli :

— Tenez, — lui dit-elle.

— Et maintenant, cet honnête baiser que je viens de vous donner, vous allez le garder, n'est-ce pas ? — continua le jeune homme sur le ton de la plaisanterie.

— Mais il me semble…

— Je vous dirais que je n'avais que celui-là et que j'en ai besoin ; je vous prierais de me le rendre…

— Que je serais parfaitement sourde à votre prière, — acheva Cinthia.

— Et votre probité, votre délicatesse n'en souffriraient pas ?

— Pas le moins du monde.

— C'est tout simplement un abus de confiance ; peut-être ne savez-vous pas qu'il y a des lois qui punissent cela sévèrement.

C'est ainsi que le chat joue avec la souris avant de la croquer.

— Je ne sais si vous persiflez, — dit Cinthia, — mais cela m'attriste.

— Moi persifler ! Ah ! chère amie ! voulez-vous que je jure…?

— Non, ne jurez pas, mais parlons d'autre chose.

— D'autre chose que de mon amour ? Vous demandez là l'impossible.

— Eh bien ! alors, parlez autrement.

— Ce n'est donc pas la chanson qui vous effraye, c'est le ton ?

— Oui.

— Je me serai enroué cette nuit, — reprit le jeune homme d'un ton assez bourru.

Et il affecta quelques éclats d'une petite toux sèche.

La fière jeune fille se sentit révoltée.

— Comte Cinelli, — répondit-elle, — dites au postillon de rebrousser chemin ; je retourne à Vérone.

— Y pensez-vous ?

— Je n'y pense plus, j'y suis décidée.

— Pour quelques plaisanteries…

— Déjà punie ! — reprit la jeune fille en étanchant quelques pleurs.

Cinelli comprit qu'il jouait mal de cette nature altière et sensible à la fois.

— Quoi ! — reprit-il de sa voix la plus tendre, — je vous vois affligée, inquiète, songeant au nid maternel d'où vous vous êtes envolée pour moi ; je cherche à vous distraire, à chasser ces brouillards par d'innocentes folies, et vous partez de là pour accuser mon cœur, nier mon amour, déplorer votre sort !… Ah ! Cinthia ! ce comte Cinelli, que vous avez daigné choisir parmi tous ceux qui briguaient votre main, serait-il donc devenu tout à coup un traître, un misérable, un croquant ?

Cinelli avait repris son doux regard en même temps que sa voix pénétrante. Il n'en fallut pas davantage pour que l'orage s'en allât comme il était venu.

Cinthia avoua même qu'elle avait eu tort ; Cinelli prétendit de son côté qu'il était le coupable ; si bien que la querelle recommença sur de nouvelles bases ; mais une querelle gracieuse, amicale, préférable à l'entente la plus cordiale, et dont la conclusion fut que le front de la jeune fille et les lèvres du jeune homme se rencontrèrent pour la seconde fois.

Cinthia frappa ses petites mains l'une contre l'autre, en signe de triomphe.

— Bon ! — reprit-elle, — je le prends en flagrant délit de mensonge : il disait qu'il n'en avait plus, qu'il venait de donner le dernier, qu'il fallait le lui rendre...

— Quoi donc ? — demanda Cinelli.

Cinthia fit allusion au baiser reçu en se touchant le front de l'index.

— C'est vrai, — dit le jeune comte en riant, — je mentais ; j'en ai, au contraire, des millions de milliards qui ne demandent qu'à s'écouler... Malheureusement, je n'ai qu'une Cinthia...

— Une seule, bien sûr ?

— Mon Dieu ! oui, et encore en consomme-t-elle si peu que ce n'est guère la peine d'en parler.

N'est-il pas curieux que les amans en reviennent sans cesse à leurs moutons par tous les chemins ?

— Ne serai-je pas bientôt votre femme ? — reprit Cinthia, — et l'avenir n'est-il pas à nous ?

— Tête d'ange et cœur d'or ! — dit Cinelli avec exaltation ; — je devrais vivre à vos pieds.

— Quel est ce village où nous venons de changer de chevaux ? — demanda Cinthia.

— Goïto.

— Et la *villa* de votre tante ?

— Nous ne tarderons pas à y arriver.

— La marquise de B*** écrira tout de suite à maman, n'est-ce pas, pour lui dire que je suis sous sa garde, et la rassurer ?

— Certainement.

— Espérons que tout ira bien... Comme je vais prier Dieu !... Si nous faisions l'offrande d'une couronne d'or à la madone ?

— C'est une idée, cela.

— Que nous mettrons à exécution, n'est-ce pas, mon ami ?

— Je n'y vois pas d'inconvénient.

— Et nous ferons une neuvaine ?

— Une neuvaine, soit.

— Et puis savez-vous ce qui me rassure un peu, Cinelli ?

— Quoi donc, chère Cinthia ?

— C'est que monsieur Winckelmann, vous vous rappelez, cet illustre savant dont je vous ai parlé...?

— Parfaitement ; Winckelmann, dites-vous ?

— Eh bien ! il m'a solennellement promis d'aller à Dusseau, pour y voir mon père.

— Pour y voir votre père ! — répéta le jeune comte en pâlissant malgré lui. — Et quel rapport cela peut-il avoir avec notre union ?

— Mais la chose est toute simple : monsieur Winckelmann a beaucoup d'affection pour moi ; il sait que je vous aime ; il a l'oreille de mon père, il parlera pour nous.

— Vous croyez ?

— J'en suis sûr.

— Ah ! — pensa Cinelli en tombant dans une farouche rêverie, — il a promis d'aller à Dusseau ?

— Cela n'a pas l'air de vous faire plaisir, — fit observer Cinthia.

— Comment donc ! mais cela aplanit au contraire tous les obstacles, et vous me voyez charmé. Décidément, cet homme ne doit plus vivre ! — ajouta mentalement le jeune comte ; — mais où le prendre aujourd'hui ? — La

chaise venait de s'arrêter devant une grille qui conduisait à une jolie habitation enfouie sous de grands rideaux d'arbres. Le postillon fit claquer son fouet en guise d'appel. — C'est ici, — dit Cinelli à Cinthia.

— Ah ! que j'ai peur ! — reprit cette dernière.

Le concierge vint ouvrir la grille, en même temps qu'une espèce de femme de charge accourait savoir quels étaient les nouveaux venus.

— Ma tante, la marquise de B*** ? — demanda le jeune comte.

— Madame est partie dans la matinée pour Mantoue, — repartit la femme de charge.

— En vérité, — dit Cinelli, — nous nous serons croisés en route.

— Mais madame doit rentrer ce soir, — ajouta la gouvernante.

— Ah ! très bien, — reprit Cinelli. — Puisqu'il en est ainsi, qu'on remise la chaise et que l'on prépare un appartement pour madame, et un autre pour moi.

XVII

LA SIGNORA JUANITA.

C'est une histoire comme il en pousse une au moins sous chaque pavé des grandes villes.

La Juanita était née, il y avait un demi-siècle environ, d'une mère sans mari, laquelle parcourait l'Italie chantant des chansons morlaques sur les places publiques et par les grand'routes. On leur jetait quelque monnaie, que l'enfant ramassait en envoyant des baisers du bout de ses petits doigts hâlés par le soleil ou bleuis par le froid. Elle avait poussé ainsi jusqu'à seize ans, époque où elle entra au théâtre. Devenue une comédienne de quelque renom, elle avait eu de ces dents féroces qui mangeraient le Pérou en un an. Seulement, partie follement pour la vie, elle avait eu le bon esprit de songer au retour, et s'était mis de côté, non pas seulement une poire, mais tout un poirier pour la soif.

A l'heure actuelle, la Juanita était dans toute la fleur de sa décadence physique, mais riche, très répandue dans un certain monde, aimant l'intrigue pour elle-même, et mettant à ses rôles de comparse autant d'ardeur que lorsqu'elle était jeune-première.

Elle donnait à souper, à jouer, à aimer. Sa société, comme homme, était des plus choisies, ce qui donnait une certaine valeur à sa protection. Ainsi, qu'un homme grave et puissant refuse une faveur au droit, à la justice, au mérite, cela se voit... quelquefois ; mais de refuser une chose, même absurde, à qui vous tient par un vice ou vous mène par une habitude, cela ne se voit jamais.

Quant aux femmes, on leur demandait tout bonnement de sortir des mains de Phidias, d'avoir trente-six quartiers, non pas de noblesse, mais de beauté.

Telle était la tante respectable que Cinelli avait eu la triomphante idée de s'improviser.

Vers cinq heures, la marquise de B***, lisez la signora Juanita, n'était pas encore arrivée.

D'une part, Cinthia l'appelait de tous ses vœux ; de l'autre, elle redoutait sa présence. Comment cette vertueuse femme allait-elle l'accueillir ?

— Chère Cinthia, — dit Cinelli, — si vous le voulez, je vais au-devant de ma tante. Voici l'heure du dîner, elle ne peut être loin. Je la rencontrerai bien certainement à quelques portées de fusil d'ici ; je monterai dans sa voiture ; je la cajolerai ; je lui dirai que, malgré ses cinquante ans, elle est encore belle à ravir ; bref, j'irai tout droit à son cœur par le chemin de ses oreilles ; puis je vous la ramènerai parfaitement domptée, indulgente comme Madeleine, et souple comme un gant.

— Puissiez-vous dire vrai, Cinelli !

— Pensez donc, — poursuivit le jeune homme, — que c'est une diversion à la monotonie de son existence. Marier les autres, pour les femmes de cet âge, c'est encore un peu comme si elle se remariaient elles-mêmes. Confesser votre cœur, gronder un peu, pardonner davantage, écrire à votre mère, plaider notre cause, aplanir les difficultés, se rappeler à propos de nous les amours de sa jeunesse, redire des histoires qui commenceront toutes par « autrefois » ou par « de mon temps, » trouver de patientes oreilles qui feront semblant de l'écouter... elle n'aura jamais été plus heureuse. Elle nous devra du retour, et si elle ne me laisse pas par reconnaissance son héritage au plus vite, je déclare qu'elle n'est qu'une ingrate.

— Cinelli ! — interrompit la jeune fille d'un ton de reproche, — un tel sacrilége en un pareil moment ! N'offensons pas le ciel, alors que nous avons tant besoin de sa protection.

Cinelli pensa que le moment n'avait rien de plus solennel qu'un autre, et que la signora Juanita et le ciel n'avaient rien de commun, mais il se garda bien de le dire.

— Bah ! — reprit-il, — vous savez bien que je ne pense pas un mot des folies que je débite.

— Pas même lorsque vous me parlez de votre amour ?

— Ah ! un instant, chère amie ! il ne s'agit pas de folies alors, il s'agit de la chose la plus sérieuse du monde.

Et il étendit le bras dans l'espace, comme pour prendre le ciel à témoin.

Seulement ce geste avait je ne sais quoi de comique qui le faisait ressembler plutôt à une raillerie qu'à un serment.

— Comme vous me dites cela ! — reprit la jeune fille attristée.

— Bon ! une querelle ! Décidément je préfère aller faire le blocus de ma tante.

Et, pirouettant sur lui-même, il se dirigea vers la grille.

— Allez, — dit Cinthia ; — moi je vais attendre et prier.

— C'est cela, chère amie, priez ; cela ne peut pas faire de mal.

XVIII

CHASSEZ LE NATUREL....

Une demi-heure après, la grille d'entrée s'ouvrait avec fracas ; une calèche élégante, criant sur le sable fin des allées, venait s'arrêter devant le perron de la villa, et Cinelli, descendu le premier, offrait galamment le bras à la prétendue marquise, dont le poids redoutable faisait gémir le marchepied de la voiture.

— Toujours légère, belle tante ! — dit le jeune homme en souriant.

Ce à quoi la Juanita répondit en marquise, par un coup d'éventail qui ne manquait pas de coquetterie posthume.

Cinthia s'était retirée dans son appartement.

Cachée par les rideaux de sa fenêtre, dont elle avait imperceptiblement soulevé la mousseline, elle cherchait à lire la colère ou le pardon sur la physionomie de celle qui allait être son juge.

Malheureusement, la passe d'une vaste coiffure, chargée de fleurs comme une jardinière, bornait la perspective et coupait court à toute lecture de ce genre.

Cinthia jugea que son devoir était d'aller au-devant de cette tante formidable. Elle essaya quelques pas dans la direction de l'antichambre ; mais soudain, prise d'éblouissement, elle appuya la main sur son cœur qui battait à tout rompre, et resta là, au milieu de l'appartement, chancelante et courbée comme la frêle tige d'une fleur en butte à l'ouragan.

Si elle avait su !

Bientôt elle entendit que l'on montait vers elle ; chaque degré franchi retentissait dans sa conscience comme le glas d'une malédiction prête à gronder sur elle.

La porte s'ouvrit enfin.

La matrone entra majestueusement, suivie de Cinelli.

La pauvre éplorée glissa sur ses genoux, courba la tête et joignit les mains.

La signora Juanita avait joué la comédie sur la scène avant de la jouer dans le monde ; aussi était-elle assez bien entrée dans l'esprit de son nouveau rôle. Une robe feuille-morte, une mantille de dentelle noire, de gros rouleaux de cheveux gris franchement arborés sur les tempes, lui donnaient au premier coup d'œil un air respectable.

— Dans mes bras, chère petite, — dit maternellement la fausse tante en relevant la jeune fille,— et allons dîner ; nous causerons plus tard.

Cinthia se pencha vers la signora Juanita, et Cinelli n'entendit aucune voix lui crier dans le cœur qu'en tolérant ce contact il commettait une indigne action.

Il y a dans les fautes de ces retours sur soi-même auxquels le coupable peut se rattacher encore pour se relever moralement.

Il suffit d'un cri de l'âme pour cela.

Si, en ce moment même, repoussant la signora Juanita, il lui avait dit : « Arrière !... ne touchez pas ces ailes blanches de vos griffes noires ; »

Puis si, tombant aux genoux de la jeune fille, il eût ajouté : « Cinthia, je t'ai enlevée parce que de ta dot dépend le rachat de mon honneur ; cette femme n'a jamais été ma tante, c'est une comédienne dont je loue la parenté à tant par jour. Ma raison s'était égarée ; la soif d'un peu d'or avait étouffé en moi toute délicatesse. Mais quand j'ai vu les bras de cette mégère s'ouvrir pour t'y recevoir, une soudaine éclaircie s'est faite dans ma conscience ; j'ai compris que de tous mes mensonges celui-ci serait le plus odieux. Pars, fuis, si tu le veux, il en est temps encore ; oublie-moi, maudis-moi, mais sache au moins qu'il y a une indignité devant laquelle j'aurai reculé pour l'obtenir. »

Si le comte avait eu cette pensée, Cinthia lui aurait pardonné peut-être.

Mais les ténèbres étaient déjà trop épaisses dans l'esprit de Cinelli pour que cette étoile s'y levât.

Le commencement du dîner fut un peu contraint.

Cinelli était sombre.

Cinthia n'osait lever les yeux.

La signora Juanita mangeait pour trois.

Cependant, après le premier service, elle se lesta d'un verre de xérès, et rompit la glace.

— Mes enfans, — commença-t-elle, — il ne faut pas se dissimuler que le parti que vous avez pris là est chose grave : je cherche le milieu entre l'indulgence et la sévérité ; je ne voudrais être ni une tante barbare ni une tante par trop débonnaire ; mais je vous dois la vérité... La réputation d'une jeune fille est son plus précieux patrimoine,

— Cinelli leva son verre à la hauteur de ses yeux, comme pour en admirer les reflets dorés. — Il n'y a rien au monde de plus délicat, — reprit la tante ; — cela meurt comme l'éphémère, cela se ternit au moindre hâle.

— Un déjeuner de soleil, — reprit Cinelli, — comme le bleu céladon et le lilas.

— Mon beau neveu, vous êtes un impertinent,

— Je ne dis pas non, belle tante, — riposta le jeune comte, — on prétend d'ailleurs que l'impertinence est une qualité qui va bien aux hommes.

Cinthia leva ses beaux yeux vers le téméraire, comme

pour le supplier de ne pas aigrir cette respectable parente.

— D'homme à homme, de loup à loup, c'est possible,— dit la signora Juanita ; — mais d'homme à femme, de loup à brebis, vous me permettrez d'en douter.

— Je retire donc mon expression, — reprit Cinelli, — et je remplace l'impertinence par l'audace.

— Pas plus l'une que l'autre, mon neveu. Lorsque l'amour est réciproque et sincère, lorsqu'il s'adresse à une jeune fille pure et de bonne souche, la timidité, le respect d'elle et de soi-même feront toujours plus de chemin que l'explosion violente d'une passion sans frein.

— Connaissez-vous Bourdaloue, chère tante? —demanda Cinelli.

— Qui cela, Bourdaloue, —reprit Juanita, fort peu versée, comme on le pense bien, dans la lecture des orateurs sacrés.

— Bourdaloue, chère tante, florissait en France au dix-septième siècle.

— Et alors comment voulez-vous que je le connaisse? Croyez-vous donc que je date du dix-septième siècle?

— Oh ! que non pas, belle tante ! Je sais que vous remontez un peu moins haut dans le cours des âges.

— C'est fort heureux ! — dit la signora Juanita en minaudant.

— Mais, —poursuivit Cinelli, —il y a connaître et connaître. Ainsi, je ne prétends pas signifier par là que Bourdaloue soit venu chez vous, ni que vous l'ayez jamais rencontré dans un salon quelconque. Seulement, ce saint homme fut en quelque sorte le fondateur de l'éloquence chrétienne, et, à vous entendre dire de si belles choses, je vous croyais familiarisée avec ses sermons.

— Le moyen de raisonner avec ce cerveau brûlé ! Un doigt de xérès, mon neveu, pour achever mon biscuit. Causons-nous deux, mon enfant, — poursuivit la matrone en s'adressant à Cinthia. Et elle tendit son verre au jeune comte. Cinthia leva timidement les yeux vers la fausse marquise, comme pour lui dire : Je vous écoute. Celle-ci vida à demi son verre et reprit : — Nous disons donc que la maman doit être fort inquiète à cette heure.

—Ah ! madame, cette pensée me désole par-dessus tout ! Je me représente cette pauvre mère pleurant, priant, m'appelant... Il me semble que je donnerais maintenant tout au monde pour lui avoir épargné cette douleur.

— Peut-être est-il un peu tard pour y songer, —dit la signora Juanita.

— Sans compter, — ajouta Cinelli, — que la remarque n'a rien de précisément flatteur pour ma personne.

— Ne reprochez pas à celle qui doit être votre femme d'aimer trop sa mère, mon neveu; cette pieuse affection de la fille vous est un garant, pour l'avenir, de la tendresse de l'épouse.

— Un demi-biscuit, belle tante, pour achever le xérès.

— Tant que je ne saurai pas ma mère rassurée par une lettre de vous, madame, tant que vous ne lui aurez pas affirmé que je suis toujours digne d'elle et que vous m'avez recueillie...

— Affirmé? Certainement, je ne demande pas mieux. Quant à vous recueillir, il est certain que je ne pouvais pas vous laisser sur la grand'route; on est tante ou on ne l'est pas... mais je n'en avoue pas moins que j'eusse mieux aimé me priver de cette responsabilité dangereuse. L'amour dans le devoir, voyez-vous, chère enfant, et le respect des convenances sociales, sont deux conditions essentielles de bonheur pour la femme. Hors de là...

— Pas de salut, c'est chose entendue, —acheva Cinelli.

— Vous devez le savoir, belle tante, car vous avez été beaucoup aimée, à ce que dit la chronique.

— Oh, oui ! — reprit la matrone en exhumant de sa poitrine un soupir formidable.

— A ce titre, vous devriez être pleine d'indulgence pour les orages du cœur.

— Mais ne le suis-je pas?... Voulez-vous donc que je dise à cette belle enfant qu'elle a bien fait de vous suivre

et que vous méritez une couronne de rosière pour l'avoir enlevée? Un soupçon de xérès, pour achever mon biscuit.

— Juanita aimait le vin, qu'elle avait fort expansif. Il en résulta que, de demi-biscuits en doigts de xérès et de doigts de xérès en demi-biscuits, sa sensibilité en était venue peu à peu à cette limite scabreuse où les souvenirs accourent pêle-mêle du cœur aux lèvres sans passer le moins du monde par la réflexion. — La vertu est une superbe chose, —reprit la mégère; —aussi a-t-elle toujours été mon cheval de bataille.

— Tué parfois dans la bagarre, — interrompit Cinelli; — mais, celui-là mort, vous en preniez sans doute un autre, et tout était dit.

— Seulement, —poursuivit Juanita, —la vertu n'exclut pas la tendresse.

— Je crois même qu'elle la commande, —ajouta ironiquement le jeune homme.

— Oui, cher comte... oui, mon neveu, veux-je dire, elle la commande ! Comment serait-il d'ailleurs possible qu'une jeune femme bien douée, sensible, miséricordieuse, qui ne saurait voir tuer une mouche ni prendre au piége un moineau franc, laissât mourir sans le plaindre un homme dont le seul tort est de n'avoir pu la voir sans l'aimer?

— Parbleu ! — dit Cinelli.

— Beauté oblige, — reprit la signora Juanita. — Ainsi, vous représentez-vous la position d'une femme qui, par ses dédains, quelquefois par sa coquetterie, a causé le suicide d'un malheureux qui s'était épris de ses charmes?

— Brrr ! — dit le comte, — cela fait frémir rien que d'y penser.

— Il me semble que le spectre de cet homme doit lui apparaître la nuit dans ses rêves. Au bal, dans le monde, partout, le ressouvenir de ce mort ne doit-il pas venir tout à coup gâter son bonheur et assombrir sa physionomie? Cinelli, une larme de vin, je vous prie.

— Ah ! pardon, chère tante, je vous oubliais.

— Ainsi, — poursuivit la signora Juanita en tendant son verre, — j'avais une amie, la duchesse de... Permettez-moi de taire son nom...

— Je le permets, chère tante ; et vous, Cinthia?

Cinthia ne répondit pas. Elle se sentait mal à l'aise. Sans trop savoir pourquoi ni comment, elle éprouvait une sorte de défiance instinctive, ne trouvant aucune analogie entre cette folle marquise et sa mère, à la fois si austère et si tendre. L'atmosphère lui pesait; ce n'était plus ni son monde habituel ni la langue qu'elle avait apprise. Aussi écoutait-elle sans comprendre.

— La duchesse, —poursuivit Juanita,—était mariée depuis un an à peine. Quelques mois encore, et elle allait donner le jour au premier fruit d'une union dont tout faisait présager la durée et le bonheur. Un jeune homme, que j'appellerai Silvio, la rencontre dans le monde et en devient éperdument amoureux. Mais la duchesse avait de solides principes.

— Du moment qu'elle était votre amie, —dit Cinelli, — cela devait être.

— Silvio avait tout tenté, sans jamais parvenir à adresser une seule parole à cette inhumaine ni à lui glisser un billet. Or, savez-vous ce qu'il imagina?... Un atome de xérès, mon neveu...? La duchesse était au bal ; sa voiture stationnait à la porte du palais. Silvio, qui depuis quelque temps la suivait partout comme son ombre, connaissait toutes les habitudes de Christina. Bon ! voilà que je la nomme à présent !

— Bah ! son petit nom !

— Il savait que, lorsqu'elle allait dans le monde, elle se retirait toujours seule vers minuit, et que son mari restait à jouer. Vers minuit donc, il avise un petit *facchino*, lui donne un ducat, et lui enjoint de se coucher au milieu de la rue, de laisser arriver jusqu'à lui la voiture de la duchesse, puis de se relever en jetant les hauts cris, comme une personne à demi écrasée, et de façon que le cocher arrête ses chevaux. La chose est convenue. L'équipage arrive au grand trot, l'enfant crie, l'attelage se cabre;

Silvio, qui passait *par hasard*, se précipite à la portière, rassure la duchesse, lui dit qu'il ne s'agit que d'un *facchino* endormi sur le pavé et réveillé en sursaut; puis il s'esquive en jetant dans la voiture un bouquet de violettes de Parme qu'il avait aussi par hasard, et dans lequel fleurissait un billet galant. Quelques semaines après, à bout de ruses, de démarches sans résultat et de billetsdoux restés sans réponse, Silvio s'est logé une balle dans le cœur, sous les fenêtres de la duchesse.

— Diable ! diable !

— Si bien que, lorsque cette dernière est venue à terme, il s'est trouvé que le pauvre petit qu'elle mettait au monde avait le cœur troué par une balle.

— Une vraie balle, chère tante?

— Une balle authentique, mon neveu, que j'ai vue et palpée.

— Pas possible !

— De plus, un bouquet de violettes lui tatouait le bras.

— Et la lettre était-elle dans le bouquet ? — demanda Cinelli.

— Non, la lettre n'y était pas.

— J'aurais désiré qu'elle y fût; l'absence de cette lettre me gâte votre histoire. Du reste, l'enfant était mort, je suppose?

— Avec une balle dans le cœur !

— C'est juste, belle tante; il n'en faut souvent pas davantage pour tuer quelqu'un.

— Je le crois bien !

— Mais comment cette balle s'était-elle fourrée là? d'où venait-elle?

— On n'a jamais pu le savoir. Ainsi, de compte fait, voilà un homme qui se tue et un enfant mort avant de naître : deux catastrophes causées par l'insensibilité d'une seule femme !

— Ce n'est pas vous, n'est-ce pas, belle tante, qui eussiez jamais voulu causer de pareils malheurs?

— Tenez, mes chers enfans, entre nous, il n'y a de vraiment bon que l'amour. Les voyageurs qui partent doivent s'en rapporter à ceux qui reviennent. Eh bien ! vous partez pour l'amour, et moi j'en reviens. Joli pays ! terre enchanteresse ! Restez-y le plus longtemps que vous pourrez. Bon voyage !

Cinthia se sentait de plus en plus troublée; son cœur grelottait, si je puis le dire. Elle se prenait à trouver trop accommodante cette tante dont elle avait commencé à redouter la sévérité.

— Mais vous écrirez à ma mère, n'est-ce pas, madame? — demanda-t-elle avec un accent de prière.

— Dès demain, chère petite. Bah ! on est jeune, on s'adore; on veut le proclamer saintement à la face de Dieu et des hommes : quoi de plus simple et de plus naturel?

— Belle tante, — dit Cinelli, — vous avez le xérès furieusement éloquent.

— Tu trouves, mon petit? Je disais donc... Que disais-je?

— Vous parliez de mariage.

— Ah ! très bien !... Les grands parens mettent des bâtons dans les roues; les obstacles naissent et font leur métier habituel d'huile jetée sur le feu. On s'aimait tout simplement, voilà qu'on s'idolâtre. Le cerveau travaille, le cœur se torture; la chose devient une question de vie ou de mort. On parle de cloître et de poison, de Roméo et Juliette. *Elle* pleure toutes les larmes de ses yeux; *il* pousse toute sa collection de soupirs. Puis on se laisse enlever par une nuit sans lune. Quoi de plus simple et de plus naturel encore?

— Belle tante, — interrompit le jeune comte, — je crois que je vais m'attendrir.

— Des bêtises, mon neveu !... Les mères comprennent et pardonnent cela, chère enfant, — continua la matrone. — Il n'y a que les pères qui sont plus coriaces... et encore ! Ils ont la prétention de tout deviner, de tout voir et de mettre au pas le cœur des jeunes filles, comme une com-

pagnie de soldats prussiens ; ce qui ne les empêche pas de consentir à la fin. Bref, selon moi, toute femme qui se respecte doit avoir été un peu enlevée... plus ou moins.

— A la bonne heure ! — dit Cinelli; — voilà ce que j'appelle une tante !

Cinthia avait envie de pleurer, mais elle s'efforçait de refouler ses larmes.

— C'est la pierre de touche de l'amour, — poursuivit la signora Juanita. — Tant qu'il ne s'agit que de faire des sermens, d'offrir sa vie que l'on a bien soin de garder, de proposer des dévouemens impossibles, comme de traverser le feu, d'aller décrocher la lune ou serrer la griffe d'un tigre affamé, les hommes n'y regardent pas de si près ; ils sont toujours en fonds pour ce genre de sacrifices. Mais la thèse change lorsqu'il est question d'enlever. Ceci est une responsabilité réelle que l'on assume, un acte public, un engagement d'honneur, une promesse solennelle de protéger, d'aimer, de guider cette douce et faible fleur que vous venez de soustraire à sa tige. Beaucoup d'hommes proposent à une femme de l'enlever et seraient très vexés d'être pris au mot.

— Des lâches ! — reprit Cinelli.

— Heureusement, ils ne le sont pas tous. Moi qui vous parle, par exemple, — continua la vieille folle, si je l'avais voulu, j'aurais passé ma vie à être enlevée.

— Vous entendez, Cinthia? — demanda le jeune comte.

Cinthia fit un triste et lent signe de tête, lequel signifiait qu'elle n'entendait que trop.

— Tenez, un soir que je venais de chanter le rôle d'Armide, dans le *Renaud* de Sacchini...

— Vous jouiez en amateur, je suppose, dans quelque château? — interrompit le jeune comte redoutant une bévue.

— La sotte question que vous m'adressez là ! — reprit Juanita, soudain rappelée à son personnage de marquise.

— Croiriez-vous par hasard, mon bon, que je sois jamais montée sur les planches de la Fenice ou de la Scala ?

— Mille pardons, chère tante, j'avais cru comprendre...

— Vous êtes fou, mon neveu.

— Oui, ma tante, je suis fou de Cinthia.

— Voilà la première chose raisonnable qui sorte de votre bouche. Je disais donc...

— Que vous veniez de jouer Armide...

— C'est cela même. Je rentrais dans ma loge; une espèce de cosaque barbu force la consigne et se prosterne à mes genoux : « *Diva*, » me dit-il sans autre préambule et en me tendant un écrin, « daignez accepter cette rivière de diamans : une chaise de poste nous attend en bas; j'ai en Ukraine des mines de platine et dix mille serfs que je mets à vos pieds. » Cerf vous-même ! ai-je répondu en lui jetant sa rivière au nez. Puis je l'ai fait mettre à la porte par ma camériste. Voilà comme j'étais. — Un béat assoupissement de chanoinesse, né du xérès et de la bonne chère, commençait à gagner la Juanita; ses phrases s'entrecoupaient çà et là ; sa tête alourdie, qu'elle relevait alors par soubresauts, s'affaissait de temps en temps sur sa poitrine, d'où sortait un léger murmure assez semblable à l'eau qui chante avant de bouillir. — D'abord, — continua-t-elle, — j'aimais trop le défunt marquis. Ça lui aurait fait de la peine que je suivisse ce cosaque. Aussi puis-je me rendre cette justice que jamais il n'a eu à se plaindre de moi. Mais que j'étais donc belle dans Armide !

Ici la voix de Juanita expira sur ses lèvres. Elle s'endormit de ce sommeil qui me paraît être assez indistinctement le privilège des justes, des injustes et de ceux qui digèrent.

— La voilà partie, — dit le jeune comte ; — elle est un peu originale, mais bonne femme au fond.

Cinthia ne répondit rien.

— Vous ne m'aimez plus? — demanda Cinelli.

— Je ne sais.

— Pourquoi cette froideur ? Vous n'avez pas proféré une seule parole de la soirée.

— Je suis souffrante.

— Voulez-vous que nous nous promenions un peu dans le parc?

— Merci : j'ai besoin de repos ; je vais rentrer dans mon appartement. Vous m'excuserez auprès de votre tante lorsqu'elle se réveillera.

La jeune fille se leva et fit un pas vers la porte.

Cinelli en fit autant, et, lui barrant le passage :

— Vous me quittez ainsi ? — demanda-t-il.

— Comment voulez-vous donc que je vous quitte?

— Vous ne me tendez pas votre front?

— Non.

— Cependant, il y a quelques jours à peine, devant votre mère elle-même...

— Mais ma mère n'y est pas, — reprit Cinthia ; — j'attendrai qu'elle y soit.

Puis la noble jeune fille sortit d'un pas si fier et d'un air si résolu que Cinelli n'osa s'y opposer.

A peine rentrée chez elle, Cinthia chercha de quoi écrire ; elle ne trouva rien.

Elle allait sonner la femme de chambre, mais une réflexion l'arrêta. « On doit ignorer que j'écris, » pensa-t-elle.

Elle avait bien un petit carnet de bal et une miniature de crayon, mais le papier manquait.

Or, voyez le hasard! Cinelli, en passant à Mantoue, lui avait acheté un sac de bonbons, de *dolci*, comme disent si bien les Italiens.

Ce sac était là, négligemment jeté sur une chiffonnière, et sans aucune conscience du rôle important qu'il allait jouer.

Le vider, le défriper, l'étaler, fut l'affaire d'un instant, tant il est vrai que toutes les femmes sont sœurs de Rosine lorsqu'il s'agit de griffonner un billet quand même, malgré Bartholo.

« Bonne mère, » écrivit Cinthia « c'est à deux genoux « que je vous implore ! Je suis chez la marquise de***, tante « de Cinelli, à sa villa près de Castiglione-delle-Stiviere. « Je m'y sens mal, j'y grelotte, j'y ai peur. Venez vite, car « je ne sais à quelle extrémité vont me pousser le déses-« poir et le remords de vous avoir quittée. »

Ce billet écrit, restait la difficulté de le faire jeter à la poste par une main sûre.

Cinthia remit au lendemain pour y songer ; elle s'enferma de son mieux, et, soulagée un peu par cette tentative de retour vers la famille et le devoir, la fatigue, les émotions, la jeunesse eurent bientôt fait de lui procurer le sommeil.

Pendant ce temps, la signora Juanita se réveillait, bon gré mal gré, sous les bourrades de Cinelli, qui la secouait comme des écoliers en maraude secouent, à l'automne un prunier prospère qu'ils ont envie de dévaliser.

— Eh bien! — demanda-t-elle en s'étirant les bras, — qu'y a-t-il? Est-ce que le feu est à la maison?

— Croyez-bien que, si ce n'était que cela, — reprit le jeune homme, — je vous laisserais tranquillement rôtir.

— Votre tante !

— Une jolie tante, sur ma parole! une tante qui a pour mission d'imposer le respect, la confiance à une jeune ingénue, et qui se met à gambader follement à travers ses souvenirs !

— Mais je lui ai au contraire fait une morale superbe, à ce cher agneau, à ce point que je m'en suis endormie.

— Dites que c'est le xérès.

— A bas les mauvaises paroles ! le xérès est un vieil ami qui ne me joue pas de ces tours-là.

— Lui parler de sigisbées, de cosaques, de vos rôles au théâtre ! lui dire que toute femme qui se respecte a été enlevée!

— Dame ! après l'avoir admonestée, j'ai voulu l'amadouer, moi, cette enfant, ce qui était dans mon rôle de femme et dans vos intérêts, ingrat que tu es !

— C'est pour cela qu'elle vient de monter chez elle, froide, silencieuse, hautaine, et sans seulement me permettre de lui baiser la main.

— Bah! des grimaces de pensionnaire. Vous la retrouverez demain douce comme un agneau. Au fait, je vais vous dire cela... — La signora Juanita atteignit des cartes, qu'elle aligna symétriquement devant elle. — Vous êtes le valet de pique, — reprit-elle. — Voici l'as de carreau et le dix de pique : une lettre à la nuit. La dame de cœur : une dame blonde que vous avez trahie et qui cherche à se venger...

— Trêve à ces mauvaises plaisanteries, — dit le jeune comte ; — je ne suis pas d'humeur...

— Le roi de trèfle, — continua la cartomancienne : — un vieux qui a surpris vos secrets et se prépare à mettre des bâtons dans les roues de votre mariage.

L'Italien, même celui des hautes classes, est toujours un peu superstitieux. Ces dernières paroles frappèrent l'esprit de Cinelli. Il se rappela ce que Cinthia lui avait dit, le matin même, sur la route de Mantoue à Castiglione, au sujet de Winckelmann, lequel irait peut-être à Dessau pour y voir le sénateur Speroni et le décider, croyait-elle, à consentir à son mariage avec le jeune comte.

Or, Cinelli savait, lui, que l'antiquaire voyait monsieur Speroni ce serait au contraire pour tout rompre. Jamais, même après l'esclandre d'un enlèvement, l'honorable sénateur ne consentirait à donner sa fille chérie au fils d'un homme qui s'accusait lui-même d'avoir été parricide.

De là à voir dans la révélation des cartes comme une sorte d'avertissement providentiel, il n'y avait pas loin.

— Assez! — reprit brusquement le jeune comte frappé de terreur, — je ne veux pas en entendre davantage.

— A votre aise, — riposta la fausse marquise ; — maintenant, si vous n'êtes pas satisfait de mes services, changez de tante et laissez-moi dormir.

Un instant après, Cinelli écrivait à son tour le billet suivant, qu'il envoyait à Vérone, par un exprès, à son impitoyable créancier le comte Archangeli :

« Monsieur le comte,

» Veuillez monter à cheval au reçu de cette lettre et vous » trouver demain, à quatre heures du soir, à Mantoue, » *piazza di San-Pietro*, en face de l'ancien palais des ducs. » J'ai une communication à vous faire, de laquelle dépen-» dent à la fois mon mariage, l'encaissement de la dot et » l'extinction de ma dette.

» Veuillez agréer, etc.

» Comte CINELLI. »

XIX

UNE CATASTROPHE.

On se rappelle dans quels sentimens de terreur et avec quelle précipitation Winckelmann avait fui de Vérone, fuir est le mot, après sa tentative avortée de faire renoncer Cinelli lui-même à la main de mademoiselle Speroni.

Nous citerons encore ici quelques lignes du *Journal de voyage* de monsieur Cavaceppi, le sculpteur romain, pour montrer à quel point ce roman côtoie l'histoire, dont notre imagination n'a brodé que les épisodes secondaires.

» De Vérone, nous gagnâmes le Tyrol par les Alpes, » dit le compagnon de l'antiquaire. « Pendant que nous avan-» cions dans le golfe des montagnes, je remarquai tout d'un » coup que Winckelmann changeait de visage ; il me dit » alors d'un ton pathétique :

» — Voyez, mon ami, quel horrible aspect! quelles ter-» ribles hauteurs !

» Peu de temps après, pendant que nous étions déjà

» ur le territoire allemand, il s'écria en m'adressant la pa-
» role :

» —Quelle pauvre architecture ! Voyez ces toits, comme
» ils sont terminés en pointe !

» Et il dit cela avec tant de véhémence, que les paroles
» exprimaient vivement le dégoût que lui inspiraient ces
« objets.

. . . .

» Je répliquai qu'il fallait juger de ces choses avec plus
« de circonspection, attendu que, dans un climat où
» il tombe beaucoup de neige, ces sortes de toits sont indis-
» pensablement nécessaires. Je pris aussi la liberté de lui
» faire observer qu'il ne séyait pas bien à un philosophe
» comme lui de montrer tant de délicatesse. Pour tâcher
» de l'égayer, je lui citai quelques épigrammes de Catulle
» contre les mouvemens bizarres d'humeur; mais le tout
» en vain : il me dit qu'*il n'y avait plus de repos pour lui
» s'il continuait à voyager*, et il chercha à me persuader de
» retourner en Italie.

» Au milieu de ces discours désagréables, nous arrivâ-
» mes à Augsbourg, d'où, sans faire un long séjour, nous
» partîmes pour Munich.

» À Munich, Winckelmann reçut des honneurs propor-
» tionnés à son mérite : on lui fit présent d'une belle pierre
» antique, gravée en creux, qui lui fut très agréable ;
» mais ces distinctions ne dissipèrent pas les vapeurs noi-
» res qui offusquaient son esprit, toujours plongé dans un
» morne chagrin. IL M'ACCOMPAGNAIT COMME UN CRIMINEL.»

Le journal du sculpteur romain continue sur ce ton d'observations jusqu'au jour où, fatigué de la persistance de
Winckelmann à vouloir revenir à Rome, étonné des formes
de cette persistance, de son peu de motifs, et ne trouvant
pas raisonnable de tenir compte de terreurs qu'il croit
n'être qu'imaginaires, il se sépare, à Vienne, de son sinistre compagnon de voyage.

Au lieu de pousser jusqu'à Berlin, but réel de son voyage, Winckelmann, abandonné du sculpteur, prit le coche
pour se rendre seul à Trieste; il aspirait après Rome et sa
chère bibliothèque du Vatican, où il espérait être à l'abri
de cette surveillance implacable dont l'avait menacé le
comte Cinelli.

Cependant le digne antiquaire se reprochait sa pusilla-
nimité. S'il était allé jusqu'à Dussau, se disait-il, il aurait
peut-être épargné de grands malheurs à la famille Speroni;
l'occasion se présentait de lui payer sa dette de reconnaissance, et voilà que, au lieu de la saisir, il fuyait comme
un lâche! Quel allait être l'avenir de cette jeune fille à la
veille d'épouser un joueur et un assassin? Quoi! d'un mot
il pouvait tout dévoiler, et il ne le faisait pas ! Il avait juré
de se taire, soit; mais l'honneur consiste peut-être, non
pas à tenir, pensait-il, mais à violer de pareils sermens.
N'était-ce pas plutôt la crainte d'encourir la vengeance du
jeune comte qui l'arrêtait ?

Ici il y a beaucoup de pour et de contre. Winckelmann
n'était pas un homme d'action ; c'était un antiquaire voué
au calme, à l'étude, aux émotions placides de la science,
plus enthousiaste d'une vieille inscription déchiffrée que de
millions à recueillir, plus préoccupé d'un fragment de colonne venant de Palmyre ou d'Ephèse que de toutes les ré-
volutions présentes ou passées. On conçoit qu'il vouât aux
dieux infernaux le sarcophage d'Olympie, et que, comme
ce personnage de Molière à propos de son fils, il se de-
mandât ce qu'il était allé faire dans cette maudite galère.

Parfois, dans ses momens de témérité, il se promettait de
revenir sur un serment arraché à la crainte : il faisait
alors des dispositions de retour vers l'Allemagne; puis, le
lendemain, la peur le galopait de nouveau, et il retombait
dans ses irrésolutions.

Cependant des Alpes au Tyrol, d'Augsbourg à Munich,
de Vienne à Trieste, un homme le suivait sans qu'il s'en
doutât. Marchant en quelque sorte dans son ombre, épiant
ses pas, scrutant ses actions, cet homme réalisait l'espion
du conseil des Dix, si admirablement peint par Victor Hu-
go dans son drame d'*Angelo*.

On l'appelait le comte Archangeli.

Or, cette poursuite acharnée dont Winckelmann était
l'objet datait précisément de l'entrevue que nous avons vue
se préparer entre Cinelli et le comte, à la fin du dernier
chapitre.

Sans doute que là, sur cette place San-Pietro de Mantoue, en face le vieux palais des doges, s'était scellé entre
le débiteur et le créancier le pacte impie dont nous allons
voir se dérouler la trame odieuse.

Soit préoccupation de savant, soit que le fardeau qui lui
pesait sur la conscience le rendît insensible aux choses
extérieures, l'antiquaire avait à peine remarqué ce voyageur qu'il retrouvait cependant partout, lorsqu'une circonstance fortuite le tira de son apathie.

Tous deux venaient de descendre à Trieste, à l'*albergo
della Villa*.

Winckelmann commandait son dîner.

— Le fils de monsieur dîne-t-il avec lui? — demanda
l'hôtelier.

— Quel fils? — reprit le savant.

— Mais le jeune homme qui vient d'arriver en même
temps que monsieur.

— Je ne sais pas ce que vous voulez dire. Je n'ai pas de
fils et je voyage seul.

— Ah! pardon! c'est que la ressemblance est si frap-
pante! Il est vrai que je me rappelle maintenant que
monsieur s'appelle Winckelmann et que l'autre se nomme
Archangeli.

— Archangeli ! — s'écria l'antiquaire, à qui ce nom venait de rappeler le médecin de Gelnhausen, et cette Wilhelmine Buttler dont la douce image sommeillait encore
au fond de son cœur.

A table, les deux voyageurs furent servis en même
temps, bien qu'à une certaine distance l'un de l'autre.

Winckelmann dévorait l'étranger du regard. On est en
général assez mauvais juge soi-même de son plus ou moins
de ressemblance avec une autre personne; l'antiquaire
eût à coup sûr passé cent fois à côté de ce jeune homme
sans que cette ressemblance le frappât. Or, maintenant
que l'on venait de donner l'éveil à son attention, il lui
semblait se revoir lui-même, à trente ans de distance, partant de son village, le bissac sur le dos.

Ajoutons qu'il retrouvait aussi dans les traits de l'étranger un *je ne sais quoi* (cela s'appelle ainsi) d'indéfinissable et de charmant qui l'avait autrefois si fort captivé chez
sa chère Wilhelmine.

Il y avait bien de quoi donner à penser, fût-ce à l'antiquaire le plus exclusif, fût-ce au savant le plus acharné,
fût-ce à la conscience la plus bourrelée par une promesse
qu'elle voudrait à la fois violer et tenir.

Winckelmann se décida à entamer la conversation; d'où
il apprit, après quelques préliminaires, qu'il avait l'insigne
honneur de dîner à la même table que S. E. le comte Archangeli, propriétaire du château de.... Chose, en Moravie.

Ce titre et cette *profession* déroutaient un peu l'antiquaire... à moins que l'humble médecin de Gelnhausen,
réduit à épouser une villageoise, n'eût autrefois caché son
blason, et que ses morts ne se fussent cotisés pour l'en-
richir.

Il y a de vrais savans, j'en connais quelques-uns, qui,
lorsqu'ils se résignent à descendre de leur dada, devien-
nent d'une amabilité parfaite et d'une grâce charmante.
Veulent-ils amuser, séduire, persuader, ils déploient plus
de coquetterie qu'une jeune femme au bal, et sont irrésistibles.

Winckelmann était de ce nombre.

Il se fit causeur, enjoué, mondain, effleura toutes choses, essaya l'étranger par toutes les feintes, jusqu'à ce qu'il
crût avoir trouvé le joint de son esprit.

Il va sans dire que Winckelmann enfonçait une porte
ouverte, et que, tout en se maintenant dans une étroite
réserve, Archangeli ne demandait pas mieux que d'ébau-
cher les préliminaires d'une intimité qui simplifiait né-

cessairement de beaucoup la surveillance dont il s'était chargé.

Sachant à qui il avait affaire, le jeune homme parla de son château, de sa galerie, de ses pierres gravées, de ses statues, en sorte que, en moins d'une heure, leur amitié naissante allait un train de poste.

D'antiquaire à antiquaire il n'y a que la monomanie.

— C'est bien mon sang, — se disait Winckelmann en songeant aux suites vraisemblables que devait avoir eues la seule faute qu'il eût commise dans sa vie; — seulement, comment est-il comte? d'où lui viennent cette galerie et ce château? — Enfin, après beaucoup de sapes et de contre-sapes par les chemins les plus couverts, et à l'aide de circonlocutions infinies; après avoir parcouru à vol d'oiseau l'Italie, la Grèce et l'Allemagne, ému comme un enfant qui va lâcher la détente d'une arme à feu, l'antiquaire hasarda cette question : — Êtes-vous allé à Gelnhausen, monsieur le comte?

A ce nom du village où il était né, Archangeli haussa les oreilles comme un chien de chasse en arrêt.

— Qu'est-ce que Gelnhausen? — demanda-t-il; — où prenez-vous cela?

— C'est un bourg de peu d'importance, — reprit l'antiquaire, — à quelques lieues d'Ostelbourg.

— Connais pas. Et à propos de quoi, cher monsieur...?

— C'est que j'y ai connu autrefois un médecin qui portait votre nom.

— Bah! un simple Esculape! un villageois! un roturier! Et il se permettait...?

— Mon Dieu, oui! — reprit le savant quelque peu froissé en sa qualité de fils de ses œuvres; — il se permettait de s'appeler Archangeli, comme monsieur le comte...

— A quoi on est exposé!

— Il se permettait même d'être un excellent homme, — continua Winckelmann.

— Grand b'en lui fasse!

— Et fort habile dans son art; à telle enseigne qu'il m'a guéri d'une fièvre chaude à laquelle je ne devais guère échapper; il y a de cela... Quel âge avez-vous, monsieur le comte?

— Quelque chose comme vingt-sept ans, je crois.

— Oui, il peut bien y avoir de vingt-sept à vingt-huit ans, — reprit l'antiquaire comme s'il se parlait à lui-même.

Et il parut s'isoler un instant de ses plus lointains souvenirs.

— A-t-on idée, — dit Archangeli en se livrant à des airs penchés qu'il croyait imposans, — a-t-on idée que les plus grands noms descendent ainsi dans le domaine public et décorent le premier venu! On ne saura bientôt plus comment s'appeler, dans la crainte de coudoyer quelque paltoquet affublé de la même étiquette et se disant de la même farine.

— Le docteur Archangeli avait épousé une jeune et charmante personne, Wilhelmine Buttler, — reprit le savant en arrêtant sur le comte un regard scrutateur; — elle pourrait être votre mère!... et il m'avait paru que vous lui ressembliez.

— Connais pas! — répéta le jeune homme d'un ton péremptoire et qui coupait court à toute autre investigation.

— Après tout, — pensa Winckelmann, — il y a de bizarres coïncidences dans la vie, et je me trompe peut-être.

Cependant on n'a pas ainsi, pendant un instant, l'espoir ou la crainte, je ne suis trop le mot, de retrouver après trente ans un fils apocryphe sans vivement désirer de tirer au clair une question de cette importance. Aussi cet incident eut-il cela de bon de distraire un peu Winckelmann des lugubres préoccupations de sa conscience.

Chacun des deux voyageurs ayant un motif pour se rapprocher de l'autre, leur intimité fit de rapides progrès.

Chaque matin, Archangeli venait se mettre aux ordres de l'antiquaire.

Ils visitèrent ainsi les derniers vestiges de l'enceinte fortifiée bâtie sous Octave-Auguste, les ruines échappées au sac d'Attila, le musée des Antiques, la cathédrale, Santa-Maria-Maggiore, San-Antonio-Nuovo, les fresques de *Grigoletti*.

Le comte témoignait au savant une déférence extrême, blâmait lorsque ce dernier blâmait, s'extasiait quand il s'extasiait. l'accaparant par toutes ses faiblesses, le flattant dans toutes ses manies.

Il y avait surtout de magnifiques médailles d'or, offertes au célèbre antiquaire par la cour de Vienne, que le jeune homme ne pouvait se lasser de voir, d'admirer, de palper.

Les choses en étaient là lorsque le *fattore* vint un jour apporter quelques lettres à l'adresse de voyageurs habitant l'hôtel. Parmi elles s'en trouvait une pour Archangeli. Ce dernier étant sorti, on la remit à Winckelmann, qui se trouvait là par hasard.

Or, l'adresse portait Archangeli tout court, sans titre aucun, et, circonstance presque décisive, la lettre était timbrée de ce même Gelnhausen dont le noble comte prétendait n'avoir jamais entendu parler.

C'était, comme on l'a dit plus tard au procès, une missive de sa mère, à qui ce fils nomade et dénaturé arrachait de temps en temps quelque subside, lorsque le résultat de ses prouesses au jeu ne suffisait pas à son train de comte.

A partir de ce moment, Winckelmann ne douta plus.

Faible et bon, il mit sur le compte d'une vanité puérile sans doute, mais excusable peut-être à certain point de vue, les grands airs et le titre que le jeune homme n'affichait probablement, pensait-il, qu'en voyage, où il savait que les égards ne se mesurent trop souvent que sur l'importance qu'on se donne.

Tout en se promettant de rester un étranger pour Archangeli, et de respecter un secret d'où dépendait l'honneur d'une femme et d'une mère, il se prit d'une tendresse infinie pour ce fils.

Car, non-seulement à cause de l'âge et de la ressemblance, mais surtout en raison d'une lettre écrite par Wilhelmine à Winckelmann quelques mois après cette nuit, à la fois heureuse et fatale, où l'amour, l'occasion, la jeunesse les avaient rendus coupables, pour ainsi dire à leur insu, cette paternité était maintenant claire comme le jour.

Aussi pourquoi diable s'était-il trouvé une échelle sous le hangar de monsieur Buttler? Et quelle idée avait eue ce piquet de hussards d'avoir précisément soif à une heure du matin, par une lune indiscrète, en face de l'auberge du *Soleil d'or?*

Il entrait trop, du reste, dans les vues d'Archangeli de pénétrer dans la vie intime de l'antiquaire et de surveiller ses actions, pour qu'il ne se prêtât pas sans les comprendre aux témoignages d'affection dont il était l'objet.

L'antiquaire semblait reverdir au contact de ce jeune homme, de cette pousse vivace issue de sa tige. Il lui faisait de la morale, le détournait du jeu, le poussait vers la science; ce à quoi l'astucieux Archangeli se prêtait à miracle.

— Ah! — se disait l'antiquaire. — il est donc vrai que toute faute a son châtiment! Mon fils est là à deux pas de moi, et, plus misérable que Tantale, je ne puis ni l'embrasser, ni lui dire : Je suis ton père.

Bientôt il n'eut plus de secrets pour Archangeli, et lui raconta, sans toutefois citer les personnes, comment il se trouvait fatalement ballotté entre le devoir et la crainte d'empêcher un mariage d'où devait résulter le malheur d'une jeune fille à laquelle il portait le plus vif intérêt.

Archangeli affecta d'accueillir cette confidence avec beaucoup de légèreté, disant que chacun avait en ce monde sa part de tourmens; qu'assumer celle des autres était un métier de dupe; que Winckelmann se devait tout entier à la science, dont il lui était interdit de sacrifier les intérêts éternels à de misérables considérations de famille et de félicité mondaine ; que la vraie philosophie consistait à conduire habilement sa barque, sans risquer de la faire échouer en voulant venir en aide à celles qui chavirent ; que la postérité lui demanderait compte de ses travaux et non de ses sentimens, et qu'au surplus la jeune personne en question ayant un père, c'était à ce dernier qu'incombait la tâche d'éventer les pièges dressés de tout temps par la cupidité ou par l'amour autour des riches héritières.

Mais Winckelmann se raffermissait chaque jour dans une plus noble et plus juste appréciation de ses devoirs. Il ne goûta pas cette morale : de plus, pour couper court à toute indécision, il se résolut à une première démarche qui lui barrait la retraite et l'engageait pour l'avenir.

Le lendemain, Archangeli vit sur le bureau de l'antiquaire une lettre à l'adresse de monsieur Speroni, à Dussau.

Dans cette lettre, Winckelmann priait le sénateur de surseoir à toute décision relative au mariage de Cinthia avec le comte Cinelli. Il ajoutait que sous peu de jours il serait lui-même à Dussau et s'expliquerait alors plus nettement.

— Vous connaissez du monde à Dussau ? — demanda négligemment Archangeli.

— Oui et non, — reprit l'antiquaire ; — la personne à laquelle j'écris n'y demeure que momentanément. S'il faut tout vous dire, mon jeune ami, je viens de brûler mes vaisseaux.

— Quels vaisseaux, cher savant ?

— C'est décidément une bonne chose qu'un devoir accompli ; je me sens le cœur allègre et léger.

— Et... ce devoir accompli...? — hasarda le jeune homme.

— J'annonce dans cette lettre la révélation des faits dont je vous ai parlé sans vous citer les noms. En sorte que si la peur me reprend, toute retraite sera coupée à mon hésitation.

Archangeli comprit que toute opposition serait inutile, et de plus maladroite.

— Peut-être avez-vous bien fait, — reprit-il en pirouettant sur lui-même et en feuilletant le premier livre venu.

On parla de la pluie et du beau temps. Winckelmann venait de recevoir quelques épreuves de sa nouvelle édition de l'*Histoire de l'art*, qu'il avait hâte de parcourir ; il se plaignit de douleurs rhumatismales, et sembla regretter d'être obligé de sortir.

— Voulez-vous que je jette votre lettre à la poste ? — demanda Archangeli à Winckelmann.

— Vous me ferez plaisir, — reprit l'antiquaire, à mille lieues de toute défiance.

On comprend que la lettre, lue par Archangeli, puis déchirée, ne parvint pas à Dussau.

Mais, ce danger écarté, il en restait un autre. Ainsi Winckelmann annonçait à monsieur Speroni son arrivée prochaine ; or, on ne supprime pas un homme comme une lettre.

Archangeli en référa au comte Cinelli.

Ce dernier était encore à la villa de sa prétendue tante, où Cinthia, toujours désespérée, ne comprenait pas que sa mère laissât sans réponse, non-seulement la lettre officielle de la marquise, mais encore son billet à elle, envoyé secrètement.

Il est vrai que la jeune fille ignorait que la marquise n'avait rien écrit.

Elle ignorait aussi que le pâtre à qui elle avait donné un sequin pour qu'il se chargeât de sa missive s'en était défait en faveur de Cinelli moyennant deux autres sequins, d'où résultait à la fois, pour le commissionnaire, une économie de jambes et triple bénéfice.

Cinelli, à cette fatale nouvelle que Winckelmann se préparait à partir pour Dussau, courut à Trieste.

Là, le débiteur et le créancier, maintenant complices, tinrent un second conciliabule de deux heures, au café de l'Étoile-Polaire (*caffè della Stella-Polare*).

Après quoi Cinelli retourna auprès de sa prétendue tante.

Ceci se passait le 7 juin 1768.

Le lendemain, entre une et deux heures de l'après-midi, Winckelmann, assis à sa table, écrivait à son éditeur, lorsque Archangeli entra chez lui.

Le papier qu'on trouva sur cette table après le crime semblerait indiquer que l'antiquaire s'attendait à un malheur ; ainsi il donnait à son éditeur les détails les plus minutieux sur l'arrangement typographique de son ouvrage. Il en était au cinquième article au moment de la catastrophe.

Du reste, les malles étaient faites et indiquaient un prochain départ.

— Je vous dérange, cher maître ? — demanda Archangeli.

— Nullement ; je suis au contraire charmé de vous voir : m'accompagnez-vous à Dussau ?

— Impossible. Mais vous partez donc ?

— Dans deux heures.

— Tout à coup ? comme une bombe ? sans me laisser le temps de renoncer peu à peu à la douce habitude que je m'étais faite de vous voir ?

Ému de ces paroles, Winckelmann prit la main du jeune homme, qu'il serra et retint dans les siennes.

— Cher enfant, — reprit-il, — laissez-moi vous appeler ainsi, car j'éprouve pour vous l'affection la plus tendre ; maintenant que mon parti est pris, mieux vaut que je débarrasse tout de suite ma conscience du fardeau qui l'oppresse. Mais écoutez bien ceci : Vous allez me jurer de venir passer l'hiver prochain avec moi à Rome. Vous y logerez au Vatican, dont je suis le bibliothécaire. Je vous y mettrai à la source de toutes les merveilles de l'art, dont je veux que vous deveniez un adepte éclairé. Après la part de la science, nous ferons celle de la jeunesse ; vous aurez votre libre arbitre, votre pleine liberté. Puis, quand vous serez fatigué de moi, — ajouta le pauvre père avec attendrissement, — le plus tard possible, je vous laisserai repousser les ailes, et vous vous envolerez de nouveau... mais pour revenir chaque année, avec les hirondelles... en admettant que vous ayez trouvé chez moi l'hospitalité indulgente et propice que je vous promets.

Des larmes refoulées roulaient au coin de la paupière de Winckelmann.

Archangeli grimaçait la tristesse et se morfondait en actions de grâces pour une bienveillance dont il se sentait, disait-il, parfaitement indigne.

Et Dieu sait s'il l'était !

L'heure suprême approchait.

— Accordez-moi un jour ! ne partez que demain ! — supplia Archangeli, lequel hésitait sans doute dans son crime.

— Je ne puis, — dit le savant ; — le sort en est jeté. Je n'ai été que trop pusillanime jusqu'ici. Maintenant que mon parti est irrévocable, chaque heure qui s'écoule me semble ajouter à la honte d'avoir hésité si longtemps.

Archangeli, devenu tout à coup morne et farouche, se promena quelque temps par l'appartement.

En ce moment le démon du mal et l'ange du bien se livraient en lui sans doute ce dernier combat à la suite duquel le premier reste trop souvent vainqueur.

Pourquoi ?

Tout à coup le jeune homme s'arrêta devant Winckelmann, dont le regard tendre et paternel fit baisser le sien.

— Eh bien ! cher savant, — lui dit-il, — puisque nous allons nous quitter, accordez-moi une grâce ?

— Tout ce que vous voudrez, mon jeune ami.

— Laissez-moi contempler une dernière fois, pour que je les grave dans mon esprit, ces précieuses médailles qui vous honorent moins qu'elles n'honorent le pays qui vous les a décernées.

Charmé de ce que cette dernière preuve de goût pour es arts avait de flatteur pour lui, l'antiquaire courut à une de ses malles, et se mit à genoux pour en ouvrir le cadenas.

Archangeli alors se glissa derrière lui, tira de sa poche une corde à laquelle il avait eu l'infernale précaution de faire un nœud coulant, et la lui jeta au cou pour l'étrangler.

Mais la corde s'était arrêtée au menton.

Le danger donna des forces à Winckelmann ; il se releva, se défendit d'une main, et, de l'autre, saisit la corde qu'il tint ferme.

— Eh quoi ! malheureux ! —s'écria-t-il,—toi... mon... toi que j'aime comme un fils ! — Winckelmann tenait toujours la corde. L'assassin tira un couteau, et lui en asséna plusieurs coups sur les doigts. A la vue de cette arme, l'antiquaire parut se rappeler un souvenir effroyable. — Ah ! oui, — dit-il, — je comprends... la menace du comte Cinelli... Oh ! les voies de la Providence ! — A partir de ce moment, il fit moins d'efforts, et sembla se courber comme la victime sous le fer sacré. Archangeli profita de ce moment, se jeta sur lui, le terrassa, et lui plongea cinq fois son couteau dans la poitrine. Puis il s'empara des médailles, et sortit de l'appartement, qu'il ferma à double tour. Winckelmann trouva encore la force de se traîner jusqu'à une fenêtre dont il brisa le carreau.—Au voleur ! — s'écria-t-il, — mes médailles !... Qu'on arrête mes médailles !

Ce furent ses dernières paroles : de vraies paroles d'antiquaire, pour qui l'art résume l'existence.

On lui volait la vie... Mais qu'importait la vie ! c'était de ses médailles qu'il s'agissait avant tout.

Tout ce que nous venons de raconter est historique.

Ainsi périt Winckelmann, l'homme qui a exercé le plus d'influence sur les progrès de l'art et de l'esthétique au dix-huitième siècle.

Si vous allez à Trieste, ne manquez pas de faire une pieuse visite au monument érigé à sa mémoire, près de la cathédrale, et dont les sculptures sont dues au ciseau d'Antonio Bosa.

La tombe est digne de son hôte illustre.

Archangeli fut arrêté au moment où il escaladait les murs de l'hôtel, dans l'espoir de s'évader par la maison voisine.

On trouva sur lui des lettres confidentielles de Cinelli qui établissaient la complicité de ce dernier.

Ces lettres, timbrées à la poste de Castiglione, étaient datées de la ville où Cinthia continuait d'attendre vainement une réponse de sa mère.

De son côté, madame Speroni avait écrit à son mari que leur fille venait d'être enlevée, et que, selon toute vraisemblance, le ravisseur était Cinelli ; en sorte que le sénateur, remettant à plus tard les affaires qui le retenaient à Dussau, était reparti à l'instant pour Vérone.

Il passait à Trieste le lendemain du jour où Winckelmann avait été assassiné. Or, l'événement était encore dans toutes les bouches, et ne tarda pas à frapper l'oreille du voyageur.

Monsieur Speroni était le premier protecteur, l'ami du célèbre antiquaire. C'était de plus un de ces hommes d'autorité et de mérite devant lesquels s'ouvrent toutes les portes.

Il courut chez le magistrat, et en obtint les renseignemens que la justice était déjà parvenue à réunir.

En apprenant que Cinelli se cachait dans une maison de campagne aux environs de Castiglione, qu'il était l'instigateur du crime, et que ce crime n'avait d'autre mobile que celui d'empêcher Winckelmann d'aller à Dussau, monsieur Speroni demeura épouvanté.

Cinthia, le jeune comte, l'enlèvement, Dussau, Archangeli, Winckelmann, l'assassinat, tout cela se heurtait pêle-mêle dans son esprit, tout cela papillottait à ses yeux comme un écheveau sanglant où tout s'enchevêtrait, mais dont il ne pouvait trouver le fil conducteur.

Toutefois, Winckelmann était mort, malheur irréparable. Donc, le plus pressé était de retrouver Cinthia, et de l'arracher à son séducteur.

Monsieur Speroni demanda l'ordre écrit d'arrêter le jeune comte ; il se munit d'une lettre adressée par le magistrat de Trieste au podestat de Mantoue, et partit en toute hâte pour cette dernière ville, accompagné de quelques sbires mis à ses ordres.

ÉPILOGUE.

Revenons à la villa, où Cinthia se désespérait du silence de sa mère.

Quant à Cinelli, la jeune fille ne daignait plus ni le regarder, ni lui répondre. Elle ne savait pas encore au juste en quelles mains déloyales elle était tombée ; mais chaque jour le jeune comte et Juanita s'amoindrissaient dans son estime et dans sa confiance.

On ne sait pas plus pourquoi l'amour meurt qu'on ne sait pourquoi il naît.

Cinthia avait même, un jour, essayé de fuir ; mais on l'avait rattrapée à Goïto, à une poste et demie de Castiglione, puis ramenée à la villa, où elle était désormais l'objet d'une surveillance active.

Soit que les sentimens doux et affectueux n'allassent plus à sa conscience bourrelée, soit que les dédains et la tentative d'évasion de Cinthia l'eussent exaspéré, Cinelli, de son côté, commençait à se trouver plus de haine que d'affection pour sa fiancée. Il s'agissait déjà moins du bonheur de l'obtenir que de la satisfaction de la voir soumise et domptée.

L'amour-propre avait le pas sur l'amour.

De là des accès de colère, des scènes de brutalité, des menaces de mauvais goût.

Puis, quelques heures après, honteux de lui-même, il jouait au repentir, devenait d'un éthéré bleu foncé, parlait d'âme, d'ange, d'adoration, de soumission, le tout dans cette capiteuse langue italienne qui, selon Byron, résonne comme si on l'écrivait sur du satin.

Mais la pure et vaillante jeune fille ne s'effrayait pas plus des tempêtes qu'elle ne s'allanguissait aux folles brises du repentir.

Elle répondait à tout par ce cri du cœur :

— Je veux voir ma mère !

La signora Juanita essayait alors de la calmer, en lui affirmant que madame Speroni, prévenue par elle, devait arriver d'heure en heure.

Un mensonge, bien entendu.

Déjà, depuis deux jours, sous le prétexte d'indisposition, Cinthia gardait la chambre et se dispensait de paraître aux repas.

Le soir de ce deuxième jour, Juanita et Cinelli étaient assis au coin du feu, dans un petit salon.

La matrone achevait sa sieste.

Le jeune homme tracassait le foyer, ce qui est un plaisir très vif. L'esprit prête alors des phrases aux petites langues bleues qui se dégagent soudain et babillent dans l'âtre.

— Ah ! les femmes ! les femmes ! — disait-il en guise de péroraison.

— Eh bien ! que vous ont-elles fait, ces pauvres femmes ? — demanda Juanita en se réveillant tout à fait. — J'imagine que, si on les supprimait, vous seriez beaucoup plus avancés, n'est-ce pas ?

— Un joli petit monstre, — reprit Cinelli, — qui charme les yeux et choque la raison ; qui plaît et qui désole ; ange par la figure, démon par l'âme. Mettez ensemble la tête d'une linote, les yeux d'un basilic, la langue d'un serpent, les inégalités de la lune, et les fantaisies d'une girouette qui tourne à tout vent ; enveloppez le tout d'une peau bien lisse et bien blanche ; ajoutez-y des bras et des jambes, et vous aurez une femme complète.

Juanita crut devoir rompre une lance en faveur du sexe qui avait le désagrément de lui appartenir.

— Tout beau ! jeunes gens ; et qu'êtes vous donc, vous autres ? D'assez grossiers personnages, en général, qui marchez sur notre cœur comme sur un parquet. Tous les hommes sont menteurs, inconstans, faux, bavards, hypocrites, orgueilleux.

— Toutes les femmes, — riposta Cinelli, — sont perfides, astucieuses, vaniteuses, curieuses.

— Partout les femmes sont aimantes, — reprit Juanita, — ce qui suffirait déjà pour les absoudre de tout le reste. J'ajoute qu'elles sont bonnes alors que rien ne les oblige à être le contraire.

— Le beau mérite !

— Prenez les plus fragiles, si vous voulez, il n'y en a pas une qui ne poussera la délicatesse jusqu'à broder dès plus jolis mensonges le voile sous lequel elle vous couvre son passé, et quelquefois son présent.

— Oui, des abîmes couverts de fleurs.

— Tandis que vous autres... Tenez, sans aller plus loin, quelle est votre conduite à l'égard de Cinthia ? Stupide, mon cher, c'est le mot. Quel chemin avez-vous fait depuis que vous la tenez ici, haletante et peureuse, sous vos griffes maladroites ? Aucun. Quoi ! vous savez que la plus belle passion, comme la plus belle pierre précieuse, est terne et laide lorsqu'elle est brute, et qu'il lui faut la taille de l'orfévrerie, et voilà que monsieur se fait morose et brutal comme il le serait après vingt années de mariage !

— C'est de sa faute aussi, — reprit le jeune comte ; — Cinthia a des regards et des intonations de voix qui m'irritent, qui m'agacent les nerfs.

— Ainsi, — poursuivit Juanita, — j'ai souvent voyagé d'un cœur à un autre. J'ai connu la passion à toutes ses phases : passion qui naît, passion qui chemine, passion qui s'éteint. Eh bien ! je n'ai jamais rien vu de pareil à la vôtre, dont l'âge et le nom m'échappent complétement.

— Vous n'en parlerez pas toujours ainsi, — répondit Cinelli d'un air sombre.

— Laissez donc ! — riposta la mégère, — je vous conseille de vous en vanter ! Fomenter la haine chez une jeune fille qui ne demandait qu'à vous adorer, voilà une jolie victoire, une conquête flatteuse, un passe-temps glorieux !... Quoi qu'il en soit, bonsoir, jeune triomphateur ! Comme toute comédie doit avoir une fin, demain votre tante aura la désolation de prendre congé de vous, et de reparaître à Mantoue, où l'attendent sans doute de nouveaux neveux.

Le soir même, vers minuit, une escouade de police fondait sur la villa.

Muselé et ficelé en un clin d'œil, le concierge n'eut pas seulement le temps de pousser un souffle.

Les sbires arrivèrent au pied de l'habitation sans faire plus de bruit que des mouches qui marchent.

Monsieur Speroni, qui commandait l'expédition, se fit guider par un domestique jusqu'à la chambre occupée par Cinelli.

— Cernez la maison, — avait-il dit à ses hommes, — et que personne ne réchappe !

Cinelli fut terrifié par cette apparition imprévue.

— A nous deux ! — s'écria monsieur Speroni en fermant la porte, après avoir écarté du geste le domestique et quelques sbires qui se préparaient à le suivre.

— Vous ici, monsieur ! — murmura Cinelli.

— Vous avez enlevé Cinthia.

— Elle est là, dans son appartement, — reprit Cinelli.

— Vous avez armé le bras d'un aventurier qui vient d'assassiner Winckelmann. — Cinelli fouillait des yeux le parquet, dans l'espoir d'y trouver une trappe par où disparaître. — Archangeli, votre complice, est arrêté, — poursuivit le sénateur ; — on a trouvé sur lui une correspondance qui vous perd... Avez-vous des pistolets ?

— Oui, monsieur, — reprit le Cinelli des anciens jours, dont l'œil s'illumina d'un rayon de courage.

— Eh bien ! je me retire, en vous donnant cinq minutes pour vous tuer, et sauver ainsi le nom de votre famille de la flétrissure que mérite votre crime.

Quelques secondes après, le jeune comte s'était brûlé le peu de cervelle qu'il avait.

Archangeli fut exécuté à Trieste.

Sa mère, la douce Wilhelmine, à peine entrevue dans cette histoire, était venue d'Allemagne à Trieste pour y embrasser une dernière fois son fils, cette punition vivante de sa faute. Seulement elle se garda bien de lui dire qu'il avait tué son père, se réservant d'assumer elle seule devant Dieu la responsabilité de ce parricide ignoré.

Cinthia Speroni est entrée au couvent des Camaldules, près d'Arezzo, dans les Apennins.

Grâce à la petite dot fournie par Winckelmann, Michel est devenu l'époux de Zerline. Ils ont fait partie de ce petit nombre de couples dont parle la statistique : 135 sur 872,564 passablement heureux en comparaison de ceux qui sont plus à plaindre.

Sur le point d'être arrêtée pour avoir prêté son odieux concours au jeune Cinelli, la Juanita avait eu le temps de fuir jusqu'à Rome. Protégée par un *monsignore*, elle est morte en odeur de réhabilitation au monastère des *Malmariées*, fondé à Rome, en 1542, par Ignace.

On se demande comment, n'ayant jamais été mariée, elle avait pu l'être mal ?

Matheo, le concierge, et Beppo, le garçon d'auberge, ont continué à vider ensemble, de temps à autre, quelque bouteille isolée de montefiascone, attendant l'aubaine d'un autre antiquaire, qui n'est pas venue.

Le marquis Manfred, le propriétaire du sarcophage d'Olympie, a traîné le boulet de sa misérable vie jusqu'à l'âge de quatre-vingt-dix-sept ans... ce qui semblerait prouver que, si le remords tue, il y met le temps.

O le jeu !

FIN DE UNE DETTE DE JEU.

TABLE

DES CHAPITRES CONTENUS DANS CET OUVRAGE.

Adrien Paul.

LES
FINESSES DE D'ARGENSON

PIÈCE EN CINQ ACTES

PERSONNAGES

Le capitaine DOMINIQUE.
JEAN LAW, contrôleur général des finances.
Le marquis d'ARGENSON, intendant du Hainaut.
RICHARD LAW, fils du contrôleur général.
Le cardinal DUBOIS, premier ministre.
SAINT-ÉTIENNE, affidé de Dominique.

OLIVIER, valet de Richard.
BIANCA, femme de d'Argenson.
Madame LAW.
CÉLINE, suivante de Bianca.
LAQUAIS.
EXEMPTS.

(La scène se passe en 1720 : le premier acte dans une hôtellerie de grande route, les quatre autres à Valenciennes.)

ACTE I.

(Une hôtellerie de grande route.)

SCÈNE I.

DUBOIS seul, il est déguisé en marchand.

Maudit portefeuille !... Que peut-il être devenu ?... Holà ! quelqu'un !... L'ai-je perdu ? me l'a-t-on volé ?... Holà ! l'aubergiste, les valets, quelqu'un, tout le monde !... L'ai-je oublié à Valenciennes ?... Viendra-t-on, quand j'appelle !... pour qui me prennent ces marauds...? Holà !...

(Il prend une première chaise et la lance contre le mur, puis une seconde qui vient rouler dans les jambes de Saint-Étienne.)

SCÈNE II.

DUBOIS, SAINT-ÉTIENNE.

SAINT-ÉTIENNE.

Nous avons un jeu de quilles dans le jardin (se tâtant les jambes), et si monsieur voulait bien ne pas confondre...

DUBOIS.

Enfin ! c'est heureux !

SAINT-ÉTIENNE.

Monsieur a sonné ?

LE SIÈCLE. — XXX.

DUBOIS.

La peste soit du maroufle !... Non, je n'ai pas sonné, drôle, mais j'ai crié, vociféré, hurlé !...

SAINT ÉTIENNE (faisant mine de sortir.)

Pardon, je croyais que monsieur avait sonné.

DUBOIS.

Eh bien ! je crois qu'il s'en va... Ici, brute !

SAINT-ÉTIENNE.

Monsieur est mille fois bon... C'est que j'étais en train d'écouter de fières nouvelles.

DUBOIS.

Il s'agit bien de nouvelles !.. Réponds !...

SAINT-ÉTIENNE.

Il paraît que l'on a laissé échapper le fameux Law, ce damné d'Ecossais, ce contrôleur général des finances qui...

DUBOIS.

Te tairas-tu ? infernal bavard !... butor !... coquin !...

SAINT-ÉTIENNE.

Monsieur a bien raison... un aventurier, un obscur charlatan qui était parvenu à ensorceler la France et à lui faire échanger de bel et bon or contre de méchans chiffons de papier...

6

DUBOIS (renversant une chaise et frappant sur une table).

Ah ! si je n'étais pas patient !

SAINT-ÉTIENNE.

Dites donc, monsieur, fallait-il que les Parisiens fussent bêtes pour se laisser prendre à ces histoires de châteaux en Espagne dans le Mississipi !

DUBOIS (lui tirant l'oreille).

Auras-tu bientôt fini tes histoires ?

SAINT-ÉTIENNE.

Aïe ! aïe ! aïe !

DUBOIS.

Réponds !

SAINT-ÉTIENNE.

Où monsieur a-t-il vu que l'on réponde avant d'être questionné ?

DUBOIS.

Rends-moi le portefeuille que tu as trouvé.

SAINT-ÉTIENNE.

Je n'ai rien trouvé, monsieur.

DUBOIS.

Je l'avais en entrant dans cette auberge... Si tu ne l'as pas trouvé, c'est qu'on me l'a pris.

SAINT-ÉTIENNE.

Ma maison est sûre, monsieur, rien ne s'y perd. (A part.) Tout s'y retrouve.

DUBOIS.

Ecoute : il se peut que tu me l'aies soustrait dans l'espoir de t'approprier de riches valeurs...

SAINT-ÉTIENNE.

Ah ! fi donc !

DUBOIS.

Ne m'interromps pas. Il ne contient que des papiers fort insignifians pour tout autre que moi... Vingt louis pour toi s'il se retrouve...

SAINT-ÉTIENNE.

Et s'il ne se retrouve pas ?

DUBOIS.

Je te fais pendre.

SAINT-ÉTIENNE (à part).

Ce sont des papiers précieux, bon ! (Haut.) Voilà une étrange manière de faire tambouriner les objets perdus.

DUBOIS.

Tu es le coupable !

SAINT-ÉTIENNE.

Je suis innocent, entendez-vous ?

DUBOIS.

Voyons cette poche ?... (il le fouille) et celle-là ?... l'autre ?

SAINT-ÉTIENNE.

Quelle autre ?

DUBOIS.

Malédiction ! (A part.) Il faut que, dans ma précipitation, j'aie oublié ce portefeuille à Valenciennes... Quel contre-temps !... S'il tombait dans de certaines mains, je serais perdu... Que faire ?... retourner sur mes pas... mais je suis brisé, rompu... et puis, si l'on me reconnaissait... un premier ministre sous cet accoutrement !... N'importe, il n'y a pas à hésiter. (Haut.) Mon cheval ! je pars à l'instant.

SAINT-ÉTIENNE.

Mais c'est impossible, monsieur ; la pauvre bête crèvera avant d'avoir fait une lieue.

DUBOIS.

Eh bien ! qu'on m'en donne un autre.

SAINT-ÉTIENNE.

Ah ! oui, un autre !

DUBOIS.

N'as-tu pas entendu ?

SAINT-ÉTIENNE.

Parfaitement.

DUBOIS.

Eh bien ?

SAINT-ÉTIENNE.

Dame ! c'est que...

DUBOIS.

Quoi ?

SAINT-ÉTIENNE.

C'est qu'il n'y en a pas.

DUBOIS.

Mauvaise raison.

SAINT-ÉTIENNE.

Cette auberge est isolée ; il faudrait deux heures pour vous ramener un bidet de la poste voisine, et d'ici là le vôtre aura repris ses forces.

DUBOIS (culbutant une chaise).

Mais c'est donc l'enfer qui s'en mêle !

SAINT-ÉTIENNE.

Mes pauvres meubles ! Que ne jetez-vous tout de suite la maison par la fenêtre !

DUBOIS.

Va-t'en à tous les diables !

SAINT-ÉTIENNE (à part).

Je crois que j'y suis.

DUBOIS.

Enfin, puisqu'il le faut, j'attendrai... Qu'on me serve à souper dans mon appartement... je partirai dans une heure.

(Bruit de voiture et de coups de fouet.)

DUBOIS.

Qu'est-ce ?

SAINT-ÉTIENNE.

Des voyageurs, sans doute.

DUBOIS.

Mon souper !

SAINT-ÉTIENNE (très affairé).

J'ai bien le temps !

DUBOIS.

Mon souper !

SAINT-ÉTIENNE.

Je cours les recevoir.

DUBOIS.

Et moi je vais... Que vois-je ?... (A part.) Je ne me trompe pas.... le contrôleur général ici !... Diable ! s'il me voyait, adieu mon incognito... Rentrons vite pour éviter cette fâcheuse rencontre.

(Il sort.)

SCÈNE III.

SAINT-ÉTIENNE, LAW, madame LAW.

LAW.

Ma chaise vient de se briser à quelques pas d'ici : ne pourriez-vous, mon ami, m'en procurer une autre ?...

MADAME LAW.

A l'instant même.

SAINT-ÉTIENNE.

Impossible, monseigneur.

LAW.

Pouvez-vous au moins faire réparer promptement la mienne?

MADAME LAW.

Ah! monsieur, je vous en prie!...

SAINT-ÉTIENNE.

Il y a un charron dans le voisinage.

LAW.

Hâtez-vous, s'il vous plaît.

MADAME LAW.

Et ma reconnaissance...

SAINT-ÉTIENNE.

Je cours donner des ordres.

SCÈNE IV.

LAW, MADAME LAW.

LAW.

N'est-ce pas jouer de malheur! Après avoir miraculeusement échappé à ces forcenés qui m'assiégeaient dans mon hôtel, venir échouer ici peut-être par le plus vulgaire accident!

MADAME LAW (se laissant aller sur un siége).

Je devrais être morte, après tant de secousses!

LAW (regardant à sa montre).

C'est que les heures valent des siècles! Intimidé par la rumeur populaire, le régent peut envoyer à ma poursuite... il ne manque jamais de limiers pour se ruer sur la piste du malheur... Et si je suis arrêté... si je reparais à Paris...

MADAME LAW.

Ah! monsieur, épargnez-moi, de grâce!... Vous me faites frémir!

LAW.

Le ciel m'est témoin, mon amie, que ce n'est pas le soin de mon propre salut qui me préoccupe; mais je songe à vous, à notre fils...

MADAME LAW (se levant avec vivacité).

Notre fils, dites-vous? Mais Richard est en sûreté, n'est-ce pas?

LAW.

Vous savez que je l'ai fait partir, il y a deux jours, pour notre terre du Ham, où il doit être à présent... Cher Richard, il ne sait rien encore... Si je n'avais eu la précaution de l'éloigner de Paris, peut-être, dans son ardeur à me défendre, se serait-il fait massacrer par l'émeute.

MADAME LAW (allant à une croisée).

Eh bien! ce charron?

LAW.

Donnez-lui au moins le temps...

MADAME LAW.

Je ne puis tenir en place... je brûle d'impatience.

LAW.

Hier toute la France à nos genoux, et aujourd'hui traqués comme des bêtes fauves! Oh! le peuple!

MADAME LAW.

Et vous pourriez ajouter : Oh! les grands!

DOMINIQUE (à la cantonade).

C'est bien, c'est bien; qu'on remise ma chaise.

LAW.

Sa chaise! voilà un voyageur plus heureux que nous! Je comprends aujourd'hui que Richard III ait offert son royaume pour un cheval.

MADAME LAW.

On vient de ce côté... si nous rentrions, monsieur?

LAW.

Rentrons, madame.

SCÈNE V.

DOMINIQUE, SAINT-ÉTIENNE.

DOMINIQUE.

Tu dis donc qu'il est arrivé des voyageurs?

SAINT-ÉTIENNE.

Oui, capitaine.

DOMINIQUE.

Hein?

SAINT-ÉTIENNE.

Oui, monsieur Dominique, veux-je dire.

DOMINIQUE.

À la bonne heure... Tes voyageurs me gênent furieusement.

SAINT-ÉTIENNE.

Leur chaise s'est brisée, et ils ne pourront repartir de sitôt.

DOMINIQUE.

Diable! cela dérange tous mes plans... Le contrôleur général, sur lequel j'ai à peine une heure d'avance, ne tardera pas à arriver ici, lui et ses millions...

SAINT-ÉTIENNE.

Et vous voulez qu'il reparte seul?

DOMINIQUE.

En bonne conscience, nous ne pouvons le laisser sortir du royaume avec nos dépouilles...

SAINT-ÉTIENNE.

Nous avons trop de patriotisme pour cela.

DOMINIQUE.

Mais il aurait fallu que nous fussions seuls ici à le recevoir, et tes maudits voyageurs...

SAINT-ÉTIENNE.

Si nous les supprimions?

DOMINIQUE.

Fi donc! écarter à prix d'or un aubergiste et lui substituer pendant un jour un drôle de ton espèce pour tenter une aventure hasardeuse et piquante, rien de mieux; il y a là du nouveau, du pittoresque et de l'imprévu; c'est presque une œuvre d'art... Mais employer la force brutale, écraser un obstacle au lieu de le vaincre, c'est du plus mauvais goût.

SAINT-ÉTIENNE.

Comme vous voudrez, cap....

DOMINIQUE.

Encore!

SAINT-ÉTIENNE.

Comme vous voudrez, monsieur Dominique; mais, à

franchement parler, ces habits de grand seigneur vous gâtent. Il n'y a qu'une mauvaise aiguille à tricoter comme la flamberge qui vous bat le mollet pour vous inspirer de pareils scrupules... Je vous aime bien mieux avec un justaucorps plus sombre, alors que vous tenez entre les genoux votre bon cheval, et que les canons de vos pistolets étincellent à votre ceinture... alors...

DOMINIQUE.

Alors comme aujourd'hui, comme toujours, je prétends être obéi sans observations et sans murmure.

SAINT-ÉTIENNE.

Il suffit, cap...

DOMINIQUE.

Morbleu !

SAINT ÉTIENNE.

Monsieur Dominique. Ah ! j'oubliais... il y a un autre voyageur...

DOMINIQUE.

Encore un !

SAINT-ÉTIENNE.

C'est un marchand, je crois ; un fier brutal, allez ! Quel enragé ! Je me suis tenu à quatre pour ne pas le guérir à tout jamais de sa manie de tirer les oreilles et de briser les meubles.

DOMINIQUE.

Et repart-il au moins ?

SAINT-ÉTIENNE.

Il attend que son cheval ait repris haleine. Comme vous m'aviez recommandé de tout observer, je l'ai débarrassé de ce portefeuille, auquel il paraît attacher le plus grand prix.

DOMINIQUE.

Peste ! quel observateur tu fais (Il ouvre le portefeuille et parcourt quelques papiers). Diable ! diable ! Mais ça peut nous mener fort loin, cela.

SAINT-ÉTIENNE.

Il m'a promis vingt louis si je le retrouvais.

DOMINIQUE.

Vingt louis ! Dis donc vingt mille.

SAINT-ÉTIENNE.

Et une corde au cou si je ne le retrouve pas.

DOMINIQUE.

Il est fort en position de tenir toutes ces promesses-là.

SAINT-ÉTIENNE.

Je le dispense de la dernière.

DOMINIQUE.

Sois tranquille ; tout grand et puissant seigneur qu'il est, ce sera désormais une marionnette dont je tiendrai le fil.

SAINT-ÉTIENNE.

Un grand seigneur, ce marchand !

DOMINIQUE.

Permettez, monsieur Saint-Etienne ; ceci est de la haute diplomatie, dans laquelle vous n'avez rien à voir. (Il remet le portefeuille dans sa poche).

SAINT-ÉTIENNE.

Pas même si l'on me fait pendre ?

DOMINIQUE.

Pas même si l'on vous fait pendre. D'ailleurs si cela arrivait un jour que vous fussiez pendu, ce qui est fort possible, c'est moi que cela regarde.

SAINT-ÉTIENNE (à part).

La jolie invention que l'obéissance passive !

DOMINIQUE.

Ah çà ! et ces voyageurs, il faut pourtant les éconduire au plus tôt. Qui sont-ils ?

SAINT-ÉTIENNE.

Je n'en sais rien ; mais j'aperçois le mari.

DOMINIQUE.

Laisse-moi faire.

SCÈNE VI.

LES MÊMES, LAW.

DOMINIQUE (haussant la voix).

Vous dites donc, monsieur l'aubergiste, que vous avez ici des voyageurs qui arrivent de Paris ?

SAINT-ÉTIENNE.

Oui, monseigneur.

LAW (à part).

Il se renseigne... C'est quelque espion déguisé.

DOMINIQUE.

Et l'impossibilité de continuer leur route les contrarie beaucoup ?

SAINT-ÉTIENNE.

Je le crois.

LAW (à part).

Je tremble d'être découvert.

DOMINIQUE.

Conduisez-moi vers eux : il faut que je leur parle.

LAW (à part).

Je suis perdu ! (Haut.) Me voici, monsieur... que me voulez-vous ?

DOMINIQUE.

Pardon !

LAW.

J'ai tout entendu.

DOMINIQUE.

Croyez, monsieur...

LAW.

Il est dans la vie des périls si graves, qu'il est permis à un homme d'honneur de tout tenter pour s'y soustraire ; mais, une fois en face du danger, toute feinte devient une lâcheté.

DOMINIQUE.

Je pense comme vous.

LAW.

Sachez donc...

DOMINIQUE.

Silence !... devant cet homme... (Il désigne Saint-Étienne.)

LAW.

Vous avez raison.

DOMINIQUE.

Vous venez de Paris ?

LAW.

J'en arrive, monsieur.

DOMINIQUE.

Y étiez-vous encore au moment de l'émeute populaire contre ce coquin de Law ?

LAW.

Monsieur, n'insultez pas au malheur !

DOMINIQUE.

Bah ! n'est-il pas bien à plaindre, vraiment ! On dit qu'il s'est enfui avec tous les fonds de la Banque.

LAW.

On le calomnie, monsieur.

DOMINIQUE.

Que nous importe, après tout ! Mais qu'il ne se laisse pas reprendre, s'il ne veut pas être roué.

LAW (avec fierté).

On ne roue pas les nobles, monsieur ; on leur tranche la tête.

SAINT-ÉTIENNE (à part).

Ce qui est bien préférable.

DOMINIQUE.

On voit tous les jours en place de Grève de pauvres diables que le démon de la misère y a conduits. Quand on y rouerait une fois par hasard quelqu'un de ces voleurs dorés sur tranche qu'on nomme financiers, cela réhabiliterait le gibet et ferait honneur à la justice.

LAW.

Brisons là, monsieur, je vous prie.

DOMINIQUE.

Au fait, ce n'est pas de cela qu'il s'agit... L'accident survenu à votre voiture vous contrarie beaucoup ?

LAW.

Plus que jamais, monsieur.

DOMINIQUE.

Et de quel côté vous dirigiez-vous ?

LAW.

Sur Valenciennes, pour gagner de là la frontière des Pays-Bas.

DOMINIQUE (à part).

Juste la même route que le contrôleur général ! Si c'était quelque exempt envoyé sur sa piste ! Parbleu ! il serait plaisant qu'il courût devant celui qu'il croit poursuivre. (Haut.) Que ne vous êtes-vous procuré une autre chaise ?

LAW.

Il n'y en a pas.

DOMINIQUE.

Bon ! il ne s'agit que de bien vouloir.

LAW.

Vous en parlez bien à votre aise, monsieur ; demandez à l'aubergiste.

SAINT-ÉTIENNE.

Le fait est qu'il n'y en a pas.

LAW.

Vous l'entendez.

DOMINIQUE.

L'aubergiste ne sait ce qu'il dit ; il y a la mienne, et je vous la cède.

LAW.

Vous raillez, je pense.

DOMINIQUE.

Rien n'est plus sérieux.

LAW.

Quoi ! tout de bon ?

DOMINIQUE.

Rien de plus simple : vous êtes pressé, je ne le suis pas ; vous n'avez pas de voiture, j'en ai une... Que diable ! il me semble que nous sommes ici-bas pour nous entr'aider.

LAW (à part.)

C'est singulier ! Et moi qui craignais... Oh ! quelle idée ! plus de doute... Oui, c'est cela ! un émissaire de Son Altesse Royale chargé de favoriser ma fuite sans se faire connaître...

DOMINIQUE.

Ainsi vous acceptez ?

LAW.

Avec reconnaissance.

DOMINIQUE (à part).

Je le tiens.

LAW (à part).

Il me sauve.

SAINT-ÉTIENNE.

Je vais faire transporter les bagages d'une voiture dans l'autre.

LAW.

Votre main, monsieur, que je la presse dans la mienne, car c'est celle d'un digne gentilhomme.

SAINT-ÉTIENNE (à part).

Je le crois bien !

DOMINIQUE.

Vous me faites honneur, monsieur. Allons, ne perdez pas de temps...

LAW.

Jamais je n'oublierai...

DOMINIQUE.

Bagatelle que cela !

LAW.

Fasse le ciel que je vous revoie un jour ! Adieu.

DOMINIQUE.

Adieu, adieu... et bon voyage.

SCÈNE VII

DOMINIQUE (seul).

Enfin ! m'en voilà débarrassé... (Regardant par la fenêtre.) Je me trompais ; ce n'est pas un exempt, puisqu'il voyage avec une femme... Ah ! les voilà dans la cour... ils montent dans ma chaise... une chaise superbe, ma foi ! qui a dû coûter fort cher à celui qui me l'a... cédée... Ils partent... Vienne maintenant le contrôleur général, nous avons le champ libre.

SCÈNE VIII.

DOMINIQUE, SAINT-ÉTIENNE.

SAINT-ÉTIENNE.

Le voilà !... c'est lui...

DOMINIQUE.

Il était temps de faire maison nette.

SAINT-ÉTIENNE.

Il est suivi d'un vieux domestique.

DOMINIQUE.

A cheval ?

SAINT-ÉTIENNE.

A cheval.

DOMINIQUE.

D'après mes renseignemens, il devait être en voiture.

SCÈNE IX.

LES PRÉCÉDENS, RICHARD, OLIVIER.

RICHARD,

Combien d'appartemens disponibles ?

SAINT-ÉTIENNE.

Tous, monseigneur.

DOMINIQUE.

Ciel ! que vois-je ?... Ce n'est pas lui !... les maladroits m'ont mal renseigné. (Tirant Saint-Étienne par l'habit.) Renvoie-les.

RICHARD.

Tous, dites-vous ?

SAINT-ÉTIENNE.

C'est-à-dire aucun, monseigneur.

RICHARD.

Tous, aucun... que signifie ?...

DOMINIQUE (à part).

Ah ! triple sot ! je comprends tout !... Ce voyageur qui était là, c'était Law... et moi qui lui ai donné ma chaise !... Quelle école ! Mais il ne doit pas être loin... (Haut.) Vite, un cheval !

SAINT-ÉTIENNE.

Il n'y en a pas la queue d'un.

DOMINIQUE.

Un cheval, te dis-je !

SAINT-ÉTIENNE.

Voulez-vous donc que je vous en fasse un ?

DOMINIQUE (bas à Saint-Étienne).

Mais, malheureux, ne comprends-tu pas que le contrôleur général nous échappe, que c'est lui qui vient de partir dans ma chaise...

RICHARD.

Eh bien ! monsieur l'hôte ?

SAINT-ÉTIENNE.

Je suis à vous, monseigneur. (A Dominique.) Il y a bien le cheval de l'étranger au portefeuille, mais...

DOMINIQUE.

Allons donc, bourreau !

SAINT-ÉTIENNE.

Ma foi ! tant pis pour lui... il s'est endormi en soupant, et qui dort...

DOMINIQUE.

Voyage... Je pars.

SAINT-ÉTIENNE.

Vos ordres, cap...

DOMINIQUE.

Imbécile !... Reçois ces voyageurs ; rançonne-les, afin qu'ils ne se doutent pas que tu es un aubergiste de contrebande, et viens demain me rejoindre à Valenciennes.

SCÈNE X.

LES MÊMES, moins DOMINIQUE.

RICHARD.

Eh bien ! monsieur le drôle, est-ce décidément tous, ou aucun ?

SAINT-ÉTIENNE.

Tous monseigneur.

RICHARD.

Je les retiens.

SAINT-ÉTIENNE.

Fort bien, monseigneur

OLIVIER.

Mais, monsieur le chevalier...

RICHARD.

Je retiens également toutes les provisions de bouche.

OLIVIER.

Mais, mon cher maître...

RICHARD.

Tu m'as compris ?... toutes !

SAINT-ÉTIENNE.

Parfaitement, monseigneur.

RICHARD (lui donnant une bourse).

Tiens !

SAINT-ÉTIENNE.

Comment ne pas comprendre, lorsqu'on s'exprime avec tant de...

RICHARD.

Et maintenant, laisse-nous.

SAINT-ÉTIENNE.

Oui, monseigneur.

RICHARD.

Ah !

SAINT-ÉTIENNE.

Monseigneur ?

RICHARD.

Rien.

SAINT-ÉTIENNE.

Pardon, monseigneur.

RICHARD.

Si fait !... S'il se présentait quelque voyageur, tu m'en préviendrais.

SAINT-ÉTIENNE.

Oui, monseigneur.

SCÈNE XI.

RICHARD, OLIVIER.

OLIVIER.

J'ai sans doute mal compris, monsieur le chevalier... Comment ! tous les appartemens pour vous seul !

RICHARD.

C'est une fantaisie de grand seigneur.

OLIVIER.

Cependant...

RICHARD.

Monsieur le chevalier fait ce qu'il veut, sans que monsieur Olivier ait le droit de s'en mêler.

OLIVIER.

Pardon, mon cher maître ; mais quand monsieur le contrôleur général apprendra toutes ces folies, c'est sur moi, à qui il a confié le soin de vous accompagner et de veiller sur vous, que retombera tout le blâme.

RICHARD.

C'est juste.

OLIVIER.

Sans compter que la raison...

RICHARD.

La raison ! Quelle est cette noble inconnue ?

OLIVIER.

Il n'en est pas moins vrai, monsieur le chevalier...

RICHARD.

Mon digne Olivier, vous êtes un excellent homme, plein de sollicitude et de dévouement pour ma famille et pour moi...

OLIVIER.

Monsieur le chevalier...

RICHARD.

Vous avez avec cela de l'expérience, beaucoup de bon sens...

OLIVIER.

Vous me comblez !...

RICHARD.

Vous lancez un dix-cors comme Nemrod, et vous domptez un cheval comme Alexandre...

OLIVIER.

Je suis confus...

RICHARD.

J'ai toujours admiré la sagesse de vos conseils, et j'avoue que j'aurais bien dû m'y conformer toujours.

OLIVIER.

A la bonne heure !... Je suis fier...

RICHARD.

Ce qui fait...

OLIVIER.

Que nous allons repartir à l'instant pour le château où monsieur le baron vous envoie.

RICHARD.

Ce qui fait que je reste... Mais rien ne t'empêche de me précéder au château, où j'aurai toujours bien le temps de mourir d'ennui sans me hâter si fort.

OLIVIER.

Quoi ! vous voulez...

RICHARD.

Fais donner de l'air aux appartemens, qui doivent sentir le sépulcre ; préviens le majordome que je ne veux ni harangue, ni coups de fusil à mon arrivée ; organise mon service de chasse ; familiarise-toi avec la cave ; enfin fais tout ce que tu voudras, pourvu que tu me débarrasses de tes observations.

OLIVIER.

Oh ! monsieur le chevalier !...

RICHARD.

Pardonne-moi ce mouvement d'humeur, mon bon Olivier ; mais aussi mets-toi à ma place, oublie que tu as soixante ans...

OLIVIER.

Ce n'est pas facile, à cause des rhumatismes.

RICHARD.

Et dis-moi si jamais aventure plus piquante a fait tourner la tête d'un étourdi de vingt ans...

OLIVIER.

J'avoue que...

RICHARD.

Mon père, par je ne sais quel motif, me fait quitter brusquement Paris, mes amis, mes plaisirs, pour me confiner dans je ne sais quel donjon vermoulu que je flaire d'ici ; bien noir de crimes et de vétusté, pavé de chausse-trappes, tapissé d'ossemens, d'histoires lugubres et de toiles d'araignée... Comme c'est amusant, n'est-ce pas ?

OLIVIER.

Je conviens que.

RICHARD.

Enfin, n'importe ! j'obéis et je pars. A peine avons-nous fait quelques lieues, que nous sommes devancés par une chaise de poste et que m'apparaît à la portière une physionomie ravissante, étoilée de deux yeux divins... Je m'élance sur ses traces aimantées... Au premier relai, je corromps un valet qui m'apprend que sa maîtresse voyage à petites journées et me donne son itinéraire... Je la devance à Senlis, où elle devait arriver le soir, et je retiens tout l'hôtel, en sorte qu'il faut bien que la belle voyageuse accepte l'hospitalité que je lui offre...

OLIVIER.

Ce qu'elle a fait d'assez mauvaise grâce, vous en conviendrez.

RICHARD.

Parbleu ! peut-on capituler ainsi tout de suite et sans coup férir ? Attends donc que la place soit démantelée... Et puis, c'est que je l'aime, vois-tu !... jamais je n'ai aimé comme cela !...

OLIVIER.

Cela va sans dire ; l'amour qui s'éveille ne ressemble jamais à l'amour qui s'endort. L'amour qui vient ne ressemble jamais à l'amour qui s'en va.

RICHARD.

Mon cœur bondit dans ma poitrine, et les pensées sautent de joie dans mon cerveau !

OLIVIER.

Mais enfin qu'espérez-vous de tout ceci ?

RICHARD.

J'espère l'aimer, le lui dire, la convaincre, et lui faire partager ma passion.

OLIVIER.

Une passion de vingt-quatre heures !

RICHARD.

Les passions les plus éternelles ont toutes commencé par n'avoir que vingt-quatre heures... N'est-ce pas elle que j'entends ? (Il court à la porte du fond.) Non.

OLIVIER.

Et si elle aime quelqu'un ?

RICHARD.

Je le supplante ou je le tue (courant à la porte du fond). Cette fois, c'est bien elle... Pas encore !

OLIVIER (à part).

Quelle impatience ! le bel âge ! et que je voudrais en être là !

RICHARD.

Je ne lui ai rien avoué encore, c'est vrai... Mais s'il est vrai que les yeux parlent, les miens ont dû lui dire bien des choses... Et puis ce mouchoir qu'elle avait laissé tomber sur le marchepied de sa voiture (il sort de sa poche un mouchoir qu'il couvre de baisers), ce mouchoir que j'ai eu l'audace d'enlever au grand galop en rasant les roues de sa chaise, et en risquant de me broyer la jambe, elle ne me l'a pas redemandé... Mais vois donc ! quel parfum ! quel tissu délicat ! Rien que ce mouchoir ne trahit-il pas la plus céleste des créatures ?

OLIVIER.

C'est un mouchoir... pour se moucher.

RICHARD.

Vandale !

OLIVIER.

Folie !

RICHARD.

Folie, soit ! Mais où est la raison qui vaille cette ivresse des sens, ce délire du cœur, cette joie sans nom qui naissent de l'amour en fleurs ?

OLIVIER.

La fleur se flétrit.

RICHARD.

Mais elle a d'abord embaumé, mais on l'a portée à sa ceinture, mais elle a charmé les regards... Y a-t-il rien au monde de gracieux et d'attrayant comme cette intrigue nouée tout à coup en plein air, sur une grande route, elle en carrosse, moi à cheval, sans se connaître...

OLIVIER.

Plaise à Dieu que tout ceci ne finisse pas plus mal que cela n'a commencé !

RICHARD.

Silence ! Entends-tu le roulement lointain d'une voiture ?

OLIVIER.

Je n'entends absolument rien.

RICHARD.

C'est que tu écoutes avec les oreilles, toi...

OLIVIER.

Mais il me semble que c'est le procédé habituel.

RICHARD.

Et que moi j'écoute avec le cœur. Le bruit se rapproche... entends-tu, maintenant ?

OLIVIER.

Je crois que oui.

RICHARD (à la croisée).

La voilà ! La voiture s'arrête... elle en descend... Mais regarde donc, Olivier, mon ami, qu'elle est belle !

OLIVIER.

Elle est jeune et vous aussi, ce qui est déjà les trois quarts de la beauté... si ce n'est pas la beauté tout entière.

RICHARD.

Rentrons... je veux jouir de sa surprise... Ah ! Olivier !

OLIVIER.

Monsieur.

RICHARD.

Il faut que tout le monde soit heureux de mon bonheur (Il lui donne une bourse); va distribuer cet argent aux pauvres.

SCÈNE XII.

BIANCA, CÉLINE, SAINT-ÉTIENNE.

BIANCA.

Comment ! pas un appartement ?

SAINT-ÉTIENNE.

Pas un seul, madame.

CÉLINE.

Mais cela n'a pas de nom ! C'est une horreur !

SAINT-ÉTIENNE.

Si madame était seulement arrivée une demi-heure plus tôt.

CÉLINE.

Que ne nous attendiez-vous une demi-heure plus tard ?

BIANCA.

Quel contre-temps !

SAINT-ÉTIENNE.

Il vient d'arriver un jeune seigneur qui s'est emparé de toute l'auberge.

BIANCA (à part).

Encore lui... ! je m'en doutais.

CÉLINE.

Mais il est impossible que nous allions plus loin : madame a ses vapeurs, moi j'ai mes nerfs...

SAINT-ÉTIENNE.

Chacun a les siens.

CÉLINE.

Le rustre ! C'est un fait exprès.

BIANCA (à part).

Je le crois aussi.

CÉLINE.

La même chose nous est arrivée hier. Madame, si c'était encore ce brigand ?

SAINT-ÉTIENNE

Un brigand !

BIANCA.

Folle que tu es ! tu vois des brigands partout... Mais, si vous n'avez pas d'appartement, vous pouvez au moins nous servir à souper.

SAINT-ÉTIENNE.

Certainement, madame

BIANCA

Eh bien ! dépêchez-vous.

SAINT-ÉTIENNE.

Ce serait avec le plus grand plaisir... mais je n'ai rien.

BIANCA.

Comment, rien !

SAINT-ÉTIENNE.

Absolument rien !

CÉLINE.

En voici bien d'une autre ! Mais c'est un guet-apens ! Pourquoi donc votre maison se donne-t-elle des airs d'auberge ?

BIANCA (à part).

Je commence à comprendre.

CÉLINE

Quoi ! pas un blanc de volaille, pas une aile de pluvier, quand madame est exténuée et que je meurs de faim !

SAINT-ÉTIENNE.

J'en suis désolé, mais ce seigneur a tout pris.

CÉLINE.

Le goinfre !

BIANCA.

Tais-toi... Vous dites que ce jeune homme... C'est un jeune homme, n'est-ce pas?

SAINT-ÉTIENNE.

Oui, madame.

BIANCA.

Accompagné d'un vieil écuyer?

SAINT-ÉTIENNE.

C'est cela même.

BIANCA.

Eh bien! puisqu'il a tout accaparé, faites donner la provende à nos chevaux...

CÉLINE.

Il n'a pas mangé l'avoine, je suppose, votre seigneur?

SAINT-ÉTIENNE.

Non, mademoiselle.

CÉLINE.

C'est fort heureux.

BIANCA.

Et nous allons repartir.

SCÈNE XIII.

BIANCA, CÉLINE.

CÉLINE.

Mais, madame, vous n'y pensez pas?

BIANCA.

Sois tranquille, nous resterons et nous souperons... Ne vois-tu pas que c'est le second acte de la comédie d'hier soir?

CÉLINE.

Quoi! ce brigand...

BIANCA.

Encore!

CÉLINE.

Et vous accepteriez?

BIANCA.

C'est pour toi, ce que j'en fais... tu es exténuée, dis-tu?

CÉLINE.

Je n'ai plus faim.

BIANCA.

Poltronne!

CÉLINE.

Je sais ce que je dis... Ces deux hommes ne nous suivent pas avec autant d'acharnement sans avoir un but...

BIANCA.

Le tout est de savoir quel est ce but.

CÉLINE.

Eh, mon Dieu! de profiter du premier endroit favorable pour faire de nous tout ce qu'ils voudront.

BIANCA.

Quelle idée!

CÉLINE.

Fort heureuse encore, si nous en sommes quittes pour être dévalisées.

BIANCA.

Tu perds la tête, ma pauvre Céline.

CÉLINE.

Rappelez-vous seulement l'air sombre et farouche du valet.

BIANCA.

Je n'ai remarqué que l'air fort distingué du maître.

CÉLINE.

Ces scélérats-là prennent tous les airs.

BIANCA.

C'est fort adroit ; les honnêtes gens devraient bien pouvoir en faire autant.

CÉLINE.

Se peut-il, madame, que vous envisagiez notre position avec un pareil calme!

BIANCA.

Il me semble qu'elle n'a rien de bien effrayant.

CÉLINE.

Et si c'étaient des affidés de cet affreux Cartouche!.. Si c'était Cartouche lui-même!.,.

BIANCA (riant).

Ah! ah!... quelle apparence! Un jeune homme si doux, si timide, si...

CÉLINE.

Que de choses vous avez remarqué, madame!...

BIANCA.

Je n'ai rien remarqué du tout, mademoiselle ; c'est vous qui, avec vos sottes terreurs, me faites dire des choses...

CÉLINE (poussant un cri).

Ah!

BIANCA.

Qu'est-ce donc?

CÉLINE.

J'avais cru entendre du bruit.

BIANCA.

La peur lui a tourné l'esprit... Rassure-toi, ma pauvre Céline, ce n'est pas un voleur.

CÉLINE.

Plût au ciel!

BIANCA.

C'est un amoureux.

CÉLINE.

Vous en êtes bien sûre?

BIANCA

Je le crois.

CÉLINE.

Mais alors qu'il se déclare, je n'aurai plus peur.

BIANCA.

Ce serait à mon tour d'avoir peur.

CÉLINE.

Ah! madame, un amoureux c'est bien plus gentil et bien moins effrayant qu'un voleur.

BIANCA.

Oui, mais c'est beaucoup plus dangereux... surtout...

CÉLINE.

Madame a dit...?

BIANCA.

Je n'ai rien dit... Mais on vient.

CÉLINE (à part).

Allons, je vois que, dans tout cela, il n'y aura qu'un cœur de dévalisé.

SCÈNE XIV.

LES MÊMES, SAINT-ÉTIENNE.

SAINT-ÉTIENNE.

Madame, les chevaux ont eu leur pitance, et le postillon est en selle.

CÉLINE.

Ils sont bien heureux les chevaux !

BIANCA.

Allons, puisqu'il le faut, partons... Nous souperons demain matin.

(Elles vont pour sortir par la porte du fond, au moment où entre Richard ; ils se font une profonde révérence.)

SCÈNE XV.

CÉLINE, BIANCA, RICHARD.

RICHARD.

Que vois-je !... En croirai-je mes yeux !... Vous ici, madame..., vous que je n'espérais plus revoir que dans mes rêves... !

BIANCA.

Ma surprise est égale à la vôtre, monsieur, croyez-le bien... Mais souffrez que... (Nouvelle révérence.)

RICHARD.

Eh quoi ! madame, vous partez !...

BIANCA.

Oui, monsieur.

CÉLINE.

Et sans souper, qui plus est, grâce à un gentilhomme qui est arrivé ici tout seul... avec je ne sais combien d'estomacs.

RICHARD.

Il se pourrait !... Mais tout ce qu'il y a ici, madame, est à votre service.

BIANCA.

Tout ?... C'est beaucoup trop.

CÉLINE (à part.)

Nous n'en demandons pas davantage.

RICHARD.

Suis-je assez malheureux de ne vous apparaître que dans les circonstances disgracieuses pour moi ! Hier, j'avais retenu l'auberge de Senlis pour moi et quelques amis que j'attendais... un rendez-vous de chasse...

CÉLINE.

Est-ce que le pays est giboyeux, monseigneur ?

BIANCA.

Et ils vous ont manqué de parole, je crois ?

RICHARD.

Mon Dieu ! oui, madame... Aujourd'hui je les attendais ici... et voilà pourquoi... Mais, je le répète, l'auberge entière est à votre disposition.

CÉLINE.

Vous ne parlez là que pour vous, monsieur, et je vous en sais gré ; mais si vos amis arrivaient enfin, ils seraient peut-être en droit de trouver que vous avez disposé un peu légèrement de leur souper...

RICHARD.

Ah ! madame, eux et moi, nous aimerions mieux passer toute une nuit d'orage à genoux sous vos croisées, plutôt que de laisser un seul nuage voiler votre front !...

BIANCA (à Céline).

Eh bien ! que te disais-je ?

CÉLINE (à Bianca).

Je me rassure un peu.

RICHARD.

Quoi que je dise, quoi que je fasse, aucun ne me désavouera.

BIANCA.

Quel touchant accord !

CÉLINE.

C'est comme si vous ne faisiez qu'un.

RICHARD.

Absolument.

BIANCA.

Mais à propos, monsieur, savez-vous que vos amis ne se piquent pas d'exactitude ?

RICHARD.

Vous me l'aviez fait oublier, madame... Mais il n'est guère probable qu'ils viennent maintenant.

BIANCA.

N'est-ce pas, monsieur ?... Eh bien ! alors, faites-moi une grâce...

RICHARD.

Une grâce à vous, madame !... Ah ! parlez, parlez !... Ma vie tout entière...

CÉLINE (à part).

Je me rassure beaucoup.

BIANCA.

Non, pas votre vie tout entière...

CÉLINE (à part).

Ce qui serait peut-être bien long.

BIANCA.

Mais quelque chose de moins important pour vous...

CÉLINE.

Et de plus restaurant pour nous.

(Richard sonne avec violence ; Saint-Étienne paraît.)

RICHARD.

A souper !... et tout ce que vous avez de meilleur.

SAINT-ÉTIENNE.

Oui, monseigneur.

(Il sort.)

BIANCA.

Mille grâces, monsieur... En vérité, nous vous avons beaucoup d'obligation. Hier, nous vous avons dû l'hospitalité ; aujourd'hui...

RICHARD (avec explosion).

Tenez, madame, dussé-je encourir votre haine et vos mépris, la contrainte me pèse...

CÉLINE.

Ah ! mon Dieu !...

BIANCA.

Vous m'effrayez, monsieur !

RICHARD.

Ces amis, cette partie de chasse, ces auberges retenues, tout cela sont d'indignes mensonges, de coupables subterfuges employés pour vous revoir...

BIANCA (à part).

Il ne m'apprend là rien de nouveau. (Haut.) Mais cela est indigne, monsieur, et je devrais...

RICHARD (à ses pieds).

Ah ! madame, pardon ! Mais c'est que vous êtes si divinement belle !... c'est que, lorsque vous m'êtes apparue comme une vision céleste, j'ai senti s'éveiller en moi un sentiment que je ne connaissais pas encore...

BIANCA (troublée).

Monsieur !...

CÉLINE (à part).

Il ment ; mais en pareil cas cela est permis.

RICHARD.

Mon cœur vous a suivie, et j'ai suivi mon cœur...

CÉLINE (à part).

On fait souvent beaucoup de chemin comme cela.

RICHARD.

Dès lors je n'ai plus eu qu'une pensée, qu'un but, qu'une obsession, vous revoir ; et, pour y parvenir, pour contempler de nouveau ces traits charmans...

BIANCA.

Monsieur, de grâce !

RICHARD.

Je sens que je vous ai offensée, madame...

CÉLINE (à part).

Pas trop, je pense.

RICHARD.

Mais, dussé-je vous déplaire plus encore, je ne puis résister à l'ardeur qui m'entraîne... Je vous aime !... Chassez-moi, punissez-moi, mais je vous aime !... Je suis un grand coupable, un malheureux, un insensé, mais je vous aime !

CÉLINE.

Madame, je suis complétement rassurée.

BIANCA.

Veux-tu bien te taire !

RICHARD.

Vous ne répondez pas, madame... Votre silence me dit assez à quel point ma témérité vous a déplu... Adieu, madame, je m'éloigne de vous ; mais j'emporte mon amour qui aurait pu faire le bonheur de ma vie, et qui en sera désormais le tourment.

(Il va lentement vers la porte.)

CÉLINE.

Eh bien ! madame, il s'en va.

BIANCA.

Veux-tu donc que je le retienne ?

CÉLINE.

Pauvre garçon ! c'est dommage.

RICHARD.

Adieu donc, madame ; et si ma mort...

BIANCA.

Adieu, monsieur.

CÉLINE.

Comme il a l'air désolé ! madame , s'il allait se tuer ! (à part.) On se tue toujours à vingt ans... quitte à ne mourir qu'à soixante.

BIANCA (toussant).

Hum ! hum !

RICHARD. (Il revient vivement.)

Madame ?

BIANCA.

Monsieur ?

RICHARD.

Je croyais...

BIANCA.

Plaît-il ?

RICHARD.

Il me semblait avoir entendu...

BIANCA.

Rien, je vous assure.

RICHARD.

Me laisserez-vous donc partir ainsi sans un mot de pardon ?

CÉLINE (à part).

Ce n'est pas faute d'envie.

BIANCA.

Monsieur ?

RICHARD.

Vous me rappelez, madame ?

BIANCA.

Je ne vous pardonne pas ; mais, si offensée que je sois, il ne me semble pas indispensable que vous partiez sans souper.

RICHARD.

Qu'entends-je !

CÉLINE (à part).

Allons donc !

BIANCA.

J'ai la mémoire de l'estomac, et je ne prétends pas vous infliger un supplice auquel je n'échappe que grâce à vous.

RICHARD.

Ai-je bien entendu ?

BIANCA.

Oui ; mais vous partirez aussitôt après ?

RICHARD.

Je le jure !

CÉLINE (à part).

Et moi je crains bien que non.

BIANCA.

Et plus tard, lorsque vous vous rappellerez tout ceci, vous vous direz, pour excuser la légèreté de ma conduite, que c'est vous qui m'y avez forcée, contrainte...

RICHARD.

Vous êtes un ange !

CÉLINE (à part).

C'est toujours quand le démon commence à s'emparer des femmes qu'on les appelle des anges.

BIANCA (à Richard).

Et vous, vous êtes un homme affreux, que je déteste, que je...

SAINT-ÉTIENNE (annonçant).

Le souper de monseigneur est servi.

BIANCA.

Donnez-moi la main...

RICHARD.

Je suis le plus heureux des hommes !

CÉLINE (à part).

Les monstres !... (Haut.) Madame, voilà que je recommence à avoir peur.

BIANCA.

Pour toi ?

CÉLINE.

Non, pour vous.

BIANCA.

Folle ! puisqu'il va partir.

CÉLINE (à part).

Oui, mais il n'est pas encore parti.

SCÈNE XVI.

SAINT-ÉTIENNE seul, puis DUBOIS.

SAINT-ÉTIENNE.

Il n'y a rien à faire par là... Cœurs pleins, bourses légères. Mais qui vient encore ? Ah ! l'homme au portefeuille... je l'avais oublié.

DUBOIS.

Mon cheval !

SAINT-ÉTIENNE.

Il doit être loin s'il court toujours.

DUBOIS.

Comment ?

SAINT-ÉTIENNE.

Un voyageur s'en est emparé ; il était plus pressé que vous, à ce qu'il paraît.

DUBOIS (levant son fouet).

Et tu l'as laissé faire, pendard !

SAINT-ÉTIENNE.

Dame ! il ne m'a pas consulté.

DUBOIS.

Mais tu veux donc que je t'assomme, coquin !

SAINT-ÉTIENNE.

Je n'y tiens pas absolument.

DUBOIS.

Gueux ! fourbe ! voleur !

SAINT-ÉTIENNE (à part).

Au fait, si je lui donnais celui de ce jeune seigneur !... Lui et la dame sont venus séparément, c'est vrai ; mais, du train dont vont les choses, il est probable qu'ils s'en iront ensemble. (Haut.) J'ai votre affaire.

DUBOIS.

Un cheval ?

SAINT-ÉTIENNE.

Et une fière bête, encore !

DUBOIS.

Tu dois te connaître en fait de fières bêtes.

SAINT-ÉTIENNE.

Merci.

DUBOIS.

Viens donc, et que le diable t'emporte !

(Il sort.)

SAINT-ÉTIENNE.

On dirait qu'ils se sont tous donné le mot pour changer de monture.

ACTE II.

(Place publique à Valenciennes ; au fond le beffroi, à droite l'hôtel de l'intendance, à gauche une petite maison habitée par Richard et dont l'étage est éclairé. Il fait nuit.)

SCÈNE I.

SAINT-ÉTIENNE, puis BIANCA.

SAINT-ÉTIENNE (examinant le beffroi).

C'est bien cela... voilà la croisée, ou plutôt le soupirail de leur cabanon... les barreaux doivent être sciés à l'heure qu'il est, et je vais... Qui vient là ?

(Il se met à l'écart.)

(Bianca sort furtivement de l'hôtel de l'intendance ; elle traverse la scène avec précaution, regardant à droite et à gauche si elle ne court aucun danger d'être vue ; arrivée à la porte de la petite maison, elle frappe. Un instant après la porte s'ouvre, Richard paraît sur le seuil ; il prend Bianca par la main et rentre avec elle.)

BIANCA.

Pourvu que j'arrive à temps pour le sauver

SAINT-ÉTIENNE.

De l'amour partout et à toute heure... il faut que ce soit un mal bien contagieux, car on ne voit que cela... il paraît que la médecine n'y peut rien... Voyons, il s'agit de hisser cette échelle... (Il est muni d'une échelle de corde, et lâche un coup de sifflet, auquel un autre coup de sifflet répond du haut de la tour.) Bon ! ils m'ont entendu... Encore un importun !... (Il se cache de nouveau.)

SCÈNE II.

D'ARGENSON, SAINT-ÉTIENNE caché.

(Ce dernier se montre par instans et se retire.)

D'ARGENSON. (Il sort du beffroi.)

Là !... voilà mes deux gaillards solidement coffrés... Cette capture me paraît de la plus haute importance ; aussi ai-je voulu m'assurer par moi-même que toutes les précautions avaient été prises contre une tentative d'évasion. Mais comment diable se fait-il ?... en vérité, je m'y perds !... j'apprends que Law est en fuite, et qu'il traverse la province dont je suis l'intendant ; je le fais arrêter, par cette raison que tout homme qui fuit est bon à prendre, et, au lieu d'un contrôleur général que je cherchais, il s'en trouve deux...

SAINT-ÉTIENNE (à part).

Il fait un froid de loup.

D'ARGENSON.

Hein !... il me semblait avoir entendu... (regardant autour de lui.) Non... il n'y a personne... A coup sûr l'un d'eux doit être le véritable Law ; quant à l'autre... Bah ! tout cela s'éclaircira... le plus prudent est de ne les voir et de ne les interroger que lorsque je saurai à quoi m'en tenir sur les intentions de la cour. Supposons, en effet, que l'on m'envoie l'ordre de retenir le contrôleur général, il se trouvera que j'ai deviné et prévenu le désir de Son Altesse Royale... Supposons, au contraire, qu'il entre dans les intentions du régent de favoriser la fuite de l'Écossais, j'allègue que son arrestation s'est faite sans mes ordres, je cours l'élargir en lui faisant de très humbles excuses, je rejette le tout sur le dos de quelque subalterne ; je chasse, je casse, je destitue, et je reste quand même un habile administrateur...

SAINT-ÉTIENNE (à part).

Il paraît que ce monsieur trouve sa conversation fort intéressante... Tiens, mais il a un manteau !... cela trouve admirablement.

D'ARGENSON (se retournant).

Hein !... J'ai des hannetons dans les oreilles... Quel aigle je fais !... et quel dommage que mon génie soit circonscrit dans une pétaudière d'intendance !... Aussi comme cette province est changée depuis que je l'ai vivifiée par ma présence !... Des brigands l'infestaient, et les mœurs y étaient dans le plus déplorable relâchement... moi d'Argenson, je suis venu, j'ai vu et j'ai vaincu... Les maris peuvent maintenant dormir tranquilles sur leurs deux oreilles, car ils savent que je veille, et que voleurs de cœurs et voleurs de bourses n'ont pas beau jeu.

(A ces derniers mots, Saint-Étienne, qui s'était approché peu à peu de d'Argenson, le débarrasse adroitement de son manteau, qu'il met sur ses épaules, et disparaît dans l'ombre.

D'ARGENSON.

Mais rentrons, et prenons garde surtout de réveiller ma femme... Cette pauvre Bianca est arrivée ce matin de Paris dans un affreux état de surexcitation... Céline, sa femme de chambre, m'a raconté je ne sais quelle histoire de grande route et de brigands !... La police est si mal faite dans les environs de Paris ! Ce ne serait pas ici, à Valenciennes, que l'on oserait... Il fait froid cette nuit... Tiens ! j'aurais juré avoir mon manteau... personne n'est distrait comme moi !... Tous les grands hommes sont distraits.

(Il rentre à l'intendance.)

SCÈNE III.

SAINT-ÉTIENNE, puis LAW et DOMINIQUE.

SAINT-ÉTIENNE.

Enfin !... ah ! c'est l'intendant de la province... peuh ! cela doit avoir plusieurs manteaux un intendant... quand ce ne serait que pour couvrir ses tours de bâton...

(Dominique paraît à la fenêtre la plus élevée du beffroi ; il déroule une ficelle, Saint-Étienne y attache l'échelle de corde, que Dominique par ce moyen parvient à hisser jusqu'à lui.)

SAINT-ÉTIENNE.

Ah ! le seigneur d'Argenson a pris toutes ses mesures pour qu'on ne s'évade pas !

DOMINIQUE.

Ça y est-il ?

SAINT-ÉTIENNE.

Oui...

DOMINIQUE (passant par la fenêtre).

Pardon, monsieur le baron, si je passe le premier ; mais c'est pour vous montrer le chemin... (Il descend l'échelle.) Je crois qu'il pleut... et cet imbécile qui ne songe pas à nous hisser un parapluie... c'est impardonnable... (Il touche terre.) Un magnifique établissement que le beffroi, très solide, très hospitalier, fort sain, et dont les serrures sont si artistement façonnées qu'on est obligé de déloger par la fenêtre.

LAW (il a suivi Dominique et touche terre à son tour).

Ah ! monsieur, comment vous témoigner jamais ma reconnaissance !...

DOMINIQUE.

Ne parlons pas de cela... ce sont de ces services qu'on aime à se rendre, entre gens... de notre condition.

LAW.

Vous êtes ma providence !... Hier vous me cédez votre chaise ; aujourd'hui vous vous faites arrêter en même temps que moi...

DOMINIQUE.

Il le fallait bien, puisque je n'avais que ce moyen de vous sauver... (A Saint-Étienne.) Surveille les alentours.

SAINT-ÉTIENNE.

Oui, capit...

DOMINIQUE.

Voilà un mot que je te ferai un jour ou l'autre rentrer dans la gorge.

SAINT-ÉTIENNE (à part, en s'en allant).

Que diable ! on est capitaine ou on ne l'est pas.

SCÈNE IV.

LAW, DOMINIQUE.

LAW.

Quelle étrange complication d'événemens !... l'état de la baronne me force à m'arrêter quelques heures à Valenciennes... personne ne m'y connaît...

DOMINIQUE.

Excepté moi, monseigneur.

LAW.

Pendant que ma femme repose, je soupe à table d'hôte pour mieux écarter les soupçons...

DOMINIQUE.

Il n'y est question que de vous et de votre fuite...

LAW.

Les uns veulent m'écarteler...

DOMINIQUE.

Les autres vous brûler vif.

LAW.

On boit à ma mort, et je suis forcé de trinquer...

DOMINIQUE.

Je saisis ce moment pour approcher mon verre du vôtre, et je bois à votre santé.

LAW.

Un exempt se présente et demande le contrôleur général... je me lève...

DOMINIQUE.

Nous nous levons...

LAW.

Je déclare que je suis le baron Law ; vous déclarez que vous l'êtes également.

DOMINIQUE.

Émule de Salomon, l'exempt déclare qu'il nous arrête tous les deux.

LAW.

On nous conduit au beffroi...

DOMINIQUE.

On nous y enferme dans la même chambre, et, deux heures après, grâce à un simple ressort de montre, grâce aux instructions que j'ai eu le temps de glisser à l'oreille de mon intendant, nous voilà libres à faire envie aux hirondelles.

LAW (regardant autour de lui).

Je crains que ce ne soit un rêve...

DOMINIQUE.

C'est parbleu bien la réalité !... J'aime à mener les choses rondement.

LAW.

Et tout cela pour moi ! pour moi seul !

DOMINIQUE.

Je le fais bien aussi un peu pour moi... Tenez, s'il faut tout vous dire, j'ai trouvé cet escalier du beffroi fort incommode, et je m'étais juré d'en sortir par une autre voie... Voilà mon caractère.

LAW.

Homme étonnant !... mais il faut que j'aille rassurer la baronne...

DOMINIQUE.

Y pensez-vous ! (à part.) Diable ! cela ne ferait pas mon compte.

LAW.

Cependant...

DOMINIQUE.

Vous ne pouvez retourner dans cette auberge où vous avez été arrêté ; autant retourner au beffroi.

LAW.

Mais comment faire ?

DOMINIQUE.

Un cheval frais vous attend à quelques pas d'ici ; en moins d'une heure vous aurez gagné la frontière... Quant à madame la baronne, vous allez lui tracer quelques mots que je me charge de lui remettre, et lui indiquer le lieu où elle pourra vous rejoindre sûrement.

LAW.

C'est prodigieux !... Vous avez pensé à tout.

SCÈNE V.

LES MÊMES, SAINT-ÉTIENNE.

SAINT-ÉTIENNE (accourant).

Monsieur !...

DOMINIQUE.

Qu'y a-t-il ?

SAINT-ÉTIENNE.

Tout est parfaitement tranquille.

DOMINIQUE.

Imbécile !... Et c'est pour cela que tu accours ?...

LAW.

Il m'a fait une peur !...

DOMINIQUE.

Éclaire à monsieur le baron, pendant que tu es là,

(Law déchire un feuillet de ses tablettes et trace quelques lignes qu'il remet à Dominique.)

LAW.

Là...! Que ne vous dois-je pas !

DOMINIQUE (à Saint-Étienne).

Retourne aux remparts, et viens nous avertir dès que les portes de la ville seront ouvertes.

SAINT-ÉTIENNE.

J'y cours. (A Dominique.) Remarquez que, cette fois, je ne vous ai pas dit capitaine.

SCÈNE VI.

LES MÊMES, moins SAINT-ÉTIENNE.

LAW.

Tant de dévouement, sans me connaître !...

DOMINIQUE.

Pardon, monseigneur, mais nous nous sommes déjà rencontrés.

LAW.

Je ne me souviens pas...

DOMINIQUE.

Seulement j'étais dans une cheminée, et vous dans un salon.

LAW.

C'est une plaisanterie.

DOMINIQUE.

Rien n'est plus vrai. Il y a de cela deux ans ; oui, c'était en 1718 : votre banque venait d'être déclarée banque royale ; vous étiez ce soir-là...

LAW.

Ah ! c'était un soir ?

DOMINIQUE.

Oui, monseigneur ; c'était un soir ; vous étiez chez madame... madame... Attendez donc que je me rappelle...

LAW.

Madame de Prie ?

DOMINIQUE.

Non.

LAW.

Madame de Parabère ?

DOMINIQUE.

Non. Ah ! j'y suis : chez madame de Tencin... Votre Seigneurie a connu tant de grandes dames qu'on s'y perd ; la chanoinesse... car elle est chanoinesse...

LAW.

Je sais.

DOMINIQUE.

Habitait alors, rue Culture-Sainte-Catherine, un hôtel contigu au mien.

LAW.

Ah !

DOMINIQUE.

Figurez-vous que j'avais fait construire un observatoire au faîte de ma maison. La nuit dont je vous parle...

LAW.

Vous disiez un soir.

DOMINIQUE.

Un soir si vous voulez ; le soir dont je vous parle, j'observais Uranie... Vous aussi, monseigneur, vous vous adonniez, à cette époque, à l'étude des astres...

LAW.

Moi !...

DOMINIQUE.

Seulement ce n'était pas Uranie, c'était Vénus qui concentrait toute votre attention.

LAW.

Vous voulez rire ?

DOMINIQUE.

Rien n'est plus sérieux. Tout à coup, plongé dans les calculs de la science et de l'observation, j'enjambe une gouttière, sans m'en apercevoir, et je tombe dans une cheminée.

LAW.

Je vois que vous avez toujours eu de l'antipathie pour les escaliers.

DOMINIQUE.

Je dégringolais assez rapidement... beaucoup trop rapidement même pour certaines parties de mon individu, lorsque, grâce à un crampon, qui m'avait prévu, je suppose, je me sens retenu par la basque de mon habit... Ainsi casé à l'état de grillon, je réfléchissais à l'inconvenance de se présenter de la sorte dans un salon, sans se faire annoncer, lorsque je crus entendre deux voix qui se disaient de fort jolies choses... Après une assez longue conversation du même genre, vous veniez de partir, et la chanoinesse allait appeler ses femmes, lorsque, la basque de mon habit achevant de se déchirer, je roulai au milieu de l'appartement.

LAW.

Comment ! c'est vous qui...?

DOMINIQUE.

Ah ! voilà la mémoire qui vous revient. Madame de Tencin s'était presque évanouie de frayeur... je lui fais mes excuses...

LAW.

Puis vous l'avez contrainte à accepter votre bras jusqu'à la porte cochère de son hôtel, et à donner au suisse l'ordre de vous l'ouvrir...

DOMINIQUE.

C'est cela même.

LAW.

Mais alors, monsieur, vous seriez donc le fameux, le trop fameux...

DOMINIQUE.

Comment ! vous aussi, vous avez été la dupe de cette fable qui a couru tout Paris ?

LAW.

Mais vous-même, une fois la porte ouverte et au moment de sortir, n'avez-vous pas crié au suisse que vous étiez...

DOMINIQUE.

Certainement que je l'ai crié ; ne fallait-il pas laisser supposer à ce valet que madame de Tencin reconduisait un amant à deux heures du matin ! C'eût été joli, n'est-ce pas ? J'ai voulu effrayer ce manant et mettre la chanoinesse à l'abri de tout soupçon ; pour cela j'ai pris le premier nom un peu significatif qui m'a passé par la tête...

LAW.

Ma foi ! on vous a cru sur parole, et je vous avoue que moi-même...

DOMINIQUE.

C'est trop d'honneur, en vérité !

LAW.

Je vous en demande bien pardon.

DOMINIQUE.

Il n'y a pas de quoi... Mais le jour commence à poindre et...

SCÈNE VII.

Les mêmes, SAINT-ÉTIENNE.

SAINT-ÉTIENNE (accourant).

Monsieur !

DOMINIQUE.

Cet animal arrive toujours comme une bombe.

SAINT-ÉTIENNE.

Lorsque j'ai quitté mon poste d'observation, la porte de Quiévrain n'était pas encore ouverte...

DOMINIQUE.

Eh bien ! alors, pourquoi ?...

SAINT-ÉTIENNE.

Mais on était en train de baisser la herse, et elle doit l'être à présent.

DOMINIQUE.

Adieu donc, monsieur le baron ; voici un passe-port à l'aide duquel vous traverserez les Pays-Bas sans encombre. (Lui donnant son manteau.) Prenez ce manteau pour vous garantir du froid... (Prenant le manteau de Saint-Etienne.) Donne-moi le tien.

SAINT-ÉTIENNE (à part).

Il est sans gêne, le capitaine... Un manteau tout neuf, que je viens... d'acheter !

LAW.

Je ne puis souffrir...

DOMINIQUE.

Bah ! vous me rendrez tout cela un jour ou l'autre.

SAINT-ÉTIENNE (à part).

Avec les intérêts.

LAW.

Mais n'emporterai-je pas au moins, pour le vénérer dans ma pensée, le nom de mon libérateur ?

DOMINIQUE.

Monseigneur, je suis un homme de peu de valeur.

SAINT-ÉTIENNE.

Oh ! de peu de valeur... Rien que sa tête vaut deux mille livres.

DOMINIQUE. (Il arrache un pistolet de la ceinture de Saint-Etienne, et le lui appuie sur la poitrine.)

Misérable !

LAW.

Arrêtez ! Que faites-vous ?

SAINT-ÉTIENNE (sans reculer d'un pas).

Tirez, je l'ai mérité.

DOMINIQUE (jetant le pistolet, que Saint-Etienne s'empresse de ramasser et de remettre à sa ceinture).

Ne faites pas attention, monseigneur ; c'est une leçon de convenance que je donne à mon intendant.

DOMINIQUE (à part).

Tiens ! je suis intendant ?

DOMINIQUE.

Oui, monseigneur, je suis un homme de peu de valeur... Enrichi par votre système, j'ai acheté récemment une propriété aux environs de cette ville, où j'arrivais hier en même temps que vous, lorsque l'occasion s'est offerte à moi de vous rendre service ; je l'ai saisie avec empressement, et voilà tout.

SAINT-ÉTIENNE (à part).

Je défie tous les dentistes du monde de mentir comme cela.

DOMINIQUE.

On me nomme... (hésitant) Saint-Etienne.

SAINT-ÉTIENNE (à part.)

Bon ! voilà qu'il me prend mon nom, à présent ! Comment donc vais-je m'appeler, moi ?

LAW (serrant la main de Dominique).

Monsieur Saint-Etienne...

SAINT-ÉTIENNE.

Hein !... (A part.) Ah ! ce n'est pas moi, c'est l'autre...

LAW.

C'est désormais entre nous à la vie et à la mort... Je vous recommande cette pauvre baronne...

DOMINIQUE.

Soyez tranquille... Adieu, cher baron.

LAW.

Adieu, mon sauveur.

SCÈNE VIII.

(Le jour arrive peu à peu.)

DOMINIQUE seul.

Le voilà parti ! Restent sa femme et sa caisse... Je n'ai plus qu'à me débarrasser de l'une et à m'embarrasser de l'autre... Allons voir maintenant si ce d'Argenson est aussi stupide qu'on le dit...

(La fenêtre de la petite maison cesse d'être éclairée.)

Tiens ! on me donne les ombres chinoises... Voilà des gens qui causent comme causaient le baron et la chanoinesse... Que de dialogues comme cela sur la terre !... (La petite porte s'ouvre avec précaution.) Mais on vient, je crois.

SCÈNE IX.

BIANCA, RICHARD sur le seuil, DOMINIQUE à l'écart.

BIANCA.

Adieu, Richard.

RICHARD.

Ah ! cruelle que vous êtes !

BIANCA.

Et vous me promettez bien de ne pas vous tuer, comme vous m'en avez menacé ?

RICHARD.

Peut-être.

BIANCA.

Ecoutez, Richard, je vous aime ; vous m'en avez arraché l'aveu ; mais j'aime encore mieux mon devoir que mon amour.

RICHARD.

Bianca !

BIANCA.

Richard, il a fallu ce billet, cette menace de mort, pour que je commette l'imprudence de venir ici... J'ai songé à votre mère...

RICHARD.

Bonne autant que belle !

BIANCA.

Je me suis fiée à votre honneur.

RICHARD.

Et vous voyez que vous avez bien fait.

BIANCA.

Oui, mais il ne faut pas jouer avec le feu, et je ne viendrai plus... vous serez raisonnable ?

RICHARD (tristement).

Je serai ce que vous voudrez que je sois.

BIANCA.

A la bonne heure.

RICHARD.

Vous penserez à moi ?

BIANCA.

Il le demande !

(La petite porte se referme. Bianca traverse la scène avec les mêmes précautions qu'au lever du rideau ; Dominique l'observe et la suit ; au bruit de ses pas, Bianca tressaille et s'arrête.)

BIANCA.

Ciel ! quelqu'un ! Rentrons vite.

SCÈNE X.

DOMINIQUE.

Elle rentre à l'intendance... si c'était... (Il frappe au marteau de l'intendance.) Cela pourrait bien me faire des intelligences dans la place.

BIANCA (au balcon).

Encore cet homme ? Que vient-il faire ici ?... Je suis perdue !...

ACTE III.

(Le cabinet de l'intendant.)

SCÈNE I.

DOMINIQUE, UN LAQUAIS.

DOMINIQUE.

Que diable ! quand je te dis que je veux parler à ce cher d'Argenson !

LE LAQUAIS.

Monseigneur l'intendant n'est pas levé.

DOMINIQUE.

Il se lèvera, parbleu !

LE LAQUAIS.

Et d'ailleurs on n'arrive pas ainsi jusqu'à lui sans avoir sollicité et obtenu une audience.

DOMINIQUE.

Bon pour des croquans de ton espèce, drôle !... mais apprends que moi j'accorde des audiences et n'en demande pas.

LE LAQUAIS.

Qui annoncerai-je, alors ?

DOMINIQUE.

Je m'annoncerai moi-même ; et ne lasse pas ma patience, sinon !...

LE LAQUAIS (à part).

Ce doit être un fort grand seigneur, car il est bien insolent.

SCÈNE II.

DOMINIQUE seul.

Au fait, que vais-je lui dire, à ce digne intendant ? Quelles couleuvres lui ferai-je avaler ? Bah ! il sera toujours temps d'y penser quand il sera là... Je voudrais bien savoir si la petite femme en question... Paisambleu ! la voilà !

SCÈNE III.

DOMINIQUE, BIANCA.

DOMINIQUE (s'inclinant).

Madame...

BIANCA.

Ce n'est pas moi que vous attendiez, n'est-ce pas, monsieur ?...

DOMINIQUE.

Aussi, madame, je bénis le hasard...

BIANCA.

Et si ce n'était pas le hasard, monsieur ?...

DOMINIQUE.

Si ce n'était pas le hasard, ce serait votre volonté, et alors c'est vous que je bénirais... Mais il me semble que j'ai déjà eu le plaisir de rencontrer madame quelque part... (A part.) Voyons-la venir. (Haut et cherchant dans sa mémoire.) Où donc ai-je eu le plaisir de rencontrer madame ?

BIANCA.

Mon Dieu ! monsieur, pas plus tard que ce matin, sur la place du Beffroi.

DOMINIQUE.

Comment ! il se pourrait ?... Ah ! madame, pardonnez-moi ! Figurez-vous que, à votre seule démarche et aux draperies de l'épaisse mante qui vous enveloppait, je m'étais fait de votre personne une idée ridicule et dont j'ai honte à cette heure... Je vous croyais tout simplement belle comme le jour, et voilà que...

BIANCA (souriant).

Et voilà que je suis laide à faire peur !

DOMINIQUE.

A faire peur à d'Argenson, je ne dis pas... car c'est bien à madame la marquise que j'ai l'honneur de parler ?

BIANCA.

Oui, monsieur. Mais parlons net, je vous prie.

DOMINIQUE.

Volontiers, madame. (A part.) Elle ne manque pas d'aplomb.

BIANCA.

Ce matin donc, vous m'avez suivie... pourquoi cela ?

DOMINIQUE.

Pourquoi l'aimant attire-t-il le fer ? Pourquoi la beauté attire-t-elle les cœurs ?

BIANCA.

Et, après vous être assuré que j'étais entrée à l'intendance, vous y êtes venu à votre tour, n'est-ce pas ?

DOMINIQUE.

Parfaitement.

BIANCA.

Et pour vous présenter à cette heure insolite et dans des conditions si bizarres, il faut à coup sûr y être poussé par un motif bien grave et bien impérieux...

DOMINIQUE.

On ne saurait plus grave et plus impérieux, madame.

BIANCA.

Quelque chose... quelque chose comme l'infidélité supposée de l'épouse à dénoncer à la jalousie du mari...

DOMINIQUE.

Plaît-il ?

BIANCA.

Ce métier est bien... vil !

DOMINIQUE.

Quoi ! madame, vous avez cru... vous avez pu penser?...

BIANCA (s'exaltant peu à peu).

Comme si les apparences ne pouvaient pas être trompeuses !

DOMINIQUE.

Certainement.

BIANCA.

Comme si le noble désir de soulager des pauvres hon-

teux ne pouvait pas déterminer une femme à s'échapper de chez elle de bon matin, à pied et sans suite !

DOMINIQUE.

Certainement.

BIANCA.

Comme si, subitement indisposée, je n'avais pu éprouver le besoin de respirer le grand air sans vouloir pour cela réveiller une de mes femmes !

DOMINIQUE.

Certainement.

BIANCA.

Comme si mille raisons plausibles et honnêtes ne pouvaient expliquer ma sortie !

DOMINIQUE.

Certainement, certainement.

BIANCA (essuyant une larme).

Mon Dieu ! mon Dieu ! que les pauvres femmes sont à plaindre !

DOMINIQUE.

Ne me parlez pas des hommes ! Quoi de plus simple, en effet ?

BIANCA.

Hélas !

DOMINIQUE.

De plus innocent ?

BIANCA.

N'est-ce pas ?

DOMINIQUE.

De plus naturel ?

BIANCA.

Oh ! oui !

DOMINIQUE.

Et d'ailleurs, après tout, supposons...

BIANCA.

Ah ! nous allons supposer ?

DOMINIQUE.

Supposons que, jeune et ravissante comme vous l'êtes, si bien faite pour inspirer la passion la plus absolue que nul ne vous doit regarder une seule fois sans que son âme, sans que sa vie et ses pensées aillent à vous pour toujours...

BIANCA.

Monsieur !

DOMINIQUE.

Supposons que vous ayez rencontré, de par le monde, quelqu'un de ces beaux jeunes gens dont le front large et pur, dont le regard de flamme, dont la voix insinuante comme celle du serpent de la Bible, imposent tout d'abord l'esclavage au cœur des faibles femmes...

BIANCA.

Monsieur !

DOMINIQUE.

Cela n'arrive-t-il pas tous les jours de rencontrer de beaux jeunes gens ?... Supposons que vous l'aimiez...

BIANCA.

Ah ! l'horreur !

DOMINIQUE.

Supposons que ce beau jeune homme habite une humble petite maison à l'angle de la place, en face le beffroi...

BIANCA (à part).

Que dit-il ?

DOMINIQUE (à part et tirant un flacon de sa poche).

Je prépare mon flacon, car elle va nécessairement se

trouver mal. (Haut.) Supposons enfin que, ce matin même, à la porte de son réduit, je l'aie vu...

(Bianca chancelle, Dominique la soutient.)

DOMINIQUE (à part).

J'en étais sûr. (Haut.) De grâce, madame, remettez-vous... Puisque tout cela n'est qu'une supposition....

BIANCA.

Perdez-moi, monsieur, vous le pouvez !... Et pourtant je ne suis pas coupable.

DOMINIQUE (avec dignité).

Madame, mon nom est Law... Il y a quelques jours à peine, j'étais contrôleur général des finances... J'ai pu être malheureux, imprudent même, mais je n'ai jamais trahi personne...

BIANCA.

Vous êtes le contrôleur général !...

DOMINIQUE.

Je conçois votre étonnement.

BIANCA.

Ah ! c'est que vous ne savez pas... Vous ne pouvez pas savoir...

DOMINIQUE.

En effet...

BIANCA.

A présent je ne crains plus rien..... Vous ne voudriez pas l'accuser, le trahir.

DOMINIQUE (à part).

Qui, lui ?

BIANCA.

Vous ne voudriez pas l'exposer à l'injuste colère de mon mari....

DOMINIQUE.

Je m'en garderais bien. (A part.) De qui diable veut-elle parler.

BIANCA.

N'est-ce pas, monseigneur ?

DOMINIQUE.

Certainement, madame.

BIANCA.

Fi ! monsieur, que c'est vilain de m'avoir fait une aussi grosse peur !... A présent je m'explique tout...

DOMINIQUE (à part).

Et moi je commence à m'y perdre.

BIANCA.

Mais à propos, monseigneur, il me semblait... Ne deviez-vous pas être arrêté ?...

DOMINIQUE.

Mon Dieu ! oui, madame, et je venais demander à l'intendant général du Hainaut de me laisser libre sur parole jusqu'à l'arrivée des ordres de la cour.

BIANCA.

Il vous l'accordera, monseigneur, je le veux !...

DOMINIQUE.

C'est que, relégué dans sa province, monsieur d'Argenson ne m'a jamais vu, que je sache... Ma fuite précipitée de Paris ne m'a pas laissé le temps de me munir des papiers qui pourraient constater mon identité, et je crains...

BIANCA.

Que mon mari n'ait quelques doutes ? Mais puisque vous êtes libre et que vous venez vous livrer vous-même... quel intérêt... ?

DOMINIQUE.

C'est juste.

BIANCA.

D'ailleurs, je vous reconnais, moi, monseigneur, et cela suffit.

DOMINIQUE.

Où donc vous ai-je assez étourdiment rencontrée pour que le souvenir ne m'en soit pas resté !

BIANCA.

A Paris, dans le monde... nulle part... partout... Que vous importe, monseigneur, pourvu que je vous reconnaisse.

DOMINIQUE (à part).

Elle est charmante !...

BIANCA.

Avant même que vous vous fussiez fait connaître, je sentais mon cœur attiré vers vous... Cette voix-là ne trompe jamais.

DOMINIQUE (il fait un geste solennel).

Jamais !...

BIANCA.

Sera-t-il heureux de vous voir !

DOMINIQUE.

Monsieur d'Argenson ?

BIANCA.

Eh non !... lui.

DOMINIQUE (à part).

Toujours le lui en question.

BIANCA.

Je veux que vous le voyiez dès aujourd'hui... Je trouverai un moyen...

DOMINIQUE.

Et ne peut-on savoir ?...

BIANCA (d'un petit air coquet).

Non, monseigneur... Je veux jouir de votre surprise et de la sienne... Mais on vient... Mon mari, sans doute... Je vous laisse pour revenir bientôt.

(Elle lui donne sa main à baiser, et sort en courant.)

SCÈNE IV.

DOMINIQUE seul.

Singulière petite femme !... Ce lui ne laisse pas que de m'inquiéter un peu... Allons, Dominique, mon ami, du sang-froid, de l'audace... Et, puisqu'il est convenu que je suis le contrôleur général, soyons-le jusqu'au bout.

SCÈNE V.

DOMINIQUE, D'ARGENSON, un laquais.

D'ARGENSON. (Il est en robe de chambre. Sans voir Dominique qui se tient un peu à l'écart.)

Et tu dis que cet homme refuse de se nommer ?

LE LAQUAIS.

Oui, monseigneur.

D'ARGENSON.

Je vais le tancer d'importance... où est-il ?

LE LAQUAIS.

Le voici, monseigneur.

D'ARGENSON.

C'est bien ; laisse-nous...

SCÈNE VI.

DOMINIQUE, D'ARGENSON.

D'ARGENSON.

Ah çà ! l'ami, pour vous introduire chez moi de vive force, à une pareille heure, qui êtes-vous ?... Que voulez-vous ?... D'où venez-vous ? Où allez-vous ?

DOMINIQUE (s'asseyant et se mettant à l'aise).

Monsieur, j'ai bien l'honneur de vous saluer (lui désignant un siége), faites comme chez vous, ne vous gênez pas...

D'ARGENSON (s'asseyant).

A-t-on jamais vu ?...

DOMINIQUE.

Mon cher monsieur, je suis gentilhomme et j'arrive de la cour... (D'Argenson salue.) Son Altesse Royale le régent a bien voulu me proposer, comme pis aller, d'être ministre de France en Bavière, et si j'ai cru devoir refuser...

D'ARGENSON. (Il se lève et avance un fauteuil.)

Donnez-vous donc la peine...

DOMINIQUE.

Merci, c'est fait... Et si j'ai cru devoir refuser, ce n'est pas une raison pour me voir indignement traité à mon passage en cette ville...

D'ARGENSON.

Comment !... On a osé !...

DOMINIQUE.

Oui, mon cher, on a osé.

D'ARGENSON.

Que Votre Seigneurie daigne me nommer le misérable, l'insolent, le sot... et je le casse à l'instant.

DOMINIQUE.

C'est que du moment où vous l'aurez cassé, cher monsieur, vous ne serez plus intendant.

D'ARGENSON.

Que voulez-vous dire ?

DOMINIQUE.

Je veux dire que ce sot, cet insolent, ce misérable, c'est...

D'ARGENSON.

C'est... ?

DOMINIQUE.

C'est vous.

D'ARGENSON.

En êtes-vous bien sûr ? (A part.) C'est étonnant comme ce manteau ressemble au mien.

DOMINIQUE.

Hier soir, vous avez fait arrêter à l'hôtel des *Trois-Empereurs* le baron Law ?

D'ARGENSON.

Et, au lieu d'un, il s'en est trouvé deux... Mais que peut avoir de commun ?...

DOMINIQUE (se levant, et de son plus grand air).

C'est moi qui suis le contrôleur général.

D'ARGENSON.

Vous, monseigneur !... Ah ! je suis véritablement humilié de vous recevoir sous ce costume... Souffrez... (il va pour sortir).

DOMINIQUE.

Je vous trouve très bien ainsi.

D'ARGENSON.

Je comprends très bien la raison... du motif... dont la cause...

DOMINIQUE (à part).

Il patauge horriblement.

D'ARGENSON.

Ou plutôt non, je ne comprends pas comment Votre Excellence, arrêtée hier soir... ce que j'ignore, car je l'ignore, monseigneur... pourrait se trouver ici à l'heure qu'il est... Évidemment il y a erreur, et Votre Excellence se prend pour un autre.

DOMINIQUE.

Je suis ici, monsieur, parce que j'ai été conduit au beffroi en même temps qu'un diable d'homme qui ne fait aucune différence entre une porte ouverte au rez-de-chaussée ou une meurtrière bardée de fer à soixante pieds au-dessus du sol.

D'ARGENSON.

Bah !

DOMINIQUE.

Je suis ici parce qu'il lui a convenu de s'évader, et que j'ai suivi la voie qu'il m'a frayée.

D'ARGENSON.

Qu'on m'amène cet homme... Je veux le récompenser....

DOMINIQUE.

Vous comprenez, monsieur, que, bien que je fusse charmé de sortir du beffroi, où j'étais en vérité fort mal, je ne pouvais avoir l'intention de fuir... de pareilles faiblesses sont au-dessous de moi... Gentilhomme, je viens loyalement me livrer à un gentilhomme ; et maintenant c'est à mon tour de vous demander : Que voulez-vous de moi ?

D'ARGENSON.

Croyez bien, monseigneur...

DOMINIQUE.

Je pourrais vous dire que je n'ai pas cessé d'être au mieux avec le régent ; que j'avais force passe-ports et sauf-conduits, dont je n'ai à la vérité pas eu le temps de me munir, parce que la populace avait envahi mon hôtel...

D'ARGENSON.

Oh ! la populace !... la populace !

DOMINIQUE.

Je pourrais ajouter qu'il a été convenu, entre Son Altesse Royale et moi, que je m'éloignerais pendant quelques jours, pour laisser aux esprits le temps de se calmer, et que je reviendrais bientôt pour écraser mes ennemis sous mon crédit et ma fortune plus puissans que jamais...

D'ARGENSON (à part).

Je suis un homme ruiné.

DOMINIQUE.

Mais il ne convient pas à mon caractère de chercher à vous persuader.

D'ARGENSON.

Monseigneur, j'implore votre clémence !... Je suis confus, désolé, je suis...

DOMINIQUE.

Eh ! parbleu, monsieur, je sais bien ce que vous êtes.

SCENE VII.

LES MÊMES, BIANCA.

BIANCA. (Elle entre étourdiment et sans faire semblant de voir quelqu'un.)

Je ne sais pas ce que j'ai fait de mon métier à parfiler... Ah ! messieurs, mille pardons... je ne savais pas...

D'ARGENSON (avec importance).

Il fallait savoir, madame... vous voyez bien que je suis en affaires.

BIANCA.

Eh quoi ! monsieur le contrôleur général des finances ici !... voilà qui est aussi ravissant que miraculeux....

DOMINIQUE.

Je me plaignais tout à l'heure du sort, madame, et en vérité je ne suis qu'un ingrat, puisqu'il me procure l'inespéré bonheur...

D'ARGENSON.

Vous connaissez donc monseigneur, madame ?

BIANCA.

Lors du voyage que je viens de faire à Paris, j'ai eu l'honneur de danser avec Son Excellence à...

DOMINIQUE.

A un bal que la duchesse de Berri donnait au Luxembourg.

BIANCA.

C'est cela même.

D'ARGENSON.

Et vous ne m'en avez pas parlé !... une telle faveur...

BIANCA.

Vous oubliez, monsieur, que je ne suis arrivée que d'hier.

D'ARGENSON.

Il n'importe, madame, c'est par là que vous deviez commencer.

DOMINIQUE (à part).

Je le savais bête, mais pas à ce point.

BIANCA.

Et à quelle circonstance propice, monseigneur, devons-nous... ?

DOMINIQUE.

Demandez à ce cher marquis, madame ; je suis son prisonnier.

BIANCA.

Il n'aura sans doute vu que ce moyen de vous posséder quelque temps.

D'ARGENSON (à part, et palpant le manteau de Dominique).

Même couleur, même étoffe, même façon...

DOMINIQUE. (Il prend Bianca par la main et la conduit devant une glace.)

Dites-moi, madame, s'il n'avait pas un moyen plus infaillible et plus doux de me retenir...

BIANCA.

Flatteur !

D'ARGENSON.

Monseigneur, vous ne voulez pas comprendre... vou êtes sans pitié... quand j'ai l'honneur de vous dire qu'on m'avait assuré... que je croyais... Parbleu ! sans cela jamais je...

DOMINIQUE.

A la bonne heure !... voilà la première explication un peu claire que vous me donniez... En sorte que vous me laissez libre sur parole ?

D'ARGENSON.

Comment, libre sur parole !... libre comme l'air, monseigneur !

DOMINIQUE.

Non pas, s'il vous plaît. Vous m'avez fait arrêter, vous avez demandé des ordres à la cour, c'est que vous avez eu vos raisons pour cela... rien de mieux... Quant à moi, je suis curieux de voir comment Son Altesse Royale prendra la chose, et je prétends rester jusqu'au retour du courrier...

BIANCA.

Ce sera bien fait. (A son mari.) Cela vous apprendra à faire arrêter les gens sans me consulter.

D'ARGENSON.

Votre Excellence veut donc me perdre ?

DOMINIQUE.

Non pas, mon cher ; si le régent se fâche par trop, je vous promets de le calmer... mais il faut que j'aille rassurer cette pauvre baronne...

BIANCA.

Quoi, madame la baronne est ici !

D'ARGENSON.

Croyez bien que je l'ignorais, monseigneur, sans cela...

DOMINIQUE.

Sans cela vous l'eussiez sans doute fait arrêter en même temps que moi.

BIANCA.

Probablement.

D'ARGENSON.

La charitable petite femme que j'ai là ! Si monseigneur voulait accepter, pour madame la baronne et pour lui, un appartement à l'intendance... Cela serait plus convenable qu'une méchante hôtellerie de province.

BIANCA.

Voilà une idée charmante !

DOMINIQUE.

Est-ce pour me surveiller de plus près ?

D'ARGENSON.

Si vous continuez sur ce ton, monseigneur, je me fais arrêter moi-même.

BIANCA.

Est-ce convenu ?

DOMINIQUE.

Je ne puis rien promettre avant d'avoir vu ma femme.

BIANCA.

J'aurai l'honneur d'aller lui rendre mes devoirs... Et vous dînez avec nous au moins ?

D'ARGENSON.

Monseigneur, si vous refusez, je penserai que vous me tenez rancune, et j'en mourrai de chagrin.

DOMINIQUE.

Nous ne voulons pas que vous mouriez.

D'ARGENSON.

Vive monseigneur !

BIANCA (bas à Dominique).

Il y sera. (Elle met un doigt sur ses lèvres.)

DOMINIQUE.

Ah ! oui, la surprise en question.

BIANCA.

Chut !

DOMINIQUE.

Je serai charmé de le voir. (A part.) Que la peste l'étouffe ! (Saluant.) Madame la marquise...

BIANCA (saluant).

Monsieur le baron...

D'ARGENSON,

Permettez, monseigneur, que je vous reconduise.

DOMINIQUE.

Je permets.

SCÈNE VIII.

BIANCA seule, puis CÉLINE.

BIANCA.

Quel heureux hasard ! (Elle sonne.) Comme ils vont être charmés de se revoir ! (A Céline.) Eh bien ! et ce billet ?

CÉLINE.

Je l'ai remis à monsieur le chevalier... Si vous aviez vu ses transports en déchiffrant toutes ces petites pattes de mouche !

BIANCA.

Bon Richard !

CÉLINE.

Monsieur l'intendant bouleverse tout l'hôtel.

BIANCA.

Et Richard ?

CÉLINE.

Il va, il vient, donne des ordres...

BIANCA.

Oui, je sais... mais Richard ?

CÉLINE.

Il attendrait le roi de France qu'il ne ferait pas plus de fracas.

BIANCA.

Et que m'importe, quand je te parle de Richard !...

CÉLINE.

Mon Dieu ! madame, il était sur mes pas... le voici.

SCÈNE IX.

BIANCA, CÉLINE, RICHARD.

RICHARD.

Madame, vous m'appelez et j'accours... mais de grâce expliquez-moi...

BIANCA.

Plus tard vous saurez tout.

RICHARD.

Pourquoi ce mystère ?

BIANCA.

Laissez-vous être heureux de confiance.

RICHARD.

Mais si monsieur d'Argenson...

CÉLINE.

Il vous présentera tout à l'heure ses devoirs.

RICHARD.

A moi ?

CÉLINE.

A vous.

RICHARD.

Dites-moi au moins...

CÉLINE.

Madame, je l'entends.

BIANCA.

Vite, cachez-vous, chevalier, dans ce cabinet.

RICHARD.

Me cacher !...

BIANCA.

Je le veux.

RICHARD.

Mais encore...

CÉLINE.

Dieu ! que les amans sont... Enfin ! puisque nous avons la rage d'en avoir.

RICHARD.

C'était bien la peine...

BIANCA.

Dépêchez-vous donc !

(Elles le poussent dans un cabinet et l'y enferment.)

BIANCA.

Allons, Céline, à ton rôle.

CÉLINE.

Soyez tranquille, madame, je le jouerai au naturel.

SCÈNE X.

BIANCA, D'ARGENSON, CÉLINE.

CÉLINE (suppliant).

Grâce, madame !... Pardon !

BIANCA.

Je ne veux rien entendre.

CÉLINE.

Si vous saviez !...

BIANCA.

Je ne veux rien savoir.

D'ARGENSON.

Qu'est-ce donc ?

BIANCA.

Ah ! vous arrivez à propos, monsieur.

D'ARGENSON.

Qu'a-t-elle fait ?

BIANCA.

Demandez-le-lui à elle-même, monsieur, car il y a de ces choses...

CÉLINE.

Madame, par pitié !...

BIANCA.

Taisez-vous, malheureuse !

D'ARGENSON.

Oui, taisez-vous, et répondez...

CÉLINE.

Que je me taise et que je réponde...! (à part.) Cela ne me paraît pas facile à concilier.

D'ARGENSON.

Enfin, que signifie ?...

BIANCA.

Cela signifie que mademoiselle a eu l'audace d'introduire un amant chez moi...

D'ARGENSON (effrayé).

Hein !

BIANCA.

C'est-à-dire chez elle, et que je la renvoie...

D'ARGENSON.

Cela ne suffit pas... moi je la chasse.

CÉLINE.

Monsieur !...

D'ARGENSON.

Un amant dans mon hôtel !...

BIANCA.

En plein jour !...

D'ARGENSON.

Oui, si c'était la nuit, passe encore... mais en plein
jour !...

BIANCA.

Que dites-vous donc là, monsieur ?

D'ARGENSON.

Je dis... je dis... et quelque rustre sans doute ?... Un
Frontin de bas étage ?...

CÉLINE.

Non pas, s'il vous plaît, monseigneur.

D'ARGENSON.

Qui donc ?

CÉLINE.

Le chevalier Richard Law.

D'ARGENSON.

J'ai mal entendu... vous dites ?

CÉLINE.

Je dis le chevalier Richard Law.

D'ARGENSON.

Le fils du contrôleur général !...

CÉLINE.

Rien que cela.

D'ARGENSON.

C'est impossible !...

CÉLINE.

Il se peut que ce soit impossible, monsieur, mais cela
est.

D'ARGENSON.

Quoi !... le jeune Law... il aurait daigné...

BIANCA.

Frontin ou chevalier, j'allais le faire jeter à la porte
par mes gens...

D'ARGENSON.

Y songez-vous, madame !...

BIANCA.

Mais, monsieur, cet homme avait pénétré dans mon
appartement.

D'ARGENSON.

Eh bien ! où est le mal ?

BIANCA.

Comment !...

D'ARGENSON.

Le fils du contrôleur général n'est pas un homme
comme un autre.

CÉLINE.

N'est-ce pas, monseigneur ?

BIANCA.

Je vous admire, monsieur !... Au surplus, il s'était ré-
fugié dans ce cabinet, et j'en ai pris la clef... la voici.

D'ARGENSON (se frappant le front).

C'est le ciel qui a conduit tout cela...

CÉLINE (à part).

C'est plutôt le diable.

D'ARGENSON.

Et par quel hasard, mademoiselle, dans quelles circonstances ?...

CÉLINE.

Dame ! monseigneur, j'ai rencontré un jour monsieur le
chevalier sur les remparts ; je lui ai plu, à ce qu'il paraît...
il m'a suivie ; j'ai hâté le pas... il a doublé le sien... je
me suis fâchée...

D'ARGENSON.

On commence toujours par là ; c'est dans l'ordre.

CÉLINE.

Mais, comme en définitive un cavalier marche plus vite
qu'une faible femme, il a fini par m'atteindre... alors je
me suis fâchée de plus belle...

D'ARGENSON (à Bianca).

Il faut lui rendre cette justice qu'elle est d'une sincérité méritoire.

BIANCA.

Le beau mérite !...

CÉLINE (à part).

Si au moins j'étais coupable, il n'y aurait que demi-
mal.

D'ARGENSON (à part).

Oui, c'est cela... je les réunis au moment où ils s'y attendent le moins... je jette le fils dans les bras du père,
le père dans ceux du fils... la baronne s'en mêle... on
s'attendrit, l'on pleure... le baron oublie que je l'ai fait
mettre au beffroi. (Haut.) Cette pauvre Céline, et dire que
c'est à elle que je dois cela !... Mademoiselle, madame la
marquise et moi, nous verrons à vous récompenser.

CÉLINE.

Ah ! monseigneur, que vous êtes bon !

BIANCA.

En vérité, monsieur, je crois que vous perdez la tête.

D'ARGENSON.

Je ne l'ai jamais eue plus lucide, chère amie... Je combine en ce moment un coup de théâtre... Que diable ! il
faut avoir un peu d'indulgence...

BIANCA.

De l'indulgence tant que vous voudrez, mais je ne souf-
frirai pas qu'ici même, dans mon hôtel, sous mes yeux...

D'ARGENSON.

Puisqu'elle a tout avoué, puisqu'elle se repent...

CÉLINE (parodiant d'Argenson).

Puisque j'ai tout avoué, madame, puisque je me repens.

(Elle pleure.)

D'ARGENSON.

C'est bon, c'est bon... j'arrangerai tout cela, mon enfant, soyez tranquille... maintenant laissez-nous.

(Céline sort en pleurant.)

SCÈNE XI.

BIANCA, D'ARGENSON.

D'ARGENSON.

Il s'agit maintenant de délivrer le prisonnier.

BIANCA.

J'espère que vous allez le tancer d'importance.

D'ARGENSON.

Y pensez-vous !... Et le respect !...

BIANCA.

Le respect !... je vous trouve plaisant !

D'ARGENSON.

Je vais lui faire mes excuses...

BIANCA.

Et de quoi, je vous prie ?

D'ARGENSON.

De ce que vous avez failli le faire jeter à la porte.

BIANCA.

A merveille, monsieur !... Que ne le retenez-vous à dîner avec son illustre père ?...

D'ARGENSON.

C'est, pardieu ! bien ce que je vais faire.

BIANCA.

En ce cas, monsieur, c'est moi qui ne paraîtrai pas à ce dîner.

D'ARGENSON.

Chère amie !...

BIANCA.

Non ! cent fois non !

D'ARGENSON.

Bianca, je vous en supplie... Songez donc que j'ai là un moyen providentiel de calmer le baron, que ma position en dépend peut-être...

BIANCA.

Ah ! que les pauvres femmes sont faciles à fléchir !

D'ARGENSON.

Je n'oublierai pas cette condescendance... Maintenant je vais...

BIANCA.

Et moi je m'esquive.

SCÈNE XII.

D'ARGENSON, puis RICHARD.

D'ARGENSON.

y a une manière de faire faire aux femmes tout ce qu'on veut... (Allant vers le cabinet.) Ce pauvre chevalier !... si je commençais par lui faire peur... (Il ouvre.) Venez, monsieur, vous pouvez sortir.

RICHARD.

Que vois-je !... vous, monsieur !...

D'ARGENSON.

Tête bleue ! chevalier, pour un de nos jeunes roués les plus à la mode, je vous trouve là dans un singulier gîte.

RICHARD.

Permettez-moi, monsieur, de vous expliquer...

D'ARGENSON.

C'est inutile... je sais tout.

RICHARD.

Tout ?

D'ARGENSON.

Absolument tout. Rien n'échappe à ma perspicacité.

RICHARD.

En ce cas, monsieur, je suis à vos ordres.

D'ARGENSON.

Un instant. (A part.) Diable, comme il y va. (Haut.) Ah çà ! jeune homme, il n'y a donc plus de petites duchesses, ni d'appétissantes marquises au Palais-Royal pour que vous soyez réduit à venir ainsi chasser sur nos terres ?

RICHARD.

Ce ton de raillerie...

D'ARGENSON.

Vous introduire jusque dans l'appartement de ma femme !...

RICHARD.

Un homme s'est introduit dans l'appartement de madame l'intendante ?

D'ARGENSON.

Voilà une surprise admirablement jouée... Mais votre public est prévenu, mon cher ; tout cela est en pure perte.

RICHARD (à part).

Quelque rival sans doute !... si je savais !...

D'ARGENSON.

Supposez un instant que je n'aie pas su à quoi m'en tenir sur la vertu de ma femme...

RICHARD (à part).

Où veut-il en venir ?

D'ARGENSON.

Supposez que je ne sache pas que vous êtes le fils d'un homme pour lequel je professe autant d'admiration que de respect...

RICHARD.

Quoi ! vous savez !...

D'ARGENSON.

Est-ce que rien m'échappe ?... Supposez que je ne sois pas indulgent, par réminiscence et par sympathie, pour les peccadilles de jeunesse...

RICHARD.

Eh ! monsieur, je suppose tout cela, et je vous répète que je suis à vos ordres.

D'ARGENSON.

C'est cela ! Un coup d'épée, n'est-ce pas ? Vertuchoux ! jeune homme, savez-vous que j'ai fait mes preuves ?

RICHARD.

Que m'importe, monsieur !...

D'ARGENSON.

Savez-vous que j'ai tué un capitaine aux mousquetaires gris, qui s'était permis d'éternuer pendant que je dansais un menuet avec mademoiselle de Charolais!... Je me suis fendu sur lui trois fois : à la première, je lui ai percé la joue; à la seconde, je lui ai troué la gorge ; à la troisième, je lui ai crevé la poitrine.

RICHARD.

Ça lui aura appris à éternuer pendant que vous dansiez.

D'ARGENSON.

Mais il ne s'agit pas de cela... Entre nous, chevalier, ce n'est pas un crime capital que d'avoir le cœur tendre... Moi tout le premier, j'ai fait de grands ravages à la cour...

RICHARD.

Ah !

D'ARGENSON.

Et tenez, voulez-vous savoir une des tactiques dont je m'avisais ?

RICHARD.

Voyons cela ?

D'ARGENSON.

Vous êtes dans l'âge des conquêtes, et cela pourra vous servir.

RICHARD.

Vous êtes mille fois bon. (A part.) En vérité, je m'y perds.

D'ARGENSON.

Ce que je vous reproche donc, c'est moins la chose en elle-même...

RICHARD.

Hein ! (A part.) Que dit-il ?

D'ARGENSON.

Que d'avoir manqué de confiance en moi.

RICHARD (à part).

Il est fou, je présume.

D'ARGÉNSON.

Si vous étiez venu m'ouvrir franchement votre cœur...

RICHARD.

Il est charmant !

D'ARGENSON.

Madame d'Argenson est fort contrariée de tout ceci...

RICHARD.

Ah ! elle est...

D'ARGENSON.

Vous comprenez, cela n'a pas l'aplomb et la présence d'esprit des femmes de la cour... Cela a été élevé sagement, vertueusement, à l'abri des intrigues, de la corruption...

RICHARD (à part).

Je voudrais bien avoir le mot de cette énigme.

D'ARGENSON.

Et si elle vous a traité un peu rudement...

RICHARD.

Ah çà ! monsieur, à quoi voulez-vous en venir?

D'ARGENSON.

A vous prier, en son nom et au mien, de nous faire l'honneur de venir dîner aujourd'hui avec nous.

RICHARD.

Quoi !... tout de bon ?

D'ARGENSON.

Acceptez-vous ?

RICHARD.

Si j'accepte !

D'ARGENSON.

Et puis je vous garde une surprise.

RICHARD (à part).

Je défie bien qu'on me surprenne plus qu'à présent.

D'ARGENSON.

Votre main donc, chevalier, et à tantôt... ! Retenez que je suis votre obligé.

RICHARD.

Vraiment !... je ne m'en serais jamais douté... A tantôt, monsieur le marquis. (A part.) Si j'y comprends un mot, je veux être pendu !

SCÈNE XIII.

D'ARGENSON, puis UN LAQUAIS.

D'ARGENSON (se frottant les mains).

C'est de la grande diplomatie, cela !... Il est très bien, ce jeune homme, et je comprends que Céline...

LE LAQUAIS.

Un homme vient d'arriver à franc étrier... un courrier, je suppose... Il demande à être introduit auprès de monseigneur.

D'ARGENSON.

Faites entrer.

SCÈNE XIV.

D'ARGENSON, LAW.

LAW.

Monsieur, je suis le baron Law, ex-contrôleur général des finances.

D'ARGENSON.

Vous ?

LAW.

Moi-même, monsieur. Après m'être sauvé la nuit dernière, grâce à l'audacieuse habileté d'une personne que vos agens avaient arrêtée en même temps que moi, j'allais atteindre la frontière des Pays-Bas, lorsqu'un remords s'est éveillé en moi : j'ai craint que mon libérateur ne fût inquiété à mon sujet, qu'il ne devînt la victime de son dévouement, et, quel que soit le sort qui m'attende, j'ai rebroussé chemin.

D'ARGENSON (à part).

Quelle audace ! (Haut.) Ah ! vous êtes... Je vous en fais mes sincères complimens.

(Il sonne et dit quelques mots à l'oreille d'un laquais qui disparaît aussitôt.)

LAW.

Il n'y a pas de quoi, je vous assure.

D'ARGENSON (à part).

Attends, mon gaillard, je vais t'apprendre à te gausser de moi ! (Haut.) C'est une bien belle charge que vous aviez là, monsieur !...

LAW.

Vous voyez où elle m'a conduit.

D'ARGENSON.

Je crains bien qu'elle ne vous conduise encore plus loin... A votre place, je ne serais pas revenu.

LAW.

Et l'honneur, monsieur !

D'ARGENSON.

Et l'estrapade, monsieur?

LAW.

Ce langage...

(Des gardes paraissent à la porte du fond, qui s'ouvre
à deux battans.)

D'ARGENSON.

Vous ne savez pas une chose?

LAW.

Quelle chose, monsieur?

D'ARGENSON.

C'est que Son Excellence le contrôleur général sort d'ici
à l'instant même.

LAW.

C'est impossible, monsieur!...

D'ARGENSON.

J'ai eu de vos nouvelles, mon drôle; je sais que les barreaux de fer ne vous font pas obstacle et que les voies
aériennes vous sont familières, mais nous allons mettre
ordre à cela... Emmenez cet homme, et qu'on l'enferme
à vingt pieds sous terre!

LAW.

Il y a erreur, monsieur, je vous jure...

D'ARGENSON (faisant un geste souverain).

Qu'on exécute mes ordres! (Il sort.)

LAW.

Etrange destinée que la mienne!... On m'arrêtait hier
parce que j'étais le contrôleur général; on m'arrête aujourd'hui parce que je ne le suis pas.

ACTE IV.

(L'appartement de madame Law à l'hôtellerie des
Trois-Empereurs.)

SCÈNE I.

Madame LAW seule, assise et plongée dans la douleur.

Arrêté!... dans un obscur cachot!... privé de tout!... Et
moi, seule ici, dans une auberge, sans protecteur, sans
conseil, sans appui!... Hier, toutes les jouissances d'un
luxe royal... la cour à mes pieds... obéie, adulée, implo-
rée... Aujourd'hui, fuyant, proscrite, maudite!... Ah! mon
Dieu! que vos enseignemens sont terribles, et que vous
savez courber les têtes les plus hautes et les fronts les
plus glorieux, dans les larmes et dans la poussière!...
(Elle se lève.) Que faire? que résoudre? où aller? Le laisser
dans l'opprobre et l'abandon après avoir partagé sa fortune... tourner le dos au malheur comme les lâches... renier l'idole dont le culte est éteint...? Et mon fils, et Richard dont j'avais rêvé l'avenir si beau, si facile, si glorieux... et qui va se réveiller de son insouciance et de ses
joies dans l'exil et dans la honte! (S'asseyant de nouveau.)
Le sort devrait au moins proportionner nos forces à nos
misères!

SCÈNE II.

Madame LAW, une servante, puis DOMINIQUE.

LA SERVANTE (annonçant).

Monsieur le contrôleur général.

(Elle sort.)

MADAME LAW. (Elle se lève et s'élance, les bras ouverts,
au-devant de Dominique.)

Lui! Est-ce possible!... (Reculant à l'aspect de l'étranger.)
Ciel!

DOMINIQUE.

Madame, pas d'exclamations, pas de cris.... je vous en
conjure!

MADAME LAW.

Qui êtes-vous, monsieur?

DOMINIQUE.

Il y va de la sûreté de votre mari et surtout de la vôtre;
car vous n'êtes encore qu'à moitié sauvés. (A part, et remettant son flacon dans sa poche.) J'avais préparé mon flacon, mais il paraît que celle-ci est plus coriace.

MADAME LAW.

Que voulez-vous dire! pourquoi ce nom, ce subterfuge,
ce mystère?

DOMINIQUE.

Ce billet de monsieur le baron, madame, va répondre à
toutes vos questions.

MADAME LAW.

Donnez, monsieur!

DOMINIQUE (à part).

Elle n'est plus jeune, mais en revanche elle n'a jamais
été jolie... J'espère bien que la cassette a de plus doux
yeux que la femme.

MADAME LAW (lui tendant la main).

Vous avez assuré la liberté de mon mari, monsieur,
c'est plus que si je vous devais la vie.

DOMINIQUE.

Ah! madame, vous me comblez!

MADAME LAW.

Et maintenant, monsieur, il faut que je parte à l'instant, n'est-ce pas?

DOMINIQUE.

Non pas, madame, non pas! La partie est engagée et
je prétends bien la gagner.

MADAME LAW.

Y pensez-vous?

DOMINIQUE.

En échange de la liberté que je donnais à votre époux
je lui ai pris son nom...

MADAME LAW.

L'échange n'était pas avantageux, en ce moment surtout.

DOMINIQUE.

Et je suis allé audacieusement demander à l'intendant
de quel droit il m'avait fait arrêter... Comme ces roquets
hargneux qui happent ceux qui fuient, et qui fuient à
leur tour quand on leur montre les dents, il s'est déclaré
mon très humble serviteur et m'a demandé pardon... En
sorte que rien ne presse, et que nous pouvons même attendre les ordres de la cour si cela vous convient...

MADAME LAW.

Mais à quoi bon?

DOMINIQUE.

A prouver à ce d'Argenson qu'il n'est qu'un sot.

MADAME LAW.

Et si les ordres de la cour nous sont défavorables?

9

DOMINIQUE.

D'abord, madame, le régent a donné trop de témoignages d'affection à son contrôleur général pour ne pas désirer qu'il sorte du royaume sain et sauf ; ensuite, si par impossible la crainte que vous manifestez se réalisait, je supprimerais la dépêche.

MADAME LAW.

Vous supprimeriez la dépêche ?

DOMINIQUE.

Mon Dieu ! madame, rien de plus simple. J'ai fait aposter à une lieue d'ici, sur la route de Paris, quelques serviteurs sur la fidélité desquels je sais pouvoir compter... ceux-là même qui m'ont aidé à sauver mons eur le baron... ils ont ordre d'arrêter le courrier, de saisir ses dépêches et de me les transmettre à l'instant...

MADAME LAW.

Et ensuite ?

DOMINIQUE.

Si les nouvelles sont bonnes, nous les laissons arriver...

MADAME LAW.

Et si elles ne le sont pas ?

DOMINIQUE.

Ainsi que j'ai déjà eu l'honneur de vous le dire, je les supprime... Dans les deux cas, le courrier passera pour avoir eu affaire à des voleurs de grand chemin... (à part) et on ne se trompera pas.

MADAME LAW.

Vous êtes un homme d'expédiens, monsieur.

DOMINIQUE

Enfin, madame, remarquez que, si nous attendons les ordres du régent, votre mari, que je représente, n'aura pas à subir le blâme de s'être évadé, et que, tout en chevauchant fort tranquillement sur la route de Bruxelles, il gardera le bénéfice de s'être incliné devant la loi, et d'avoir eu confiance en la justice de sa cause et en Son Altesse Royale.

MADAME LAW.

Vous avez raison, monsieur ; je m'abandonne à vous corps et âme.

DOMINIQUE (à part).

C'est trop de la moitié.

(Une servante vient desservir le thé, et ressort.)

DOMINIQUE (ôtant son habit et mettant la robe de chambre de Law.)

Êtes vous un peu mieux, ma chère ?

MADAME LAW (avec dignité).

Monsieur, vous oubliez !...

DOMINIQUE.

Moi, madame, au contraire ! Je m'identifie avec mon personnage, et je vous conseille d'en faire autant... Ne roulez-vous pas que devant les gens...? Il me semble d'ailleurs que cette douce épithète, ma chère, est toute simple entre époux...

MADAME LAW.

De grâce, monsieur !

DOMINIQUE.

Est-ce que le contrôleur général ne vous appelait pas ma chère ? Après tout, si vous préférez que je dise ma bonne, ma toute bonne, ma bien bonne, ou que je me serve simplement de votre petit nom... Arabelle ? Betty ? Jenny ?

MADAME LAW.

Rose, monsieur.

DOMINIQUE.

J'aurais dû le deviner. (A part.) Il n'y a pas de fleur qui se fane plus vite que celle-là.

MADAME LAW.

Il se peut que j'aie tort, monsieur ; mais je ne puis ainsi m'habituer tout de suite à l'étrange familiarité que les circonstances nous imposent.

DOMINIQUE.

Croyez bien, madame, que je suis incapable... d'abuser...

MADAME LAW.

Je veux croire que vous êtes un galant homme.

(Dominique ouvre et referme les portes latérales, comme pour visiter l'appartement.)

DOMINIQUE.

Pardon, madame ; mais il me semble que votre appartement est bien restreint... Vous permettez ?

(Il s'assied devant une toilette et se met un œil de poudre.)

MADAME LAW.

Fort restreint, monsieur... nous avions demandé deux appartemens... malheureusement l'hôtellerie est pleine, et...

DOMINIQUE.

Diable !

UNE SERVANTE (annonçant).

Madame l'intendante.

SCÈNE III.

Madame LAW, DOMINIQUE, BIANCA.

BIANCA (entrant avec pétulance et vivacité).

Je suis bien indiscrète, n'est-ce pas ?

DOMINIQUE.

Vous êtes adorable !

(Il lui baise la main.)

BIANCA.

C'est que, voyez-vous, je craignais tant que vous ne vinssiez pas !... Et puis, madame, j'étais si impatiente de vous rendre mes devoirs et de vous demander pardon des angoisses auxquelles mon mari vous a condamnée depuis hier !...

MADAME LAW (l'embrassant au front).

Aussi bonne que belle !...

BIANCA.

Pas si bonne !... demandez à monsieur d'Argenson... et, pour commencer, je l'ai condamné à faire amende honorable à vos genoux.

(Dominique furète de droite et de gauche.)

MADAME LAW.

Je ne serai pas cruelle à ce point.

BIANCA.

Quoi ! ordonner de but en blanc l'arrestation d'un homme comme Son Excellence le contrôleur général, (à part) le père de Richard, (haut) sans le voir, sans l'écouter, sans mon aveu !...

MADAME LAW (souriant).

Voilà surtout où je le trouve coupable au premier chef.

BIANCA.

Que monseigneur a donc bien fait de s'évader ainsi à la barbe des guichetiers !... Monsieur d'Argenson n'ose pas le dire, mais moi je suis sûre qu'il en enrage...

MADAME LAW.

Voyez-vous, la petite mauvaise !...

DOMINIQUE.

Quant à moi, je pardonne de grand cœur à ce cher intendant ; car je lui dois de vous avoir connue, madame, et cela rachète de bien des beffrois.

BIANCA.

Comment, de m'avoir connue !... Et ce bal, où vous m'avez fait l'honneur de danser avec moi ?...

DOMINIQUE.

Ah ! au Luxembourg... (A part.) Elle est plus forte que moi. (Haut.) Je l'avais oublié.

BIANCA.

Voilà qui est peu galant.

MADAME LAW (à part).

S'il va aux bals de la cour, ce doit être un homme bien situé.

BIANCA (bas à madame Law).

Voyons, madame, dites donc quelque chose... appuyez ma ruse...

MADAME LAW.

Il ne l'a pas oublié, allez, chère belle ; mais c'est que je suis là, et qu'il craint de me rendre jalouse...

BIANCA.

Ah ! madame... mais monsieur le baron nous disait que vous étiez gravement indisposée...

MADAME LAW.

J'ai beaucoup souffert.

BIANCA.

Et maintenant ?

DOMINIQUE.

Mon retour inespéré... (A madame Law.) Allons donc.

MADAME LAW.

Le retour inespéré de mon mari...

DOMINIQUE.

Et votre gracieuse visite...

MADAME LAW.

Et votre gracieuse visite, en voilà plus qu'il ·n'en fallait... pour...

BIANCA.

Que je suis donc ravie !... Alors il est convenu que je vous emmène à l'intendance... Mon carrosse est en bas...

MADAME LAW.

Quoi !... vous voulez...

BIANCA.

Je ne veux pas... j'exige !... j'ordonne !... Vous ne savez donc pas que je suis madame l'intendante ?... Du reste, j'y pense si rarement moi-même, que vous êtes bien pardonnable de l'avoir oublié...

MADAME LAW.

Elle est charmante.

DOMINIQUE (bas à madame Law).

Acceptez, madame ; rappelez-vous que l'appartement est bien petit pour deux.

MADAME LAW (baissant les yeux).

J'y songeais, monsieur.

BIANCA.

Et si ce n'est pas assez d'ordonner, je vous en prie... Et puis je vous ménage une surprise... mais une surprise !...

DOMINIQUE (à part).

C'est mon cauchemar que cette surprise.

MADAME LAW.

Quelle sirène vous faites... Allons, je me laisse enlever.

DOMINIQUE.

Quant à moi, je vous rejoindrai tout à l'heure.

BIANCA.

Vous ne nous accompagnez pas?

DOMINIQUE.

J'ai... quelques comptes à... à régler.

BIANCA (saluant).

Monseigneur...

DOMINIQUE (saluant).

Belle marquise...

MADAME LAW.

A bientôt, baron.

DOMINIQUE.

Baronne, à bientôt.

SCÈNE IV.

DOMINIQUE seul (il visite les malles, ouvre les coffres).

Orientons-nous un peu... Que diable ! un financier qu a ruiné la France ne peut pas s'être ruiné en même temps... il laisse la faillite, mais il emporte le magot. c'est dans les règles cela... Ah ! voici mes ordres, mes grands cordons, mes plaques, toutes les distinctions dont on a payé chacune de mes rapines... Aux uns la potence, aux autres la croix... Pardieu ! puisque je dîne à l'intendance, il convient que je revête mes insignes...

(Il passe un brillant habit, chargé de plaques et de croix.)

SCÈNE V.

DOMINIQUE, SAINT-ÉTIENNE.

SAINT-ÉTIENNE.

Capitaine...

DOMINIQUE.

Si je l'oubliais, rappelle-moi de te faire couper la langue.

SAINT-ÉTIENNE.

Pour m'apprendre à parler ?... je n'y manquerai pas.

DOMINIQUE.

Qu'y a-t-il ?

SAINT ÉTIENNE.

L'homme au portefeuille, le brutal qui voulait me faire pendre, et qui en est capable, à ce que vous dites...

DOMINIQUE.

Très capable, eh bien ?

SAINT-ÉTIENNE.

Il est ici, criant comme un âne et demandant son portefeuille à Dieu et à diable.

DOMINIQUE (réfléchissant).

Au fait, oui... pourquoi pas ? (Haut.) Va lui dire que son portefeuille est dans ma poche.

SAINT-ÉTIENNE.

Bah !

DOMINIQUE.

C'est à dire non... dis lui simplement qu'il y a ici un personnage qui désire lui parler.

SAINT-ÉTIENNE.

Mais, cap...

DOMINIQUE (le foudroyant du regard).

Qu'est-ce que c'est ?...

SAINT-ÉTIENNE

On y va, on y va... (A part.) Son regard est chargé jusqu'à la gueule, comme mes pistolets.

SCÈNE VI.

DOMINIQUE seul.

D'Argenson, la petite marquise la baronne elle-même ; c'est-à-dire deux femmes et un imbécile, me laissent être contrôleur général tant que je veux... A la rigueur, il ne m'en faut pas davantage... mais, ma parole d'honneur ! c'est trop facile... je me gâte la main... et puisque le hasard met à ma disposition l'homme le plus rusé de France, à ce qu'on dit... après moi, je suppose... je veux lui faire jouer un rôle dans cette comédie.

SCÈNE VII.

DOMINIQUE, DUBOIS, SAINT-ÉTIENNE.

SAINT-ÉTIENNE.

Voilà l'homme demandé.

(Il sort.)

DUBOIS.

L'homme !... insolent ! (A Dominique.) Vous avez à me parler ?... Qui êtes-vous ?

DOMINIQUE.

Mon cher monsieur, vous ne remarquez pas une chose, c'est que vous vous donnez des airs de m'interroger, tandis que votre rôle se borne à répondre ; or, je dois vous dire que j'ai les nerfs fort irascibles, et que je n'aime pas ces airs-là.

DUBOIS.

Tant pis pour vos nerfs, monsieur ; je veux...

DOMINIQUE.

Vous voulez ! Ah ! mon cher monsieur, voilà encore un mot que je n'aime pas.

DUBOIS.

Du diable si...

DOMINIQUE.

Allons, un peu plus de décence. Rappelez-vous que vous avez l'honneur de parler au contrôleur général des finances, baron Law.

DUBOIS.

Vous ! quelle imposture ! Je sais que vous ne l'êtes pas.

DOMINIQUE.

Alors ce sera absolument comme si vous ne le saviez pas.

DUBOIS.

Cela vous chiffonne un peu, monsieur de la grande route, monsieur du sac et de la corde.

DOMINIQUE.

Infiniment, cher monsieur ; et quand je songe que j'ai le plus grand intérêt à passer pour être ce même contrôleur général que vous savez que je ne suis pas... car vous paraissez en être bien sûr.

DUBOIS.

On ne peut pas plus sûr.

DOMINIQUE.

Quand je songe que vous n'auriez qu'un mot à dire pour dévoiler l'imposture...

DUBOIS.

Je dirai ce mot.

DOMINIQUE.

Monsieur, je vous en prie !

DUBOIS.

Je le dirai.

DOMINIQUE.

Cher monsieur... monsieur... je ne me rappelle pas...

DUBOIS.

Que vous importe mon nom !

DOMINIQUE.

De Brive-la-Gaillarde, je crois ?

DUBOIS (à part).

Que dit-il ! (Haut.) Non, de Roubaix.

DOMINIQUE.

Fils d'un apothicaire.

DUBOIS.

Marchand de toile.

DOMINIQUE.

Les drogues ne vous allaient donc pas, cher monsieur, que vous avez quitté la partie.

DUBOIS.

Monsieur !

DOMINIQUE.

Vous allez vous faire mal, et vous serez alors obligé de vous rappeler le laboratoire de monsieur votre père, pour vous administrer un calmant.

DUBOIS.

Prenez garde, monsieur, car vous ne savez pas...

DOMINIQUE.

Que vous avez d'abord été cuistre de bas étage ? Je le sais.

DUBOIS.

Manant !

DOMINIQUE.

Puis précepteur... je veux dire corrupteur d'un prince.

DUBOIS.

Misérable !

DOMINIQUE,

Puis abbé de Saint Just, d'Airvaux, de Bourgueil e autres lieux.

DUBOIS.

Pendard ! gredin !

DOMINIQUE.

Ensuite premier ministre.

DUBOIS.

Je vous ferai mettre à la Bastille !

DOMINIQUE.

Surintendant des postes.

DUBOIS.

Je vous ferai chasser du royaume !

DOMINIQUE.

Archevêque de Cambrai, cardinal...

DUBOIS.

Je vous excommunie !

DOMINIQUE.

Et, avec tout cela, lâche, corrompu, vénal, fourbe, sacrilége et blasphémateur.

DUBOIS.

Je suffoque !.. de l'air !... une lettre de cachet !... la Bastille !...

DOMINIQUE (ouvrant une fenêtre).

De ces trois choses, cher monsieur, je ne puis vous accorder que la première.

DUBOIS.

Sachant qui je suis, il faut que vous soyez bien follement audacieux pour me braver ainsi.

DOMINIQUE.

J'aime le danger, et puis de vous voir tempêter de la sorte, cela me dispense d'Arlequin et de la foire.

DUBOIS.

Ah ! que j'aurai de plaisir à vous voir rompre vif !

DOMINIQUE.

Ce sera donc sur une roue que l'exécution de Votre Éminence aura d'abord sanctifiée.

DUBOIS.

Sortez, monsieur !

DOMINIQUE.

Vous avez admirablement dit ce mot; faites-moi le plaisir de le répéter.

DUBOIS.

Ma patience est à bout !

DOMINIQUE.

Tant mieux, l'abbé ; la colère vous va si bien !

DUBOIS.

Je ne réponds plus de moi !

DOMINIQUE.

Ne vous inquiétez pas... c'est moi qui réponds de vous.

DUBOIS.

Mais qui êtes-vous donc pour...

DOMINIQUE.

Je ne suis personne et je suis tout le monde ; ainsi je me passe aujourd'hui la fantaisie d'être contrôleur des finances.

DUBOIS.

Heureusement que je vous démasque.

DOMINIQUE.

On voit bien que vous n'avez nulle idée de la ténacité de mes fantaisies... C'est à ce point que, si je voulais vous prendre votre barrette, votre archevêché, vos abbayes, et jusqu'à votre nom, vous seriez le premier à me faciliter la chose.

DUBOIS.

Allons, je vois que vous êtes fou.

DOMINIQUE.

Mais, rassurez-vous, le personnage n'est pas assez flatteur pour que je m'en veuille affubler... Allons, voilà le cramoisi qui vous reprend ! (Dubois lance un grand coup de fouet dans une glace.) Très bien ! ne vous gênez pas... Il y a là des vases. (Dubois fait voler les vases en éclats.) Ici une pendule... (Même jeu.) Y a-t-il encore quelque chose ? Non.

DUBOIS.

Il y a vous, que je me promets bien de faire écarteler avant qu'il soit huit jours.

DOMINIQUE.

Vous êtes bien bon... Vous trouvez-vous mieux maintenant ?

DUBOIS (boutonnant sa houppelande et enfonçant son chapeau).

Dépêchons-nous, monsieur ! Que voulez-vous de moi ?

DOMINIQUE.

Voyons, cher monsieur, soyez donc plus aimable, asseyons-nous et causons doucement, gracieusement, comme deux amis.

DUBOIS (allant vers la porte).

Je ne me suis déjà que trop abaissé à vous entendre, et je vais...

DOMINIQUE (s'asseyant lui-même et posant un pistolet sur la table).

Asseyez-vous, je le veux ! (Dubois s'assied.) Otez votre chapeau ! (Dubois jette son chapeau à l'autre bout de l'appartement.) Jetez ce fouet ! (Même jeu.) Là, voilà que vous devenez obéissant... Je disais donc, l'abbé, que, pour que chacun de vos vices vous ait valu une dignité nouvelle, pour que vous ayez monté l'échelle sociale au fur et à mesure que vous vous abaissiez moralement, il a nécessairement fallu que vous soyez un homme de quelque esprit.

DUBOIS.

Où tend ce préambule ?

DOMINIQUE.

Je sais bien que c'est de l'esprit mauvais, de l'esprit de bas étage, la lie de l'esprit ; mais, je le répète, encore a-t-il fallu que vous en eussiez.

DUBOIS (à part).

Je voudrais bien avoir celui de sortir d'ici.

DOMINIQUE.

Maintenant que, jeune, inexpérimenté, sans ressources, imprévoyant de la miraculeuse fortune qui vous était réservée, vous ayez pour quelques écus consenti à épouse une fille perdue, laquelle préférait le déshonneur de votre nom au déshonneur de sa faute, je conçois cela jusqu'à un certain point.

DUBOIS.

Je ne m'étais pas trompé : vous êtes fou !

DOMINIQUE.

Que, plus tard, poussés par la misère, aigris par vos mutuelles turpitudes, lassés l'un de l'autre, vous vous soyez séparés, elle pour vendre son corps, vous pour vendre votre âme, je le conçois encore...

DUBOIS.

Ce serait bien le diable que je ne trouvasse pas quelque bon petit supplice inusité à vous faire subir !

DOMINIQUE.

Que le hasard vous ait fait revêtir le froc ; que de méchant pédagogue vous soyez devenu ministre, et d'abbé cardinal, rien de mieux... Mais que vous n'ayez pas alors songé à faire disparaître cette femme, dont l'apparition peut faire d'un instant à l'autre crouler tout l'échafaudage de votre fortune, voilà ce qui prouve que, au lieu d'être un homme de tête et d'énergie, vous n'êtes tout bonnement qu'un pleutre et un croquant.

DUBOIS.

Nous avons, dans l'antiquité, le taureau de Phalaris, qui devait être une torture fort convenable, et que j'ai bien envie de faire refleurir à votre intention.

DOMINIQUE.

Je disais donc que vous n'étiez qu'un pleutre et un croquant, et je le prouve...

DUBOIS.

Que pensez-vous de plomb fondu que je ferais couler dans vos veines après les avoir préalablement fait ouvrir ?

DOMINIQUE (continuant).

Et je le prouve : ainsi, à mesure que votre fortune augmentait, madame Dubois venait vous relancer jusqu'au Palais-Royal pour en exiger sa bonne part ; si bien que, vous qui commandiez au régent et à toute la France, vous étiez le jouet, le martyr, l'esclave d'une misérable femme... Il n'y a qu'un lâche de votre sorte qui pouvait accepter une pareille sujétion.

DUBOIS.

Je ne vois rien qui s'oppose à ce que je vous fasse aussi broyer les membres..., cela vous distraira du plomb fondu.

DOMINIQUE.

Et maintenant que vous vous êtes courbé pendant dix ans sous les fourches Caudines conjugales, cédant aux caprices les plus honteux ; maintenant que vous êtes prince de l'Église, et que, à part votre bourse, votre chapeau de cardinal et votre crosse archiépiscopale sont bel et bien à la merci de votre femme, vous n'avez rien trouvé de mieux que de vous déguiser en marchand forain, de vous introduire furtivement chez le desservant de la paroisse où vous avez été marié, de lacérer le registre de l'état civil, et d'anéantir ainsi, vous l'espériez du moins, la seule preuve écrite de votre union. (Il jette négligemment le portefeuille sur la table.)

DUBOIS (faisant un bond pour s'en emparer).

Ah ! coquin ! c'est toi qui...

DOMINIQUE (armant un pistolet).

Si vous touchez à cela, vous êtes mort ! (Se levant.) Que diable ! cher monsieur, quand on résume en soi la puissance spirituelle et temporelle ; quand le prêtre est doublé du ministre, et le ministre ouaté du prêtre, quoi de plus facile que de supprimer quelqu'un ? Votre acte de mariage anéanti, ne reste-t-il pas toujours les criailleries, les accusations, les doléances de votre femme ?

DUBOIS.

C'est vrai.

DOMINIQUE.

N'y a-t-il pas mille circonstances, mille indices que vos ennemis peuvent coordonner ?

DUBOIS.

C'est encore vrai.

DOMINIQUE.

De sorte que, en bonne administration, la disparition de madame Dubois aurait dû précéder l'anéantissement de l'acte en question. D'ailleurs, si vous ne vouliez pas recourir aux moyens extrêmes, rien n'était plus facile que de l'envoyer au Mississipi ou de la faire enfermer comme folle.

DUBOIS.

Parfaitement vrai.

DOMINIQUE.

Une fois convaincue de folie par la Faculté, il vous restait encore la chance que, moyennant quelques bonnes douches, elle le devînt réellement.

DUBOIS.

C'est une idée, cela... et maintenant que j'ai l'acte...

DOMINIQUE.

Plaît-il, l'abbé ?

DUBOIS.

Maintenant que j'ai l'acte...

DOMINIQUE.

Ah ! oui, je savais bien qu'il y avait encore un motif pour lequel je vous disais que vous n'étiez qu'un pleutre et un... comment disais-je donc ?

DUBOIS (humblement).

Un... un croquant.

DOMINIQUE.

C'est bien cela, un croquant : ainsi, ne deviez-vous pas détruire ce précieux document aussitôt après vous en être emparé ?

DUBOIS (s'élançant une seconde fois vers la table).

Vous avez raison, et je vais...

DOMINIQUE (lui faisant faire une pirouette et remettant le portefeuille dans sa poche).

Cher monsieur, votre acte de mariage est maintenant en la possession du contrôleur général des finances.

DUBOIS.

Ah ! monseigneur !

DOMINIQUE.

Vous me reconnaissez donc, maintenant ?

DUBOIS.

Parfaitement, monseigneur.

DOMINIQUE.

En ce cas, l'abbé, je vous mène à l'intendance, et tâchez de vous bien tenir.

ACTE V.

(Un salon de l'intendance.)

SCÈNE I.

Madame LAW, BIANCA.

MADAME LAW.

C'est un aveu bien grave que vous me faites là.

BIANCA.

Je ne vous connais que depuis deux heures, madame, et je vous aime déjà comme une mère.

MADAME LAW.

Chère enfant !... Et si celui que vous avez distingué n'était pas digne de vous ?

BIANCA.

Lui !... Ah ! vous le connaîtrez bientôt !... Je vous parais bien coupable... et cependant...

MADAME LAW.

Pauvre égarée !... La vie vous était aride et le cœur sans soleil, n'est-ce pas ? Ces instincts de tendresse qui couvent dans le sein de toute femme se remuaient dans le vide... Toutes les joies du monde vous effleuraient sans vous toucher... Il manquait une étoile à votre ciel...

BIANCA.

C'est bien cela.

MADAME LAW.

Puis un jour cette étoile s'est levée, et votre vie s'est rassérénée tout à coup... Vous avez découvert dans toutes choses des charmes jusqu'alors inconnus ; vous êtes devenue plus douce, plus empressée, meilleure, et, dans l'ingénuité de votre âme, vous vous êtes dit que l'amour qui faisait éclore de si douces moissons ne pouvait être coupable.

BIANCA.

Ah ! que vous lisez bien en moi, madame !

MADAME LAW.

Je me ressouviens, ma fille, voilà tout... Je me refais un instant jeune, belle, enthousiaste et crédule comme vous êtes aujourd'hui... Mais si je vous disais par quels chemins arides on revient du bonheur !...

BIANCA.

Pourquoi revenir du bonheur ?... On doit y être si bien.

MADAME LAW.

Parce que d'inflexibles lois nous en chassent, mon enfant... Jugez alors de ce que c'est quand les remords se joignent aux désenchantemens, quand les souvenirs sont escortés de honte, et que, comme si ce n'était pas assez d'être délaissée, on se trouve encore avilie !...

BIANCA.

Mais je l'aimerai toujours, moi, madame.

MADAME LAW.

Vous, c'est possible... et encore !... Mais lui ?...

BIANCA.

Ah !... que vous le calomniez !... Si vous saviez...

MADAME LAW.

Que de fois, en ce monde, les affections se relayent faute de pouvoir fournir la course en ière !... Il n'y a que les commencemens d'amour qui soient véritablement célestes, ma fille.

BIANCA.

Oh ! ne dites pas cela !

MADAME LAW.

Nous ne régnons que pendant un jour... Les hommes se font alors adorables de dévouement et de sollicitude ; ils sont heureux de niaiseries charmantes...

BIANCA, (à part).

Comme Richard.

MADAME LAW.

Ils n'échangeraient pas contre l'écrin d'une sultane les fleurs flétries de notre bouquet de bal ; ils attendent pendant des heures entières qu'une porte s'ouvre pour voir passer notre blanche et chère apparition... ils suivent en frémissant les plis de notre robe... il suffit d'un mot, d'un sourire jetés à quelque rival pour les livrer à d'affreuses tortures... ils vivent à nos pieds...

BIANCA (à part).

Comme Richard.

MADAME LAW.

C'est ainsi qu'ils nous enivrent, qu'ils nous rendent folles... Puis, quand arrive la satiété, quand ils ont vaincu notre résistance et découronné notre front, ils cherchent dans notre vie s'il n'est pas quelque souillure dont ils se puissent emparer, comme d'un trésor, pour légitimer leur trahison...

BIANCA.

Oh ! madame !...

MADAME LAW.

Malheur alors si nous nous sommes ôtées à un autre pour nous donner à eux !... Ils nous le reprochent avec un joyeux orgueil, ils nous enfoncent froidement un souvenir dans le cœur, et s'éloignent en nous jetant dédaigneusement au visage la boue de notre faute... Voilà comme on revient de ce que l'on avait cru être le bonheur, Bianca, et comme s'évanouit ce que l'on avait pensé être éternel.

BIANCA.

Mais vous me parlez là de misérables lâches, madame....

MADAME LAW.

H las ma fille, je vous parle de la fleur de notre noblesse ; ces mêmes hommes sont ordinairement forts et vaillans ; ils abordent l'ennemi en riant, le saluent, et le prient courtoisement de tirer le premier ; ils gardent le secret d'un ami ; ils se battraient mille fois pour un seul de nos cheveux ; ils iraient ramasser notre gant dans la loge d'un tigre ; ils ne souffriraient pas que nous fussions compromises par un autre que par eux... mais ce n'est pas leur faute si la mode est d'être perfide en amour, et de se parer des dépouilles opimes de notre vertu, comme le font les sauvages des chevelures qu'ils ont coupées !

BIANCA.

Oh ! je me vengerais !...

MADAME LAW.

Et de quoi vous vengeriez-vous, pauvre enfant ? De ce que les passions ne sont pas éternelles ?

BIANCA (naïvement)

Avez-vous donc aimé deux fois, vous madame

MADAME LAW.

La vie ne va pas sans de grands oublis, et, à mon âge, il est difficile de répondre à une pareille question .. Toujours est-il que la grande affaire des femmes, leur unique chance d'être heureuses dans le présent et honorées dans l'avenir, c'est de rencontrer l'amour dans le devoir.

BIANCA.

Oui, je crois que vous avez raison ; mais quand on ne l'a pas rencontré, madame, cet amour dans le devoir ; quand on a été sacrifiée à l'ambition, que l'on a servi d'appoint à une dot, et que, toute frémissante de jeunesse et d'illusions, on a été ensevelie dans un mariage impossible comme dans une tombe prématurée !

MADAME LAW.

Il y en a qui en meurent, d'autres s'abîment en Dieu, beaucoup se perdent...

BIANCA.

Je n'ai pas pu mourir, mais Dieu m'a envoyé la résignation, et ce dont je le prends à témoin, c'est que je ne faillirai jamais à mes devoirs.

MADAME LAW.

Bien, ma fille.

SCÈNE II.

LES MÊMES, D'ARGENSON.

D'ARGENSON (lisant avec emphase).

« Monseigneur, ainsi que le soleil qui réchauffe la terre
» de ses glorieux rayons, vous daignez... » Ah ! pardon,
madame la baronne, je ne savais pas...

MADAME LAW.

Toujours occupé, monsieur l'intendant, toujours ab-
sorbé par les soins de votre charge...

D'ARGENSON.

Ah ! madame, ne m'en parlez pas !...

MADAME LAW.

Que je vous plains !...

D'ARGENSON.

Quand il faut tout voir, tout diriger, tout deviner...

MADAME LAW (à part).

Le pauvre homme !... Heureusement qu'il n'est pas
aussi sorcier qu'il le dit !...

D'ARGENSON (à part).

Il faut cependant que j'apprenne ma harangue ; je ne
puis pas recevoir un contrôleur général comme un paltoquet... « Monseigneur, ainsi que le soleil... »

MADAME LAW.

Il y a des gens qui se figurent que ce n'est rien... d'administrer une province.

D'ARGENSON.

Parce qu'ils ne voient que la surface des choses, parce
qu'ils n'ont pas un de ces regards qui embrassent tout....
(A part.) « Ainsi que le soleil qui réchauffe la terre... »

MADAME LAW.

Que vous devez être fier, monsieur, d'avoir un de ces
regards-là !...

D'ARGENSON.

Moi, madame ! mon Dieu ! non. (A part.) « Qui réchauffe
la terre... » (Haut.) Si je vous disais, par exemple, madame, que c'est moi qui ai fait emprisonner, en même temps
que monsieur le baron, un homme chargé, non-seulement
de lui suggérer une pensée d'évasion, mais de scier ses
barreaux et de le forcer en quelque sorte à se sauver
malgré lui...

MADAME LAW.

Mais c'est prodigieux cela, monsieur !... de sorte que
l'échelle de cordes ?

D'ARGENSON.

Oui, madame, l'échelle... (A part.) « Qui réchauffe la
» terre de ses glorieux rayons... »

MADAME LAW.

Le cheval ?

D'ARGENSON.

Le cheval... (A part.) « De ses glorieux rayons... »

MADAME LAW.

Le passe-port, le manteau ?...

D'ARGENSON (à part).

Le manteau surtout... (Haut.) J'avais tout ordonné, tout
combiné... de cette façon je sauvais les apparences, je
donnais à l'État un témoignage de mon zèle, et j'obéis-
sais en même temps aux sympathies de mon cœur. (A part.)
Ce n'est pas maladroit ce que je dis là.

MADAME LAW.

Vous êtes plus qu'un homme, monsieur ! (A part.) Il
ment avec un aplomb !...

D'ARGENSON (à part).

« Ainsi que le soleil... »

BIANCA (pensive et silencieuse pendant toute la première partie de cette scène, elle va vivement à son mari, et, lui prenant les mains).

Et vous avez fait cela, vous !

D'ARGENSON (lui faisant un signe d'intelligence).

Chut ! c'est une finesse... (A part.) « Qui réchauffe la
» terre... »

SCÈNE III.

LES MÊMES, DOMINIQUE, DUBOIS, UN LAQUAIS.

LE LAQUAIS (annonçant).

Son Éminence le premier ministre...

D'ARGENSON.

Hein !... que dit-il ?...

LE LAQUAIS (annonçant).

Son Excellence le contrôleur général...

MADAME LAW (à part).

Le cardinal ici !... que tout cela va-t-il devenir, bon
Dieu !...

D'ARGENSON (dans le plus grand embarras).

Comment !... ils sont deux !... et ma harangue qui n'est
que pour un !...

DUBOIS.

Mon Dieu ! oui, le premier ministre lui-même, en houppelande et en bottes fortes, ce dont il vous demande bien
humblement pardon... madame la baronne...

(Il lui baise la main.)

MADAME LAW.

Monsieur le cardinal...

DUBOIS.

Belle marquise...

(Même jeu.)

BIANCA.

Monseigneur...

DUBOIS (secouant familièrement l'épaule de d'Argenson).

Ah ! voilà la perle des intendans...

D'ARGENSON.

Monseigneur, messeigneurs, ainsi que le soleil qui réchauffe la terre...

DOMINIQUE.

Très bien, marquis, nous savons que vous êtes éloquent...

DUBOIS.

Et nous vous dispensons du reste.

BIANCA (à part).

Richard qui ne vient pas !...

DUBOIS.

Avouez que vous ne m'attendiez pas...

D'ARGENSON (à part).

Une harangue que Cicéron m'eût enviée !...

DUBOIS.

Et que, s'il avait pris fantaisie à la foudre d'entrer par la serrure et de sortir par la fenêtre, vous n'eussiez pas été plus...

D'ARGENSON.

Plus charmé.... (A part.) Qu'est-ce que je dis donc, moi !...

DOMINIQUE.

Sainte amitié !... C'est cependant par affection pour moi que Son Éminence a un instant abandonné le timon de l'État !...

DUBOIS.

Le fait est que si ce n'avait été pour vous, baron...

DOMINIQUE (à madame Law).

Vous ne savez pas, chère amie, tout ce que nous lui devons !...

MADAME LAW.

Que de reconnaissance !... (A part.) Comment se fait-il que le cardinal prenne cet étranger pour le baron ?

DUBOIS (à part).

Comment se fait-il qu'elle fasse passer cet homme pour son mari ?

D'ARGENSON (à part).

Une harangue qui eût fait crever Démosthènes de jalousie !

DUBOIS (à part).

Et que peut être devenu le vrai baron, au milieu de tout cela ? (Haut.) Voici ce que c'est : monsieur le contrôleur général et madame la baronne venaient de se soustraire par miracle à ce que les imbéciles appellent la vindicte publique, et à ce que j'appelle, moi, tout bonnement un stupide et passager accès de fièvre populaire... Les plus enragés parlaient de les poursuivre, et Dieu seul sait en combien de quartiers ils auraient découpé le premier financier de notre siècle... (Dominique s'incline) (A part.) Il ne perdra pas pour attendre... (Haut.) Et l'une des femmes les plus distinguées que je connaisse.

(La baronne salue.)

BIANCA (à part).

Comme Richard tarde à venir !

DUBOIS.

D'un autre côté, rien ne prouvait que, s'ils échappaient aux énergumènes de la place publique, ils échapperaient également aux autorités des provinces qu'ils allaient traverser... Vous le savez, les agens du pouvoir ne modèrent pas toujours les accès de leur zèle...

D'ARGENSON (humblement).

Ah ! monseigneur !

DOMINIQUE.

Pardon si j'interromps Votre Éminence, mais j'ai une grâce à lui demander...

DUBOIS.

Vous savez bien qu'elle est accordée d'avance,

DOMINIQUE.

C'est de nommer ce cher d'Argenson chevalier des ordres du roi.

D'ARGENSON.

Moi, monseigneur !

DOMINIQUE.

Il a été si gracieux pour nous...

MADAME LAW.

Il nous a donné de si charmantes preuves d'intérêt.

DUBOIS.

Si vous y tenez absolument.

DOMINIQUE.

Permettez-moi, cher ami, de vous donner l'accolade. (Il embrasse d'Argenson.)

D'ARGENSON.

Ah ! monseigneur, je ne perdrai jamais la mémoire... du souvenir... que... ainsi que le soleil...

DUBOIS.

Je disais donc que, dans la crainte où nous étions, Son Altesse Royale et moi, que quelque sanglant obstacle ou quelque mesure administrative ne vînt s'opposer à votre libre sortie du royaume, nous avons songé à envoyer sur vos traces une sorte d'arrière-garde qui, au besoin, vous garantirait de toute mésaventure...

DOMINIQUE (s'essuyant les yeux).

Quelle attention touchante !

DUBOIS.

Mais il fallait quelqu'un de dévoué, dont l'autorité fût à la fois incontestable et l'ascendant irrésistible...

DOMINIQUE.

Il fallait un courtisan du malheur, ce qui est plus difficile à trouver que la pierre philosophale.

DUBOIS.

Aussi, après avoir vainement cherché, ne prenant conseil que de moi-même, et bien que je fusse peu habitué à chevaucher, je me suis déguisé, j'ai enfourché le premier bidet venu, je suis parti et me voilà.

DOMINIQUE (tirant négligemment le portefeuille de sa poche).

Je n'en attendais pas moins de vous.

DUBOIS (faisant mine de prendre le portefeuille).

Le joli portefeuille !... vous permettez ?...

DOMINIQUE (le remettant dans sa poche).

Oh ! mon Dieu ! du simple cuir de Cordoue.

SCÈNE IV.

LES MÊMES, RICHARD.

UN LAQUAIS (annonçant).

Monsieur le chevalier Richard Law.

BIANCA (à part).

Enfin !

MADAME LAW.

Mon fils !

RICHARD.

Ma mère !

(Ils tombent dans les bras l'un de l'autre).

DOMINIQUE.

Bon ! voilà la surprise annoncée.

DUBOIS (à part).

Cela se complique.

D'ARGENSON (à Dominique).

Eh bien ! monseigneur, êtes-vous satisfait ?

DOMINIQUE.

Parfaitement satisfait.

D'ARGENSON.

Cela vous étonne?

DOMINIQUE.

La vie est trop courte pour s'étonner.

D'ARGENSON.

C'est moi qui vous ai ménagé cette heureuse rencontre.

DOMINIQUE.

Bien reconnaissant. (Allant vers Richard, les bras ouverts.) Eh bien ! chevalier, et moi ?

MADAME LAW (bas à Richard).

Cet homme s'est dévoué pour votre père, que l'on avait arrêté hier soir...

RICHARD.

Mon père arrêté !

MADAME LAW.

Silence ! Il a noblement pris sa place, et passe pour être le contrôleur général lui-même.

RICHARD (étreignant Dominique).

Ah ! merci, monsieur, merci ! Je n'oublierai jamais ce que vous avez fait !

DUBOIS.

Voilà que le fils reconnaît son père... Je n'y comprends absolument rien.

RICHARD (saluant).

Monsieur le cardinal... monsieur l'intendant... (Allant à Bianca.) Ah ! madame, mille pardons... ! L'émotion... la surprise...

BIANCA (les yeux baissés, faisant une profonde révérence).

Monsieur le chevalier...

MADAME LAW (à part).

C'est lui qu'elle aime.

D'ARGENSON.

Madame l'intendante, le chevalier est si heureux, qu'il y aurait de la cruauté à le gronder pour l'équipée de ce matin...

MADAME LAW.

Une équipée ?

BIANCA.

Monsieur l'intendant, ceci est de mon ressort, et je vous prie de ne pas vous en mêler.

(Elle cause à voix basse avec Richard.)

DOMINIQUE.

Qu'est-ce donc ?

D'ARGENSON.

Rien, monseigneur, un enfantillage, une amourette.

MADAME LAW.

Une amourette !... (A part.) Se douterait-il ?...

DUBOIS.

Eh bien ! pourquoi pas ?

DOMINIQUE.

Ici ?

D'ARGENSON.

Dans mon hôtel, monseigneur.

DOMINIQUE.

Et vous prenez la chose comme cela ?

DUBOIS (à part).

Comment ravoir ce maudit portefeuille ?

BIANCA (à Richard).

N'oubliez pas que vous êtes amoureux de Céline...

RICHARD

De Céline !

BIANCA.

Que je vous ai surpris ce matin chez elle, et que j'ai failli vous jeter à la porte.

RICHARD.

Mais...

BIANCA.

Pas un mot de plus... Maintenant, baisez-moi la main... Plus froidement que cela, monsieur... Dieu ! que les hommes sont maladroits !

D'ARGENSON (à Richard).

Eh bien ! la paix est-elle faite ?

RICHARD.

Je l'espère, monsieur.

MADAME LAW.

Nous direz-vous, Richard, comment il se fait que vous soyez ici ?

DOMINIQUE.

Oui, au fait, chevalier, comment se fait-il ?...

RICHARD (embarrassé).

Ma mère, je...

D'ARGENSON.

Si nous allions, avant le dîner, visiter les serres et les jardins de l'intendance ?

RICHARD (à part).

J'aime mieux cela.

DUBOIS (à Dominique).

Ne trouvez-vous pas que mon portefeuille serait mieux dans ma poche que dans la vôtre ?

DOMINIQUE.

Non pas, cher ami, non pas.

DUBOIS (à part).

Il faudra cependant bien qu'il y rentre.

D'ARGENSON (offrant le bras à madame Law).

Madame la baronne...

DUBOIS (offrant le bras à Bianca).

Je gage que vous auriez voulu un autre bras que le mien ?

BIANCA

Pourquoi, monseigneur ?

DUBOIS.

Parce que, marquise.

DOMINIQUE (prenant le bras de Richard).

Ce cher Richard ! (A part.) Je vais donc enfin faire la connaissance de mon fils.

(Ils sortent.)

SCÈNE V.

CÉLINE seule.

Que les grandes dames sont heureuses de nous avoir ! Elles n'ont que cela à dire : « Céline, vous savez que Richard est amoureux de vous ; » et il faut que cela soit... encore si cela était !

SCÈNE VI.

CÉLINE, RICHARD.

RICHARD.

Ah ! Céline, je te cherchais.

CÉLINE.

Monsieur le chevalier...

RICHARD.

Il faut absolument que je voie ta maîtresse... Va lui dire que je l'attends.

CÉLINE.

J'y vais. (Revenant.) A propos, monsieur le chevalier, vous savez, n'est-ce pas ?

RICHARD.

Quoi donc ?

CÉLINE.

C'est moi que vous aimez. (A part.) Il n'est pas mal tourné du tout ce chevalier.

RICHARD.

Oui, il paraît.

CÉLINE (à part).

De quel air il me dit cela !

RICHARD.

Mais dépêche-toi, je t'en supplie.

CÉLINE.

C'est drôle, n'est-ce pas, que nous nous aimions comme cela, sans que vous vous en doutiez... ni moi non plus?

RICHARD.

Très drôle... Mais va donc !

CÉLINE (à part).

Décidément, il n'a des yeux que pour la marquise.

RICHARD.

Mais va donc ! mais va donc !

CÉLINE (sortant et à part).

Sacrifiez-vous donc ! Je ne suis cependant pas trop mal tournée.

SCÈNE VII.

RICHARD seul.

Je vois confusément tournoyer toutes choses... Je suis comme un homme ivre... Mon père arrêté... ma mère ici... cet étranger, qui passe pour être le contrôleur général et que je n'ai jamais vu... l'intendant, qui se déclare mon obligé... et jusqu'à cette Céline... ! Comment rester en équilibre sur toutes ces cordes raides, moi qui n'ai jamais su mentir... que pour jurer à plusieurs belles à la fois une éternelle fidélité de huit jours?

SCÈNE VIII.

RICHARD, BIANCA.

RICHARD (courant au-devant d'elle).

Bianca !

BIANCA.

C'est très imprudent ce que nous faisons là, Richard... Heureusement que le parc est grand, et que j'ai pu m'esquiver sans être aperçue.

RICHARD.

Me direz-vous, enfin ?...

BIANCA.

Oh ! le curieux ! Et c'est pour cela que vous me faites appeler ?

RICHARD.

Eh bien ! non : laissons ces mystères, qui finiront sans doute par s'éclaircir... Mais avez-vous entendu tout à l'heure ma mère exiger que je parle avec elle?

BIANCA.

Oui, c'est moi qui le veux.

RICHARD.

Nous séparer !... Mais c'est impossible, n'est-ce pas ?

BIANCA.

Il le faut, Richard.

RICHARD.

Votre amitié, votre sourire, les doux éclairs de vos yeux, je devrais renoncer à tout cela !

BIANCA.

Taisez-vous, Richard, taisez-vous !

RICHARD.

Vous êtes trop résignée, Bianca... On ne retombe pas ainsi sans révolte et sans murmure du ciel sur la terre, de la vie dans le néant, de l'amour dans l'abandon.

BIANCA (à part).

Voilà donc le chemin par où l'on revient du bonheur !... Oh ! on vient ! vous par ici, Richard ; moi par là.

(Ils sortent.)

SCÈNE IX.

D'ARGENSON seul, se frottant les mains.

Encore une finesse ! Il ne suffisait pas de faire accroire à la baronne que j'ai moi-même préparé l'évasion de son mari, il fallait encore le prouver, surtout au baron... Or, il y a des gens que cela embarrasserait de prouver un mensonge... moi, cela ne m'embarrasse pas du tout... Je viens de faire dire à mon prisonnier que son imposture est flagrante, que le véritable contrôleur général dîne chez moi aujourd'hui même, et que, s'il veut éviter le châtiment sévère qu'il a encouru, il ait à venir déclarer ici, devant tout le monde, que, en organisant la fuite du baron, il n'a agi que par mes ordres... Le drôle a accepté... Ce sera curieux.

(Il va pour sortir.)

SCÈNE X.

D'ARGENSON, RICHARD.

RICHARD.

Cher marquis...

D'ARGENSON.

Vous, chevalier !

RICHARD.

Un moment d'entretien, je vous prie?

D'ARGENSON.

Parlez, mon jeune ami.

RICHARD.

C'est que je ne sais comment vous dire... vous êtes si imposant !

D'ARGENSON (se rengorgeant).

Allons donc ! Rassurez-vous.

RICHARD.

En vérité, je n'ose...

D'ARGENSON.

Ne vous ai-je pas avoué, ce matin, que j'ai été plus jeune que n'importe qui ?

RICHARD.

Oui ; mais...

D'ARGENSON.

Et que personne n'a été plus loup que moi parmi ces dociles petites brebis que l'on appelle des femmes ?

RICHARD.

Après tout je me risque ! Vous savez, n'est-ce pas, que Céline ?...

D'ARGENSON.

Parbleu , si je sais !...

RICHARD.

Eh bien ! figurez-vous que ma mère veut m'emmener...

D'ARGENSON.

Je comprends... Et comme Céline reste ici...

RICHARD.

Je voudrais y rester aussi.

D'ARGENSON (d'un ton goguenard).

Scélérat !...

RICHARD.

. l me semble... Tenez, cher marquis, je vais vous parler franchement...

D'ARGENSON.

C'est ce que vous avez de mieux à faire, d'autant mieux que je lis dans les cœurs, et que la feinte est inutile avec moi.

RICHARD.

Ne pourriez-vous persuader à ma mère que je suis dans l'âge où il importe que les jeunes gens s'occupent sérieusement ?...

D'ARGENSON (à part).

Il appelle cela s'occuper sérieusement !...

RICHARD.

Je sais que ma mère a une grande admiration pour votre mérite, et une grande déférence pour vos avis...

D'ARGENSON.

Ensuite ?

RICHARD.

Ensuite... vous lui offririez, je suppose, de me prendre sous vos auspices, de m'initier à la science de l'administration...

D'ARGENSON.

Au fait, pourquoi pas ?

RICHARD.

Que dites-vous de cette idée ?...

D'ARGENSON.

Laissez-moi faire..... je vous promets d'arranger la chose...

SCÈNE XI.

LES MÊMES, DOMINIQUE, DUBOIS, madame LAW, BIANCA.

(Des valets apportent une table toute servie.)

DOMINIQUE.

Çà, mon cher d'Argenson, on déjeune fort mal au beffroi, et je vous avoue que j'ai une faim dévorante.

D'ARGENSON.

En ce cas, monseigneur, à table... ! madame la baronne...

DUBOIS (à part).

Oh ! une idée !... ce sont les piéges les plus bêtes dont on se défie le moins. (Il parle bas à un laquais.)

LE LAQUAIS.

Quoi ! monseigneur, vous voulez ?...

DUBOIS.

Je l'exige, et cinquante louis pour toi... C'est une gageure...

LE LAQUAIS.

Ah ! du moment que c'est une gageure...

(On prend place à table : Dominique et Dubois occupent les deux bouts.)

DOMINIQUE.

Tête bleue ! mon cher intendant, je nie que nous soyons à quarante lieues de Paris.

D'ARGENSON.

Pourquoi cela, monseigneur ?...

DOMINIQUE.

La magnificence de ce service, le choix de ces mets...

D'ARGENSON.

Vous me comblez !...

DOMINIQUE.

C'est une remarque que j'ai faite bien souvent : il n'y a que les hommes éminens qui entendent l'art culinaire.

D'ARGENSON.

Ah ! monseigneur...!

DOMINIQUE.

La pistache a été rapportée de Syrie par Vitellius.

DUBOIS.

La première échalotte fut envoyée d'Égypte à Athènes par Alexandre le Grand.

RICHARD.

Domitien faisait délibérer le sénat pour savoir à quelle sauce on mettrait un turbot.

D'ARGENSON.

Je n'ai certainement pas la prétention de me comparer à ces grands hommes, mais cependant je m'occupe...

DOMINIQUE.

De quelque succulente découverte, je l'aurais parié.

D'ARGENSON.

Figurez-vous que j'ai eu l'idée d'appliquer à l'art culinaire les règles de l'art oratoire.

DOMINIQUE.

En vérité ?

D'ARGENSON.

Je me suis dit qu'une savante gradation de mets éloquens devait avoir plus d'empire sur le jugement et sur la volonté de l'homme que le discours le plus persuasif.

DOMINIQUE.

Très bien.

D'ARGENSON.

Partant de ce principe, j'ai divisé le service en quatre parties : l'exposition, la narration, la confirmation et la péroraison.

DUBOIS.

Je vous prédis une chose, d'Argenson : c'est que vous irez à la postérité ; et que, lorsque sonnera l'heure des

gouvernemens représentatifs, votre découverte fera merveille.

(Un laquais renverse une saucière sur l'habit
de Dominique.)

DOMINIQUE.

Eh bien ! que fait donc cet imbécile ?...

D'ARGENSON.

Le maladroit !... Je vous demande un peu !... Monseigneur, je suis confus...

LE LAQUAIS.

Mille pardons, monseigneur... Vous m'avez légèrement
poussé, et...

DOMINIQUE.

Vous verrez que c'est de ma faute !...

D'ARGENSON.

Je te chasse !...

DUBOIS.

Cela n'ôtera pas la tache.

LE LAQUAIS.

Si monseigneur veut me confier un instant son habit,
d'ici à deux secondes il n'y paraîtra plus.

DOMINIQUE (ôtant son habit.)

Vous permettez, marquise ?

BIANCA.

Sans doute, monsieur le baron.

(Le laquais emporte l'habit de Dominique.)

DUBOIS (à part).

Bravo !... bravo !...

D'ARGENSON.

A propos, madame la baronne, vous savez que je garde
le chevalier auprès de moi...

BIANCA (à son mari).

Y pensez-vous, monsieur !...

D'ARGENSON (à sa femme).

Silence, madame !...

MADAME LAW.

Vous plaisantez, je suppose, marquis ?

D'ARGENSON.

Non pas ; j'ai remarqué en lui les plus heureuses dispositions, et je veux...

(Deux laquais entrent : l'un glisse mystérieusement le portefeuille à Dubois, l'autre parle bas à d'Argenson.)

D'ARGENSON.

Il est là ?

LE LAQUAIS.

Oui, monseigneur.

D'ARGENSON.

Qu'il entre.

(Dubois ouvre et feuillette ostensiblement le portefeuille.)

DOMINIQUE (s'élançant vers lui).

Que vois-je ?... Le portefeuille !...

DUBOIS (le remettant froidement dans sa poche).

O mon Dieu ! du simple cuir de Cordoue...

DOMINIQUE (retombant sur sa chaise).

Triple sot que je suis !...

SCÈNE XII.

LES MÊMES, LAW.

UN LAQUAIS (annonçant).

Monsieur le baron Law.

D'ARGENSON.

Il paraît qu'il y tient.

DOMINIQUE (à part).

Je suis perdu !

(Dominique profite du moment où tout le monde se lève
pour s'esquiver.)

SCÈNE XIII

LES MÊMES, moins DOMINIQUE.

MADAME LAW (se jetant dans les bras de son mari).

Mon mari !...

D'ARGENSON.

Combien a-t-elle donc de maris ?

RICHARD (même jeu).

Mon père !...

D'ARGENSON.

Combien a-t-il donc de pères ?

DUBOIS (serrant la main de Law).

Mon cher contrôleur général !...

D'ARGENSON.

Combien y a-t-il donc de contrôleurs généraux ? (Cherchant autour de lui.) Ah çà ! et l'autre ?... Tiens, il a disparu !

DOMINIQUE (apparaissant à la porte du fond, et disparaissant
aussitôt.)

Et bien habile qui rattrapera Cartouche !

TOUS.

Cartouche !...

D'ARGENSON (allant à madame Law),

Cependant, madame, vous prétendiez vous-même...

MADAME LAW.

Que voulez-vous, marquis ?... les circonstances...

D'ARGENSON (allant à Richard).

Et vous, chevalier, vous me disiez..

RICHARD.

Que voulez-vous, marquis ?... les événemens...

D'ARGENSON (allant à Dubois).

Et vous, monsieur le cardinal, vous paraissiez...

DUBOIS.

Que voulez-vous, marquis ?... il le fallait !...

RICHARD (bas à Bianca).

Je reste.

BIANCA.

En ce cas, monsieur, je vais tout dire à mon mari.

D'ARGENSON (s'approchant de la rampe).

Ce que je vois de plus clair dans tout cela, c'est qu'...
je suis...

DUBOIS (achevant),

Chevalier des ordres du roi.

FIN DES FINESSES DE D'ARGENSON.

Paris. — Imprimerie J. Voisvenel, rue du Croissant, 16.

www.ingramcontent.com/pod-product-compliance
Ingram Content Group UK Ltd.
Pitfield, Milton Keynes, MK11 3LW, UK
UKHW022303120726
13694UKWH00003B/1221